FÓRMULA MORTAL
UN THRILLER DE SUSPENSE Y MISTERIO DE KATERINA CARTER, DETECTIVE PRIVADA

COLLEEN CROSS

Traducido por
CINTA GARCÍA DE LA ROSA GARCÍA DE LA ROSA

SLICE PUBLISHING MYSTERY AND THRILLER BOOKS

Fórmula Mortal: Un thriller de suspense de Katerina Carter

ISBN 978-1-988272-66-5

CAPÍTULO 1

Frank estaba sentado en la cabina y miraba hacia la estela del barco. El día era perfecto. Rayos de sol, una fuerte brisa, y apenas tráfico marítimo conformaban una perfecta travesía mientras se dirigían hacia Vancouver Island a través de Georgia Strait. Un día perfecto para un nuevo comienzo. Tras meses de preparación, el final estaba finalmente a la vista.

Robó un vistazo a Melinda, quien estaba tomando el sol en cubierta. Estaba tumbada boca abajo sobre su toalla de playa. Sus pálidos y blancos muslos con marcas de celulitis contrastaban claramente con su espalda quemada por el sol, que casi se confundía con sus pantaloncitos rojos. Estaba inmóvil, o bien inconsciente o pensativa. No estaba seguro de qué.

Ella se veía horrenda con la piel quemada o sin ella, pero eso apenas importaba ya. Se había abandonado de verdad después del nacimiento de Emily, e incluso se negaba a hacer ejercicio o dieta. Él ni siquiera recordaba la última vez que la vio con pantalones cortos. Normalmente llevaba camisetas anchas, pantalones de chándal, y nada de maquillaje, lo cual era, francamente, una mejora con respecto a los pantalones cortos. La mujer con la que se había casado hacia siete años era una cerda sin deseos de complacerle. Y se le había acabado la paciencia.

Su situación era intolerable por culpa del egoísmo de ella. Ella le había obligado a actuar. Era una lástima que hubiera tenido que recurrir a esto, pero era culpa de Melinda. Él lo había planeado durante meses. Ahora solo tenía que ejecutar su plan.

La vida estaba a punto de mejorar muchísimo. Sonrió mientras se imaginaba el día de mañana. Las posibilidades eran interminables.

En realidad todavía le gustaba Melinda, y eso era algo que le sorprendía. Como esposa ella tenía muchos defectos y él se merecía más. ¿Pero podría realmente cumplir su plan? Por supuesto que sí. Si no lo hiciera, entonces no podría culpar más que a sí mismo por su miserable existencia. No estaba dispuesto a jugar a eso. Todo lo que tenía que hacer era ceñirse al guion y ejecutar su plan.

Solo la gente débil actuaba siguiendo sus sentimientos, algo que le divertía sin parar. La mayoría de las personas dejaban que sus emociones gobernaran sus pensamientos y acciones. Eso hacía que tomaran malas decisiones, y también les convertía en objetivos fáciles. Él no era un prisionero de sus emociones. Era un maestro de la lógica, controlador de su propio destino. Él sabía mejor que la mayoría como y cuando seguir adelante.

Casi se había resignado a una vida desperdiciada, pero finalmente había visto la luz. Se había casado con la vieja Melinda, no con esta versión desaliñada. Era hora de hacer un cambio, uno permanente. Nada de divorcios liosos o batallas por la custodia de los niños. Ojalá ella le hubiera prestado más atención y no le hubiera obligado a actuar. Dentro de unas cuantas horas ella no sentiría nada.

Melinda había sido su segunda opción en la web de citas. Las opciones eran pocas, pero él no podía hacer mucho más al respecto. Se había casado en un momento de debilidad cuando ella le engañó quedándose embarazada. Un compromiso costoso, pero uno que terminaría ahora con impunidad. Él podría recomenzar su vida y salvar su futuro ahora. Todo lo que tenía que hacer era continuar con su plan. Solo la idea de una nueva oportunidad en la vida le energizaba.

–¿Cariño? Nunca pensé que haría tanta calor aquí. Tengo sed–. Ella sonrió y se protegió los ojos del sol con la mano.

Él le devolvió la sonrisa. –Te traeré una bebida–. Oportunidad perfecta. Abrió la nevera y sacó la botella con la bebida premezclada. La sirvió en un vaso y añadió hielo. Sin sabor y sin olor, ella no notaría nada.

Él caminó despacio hacia ella y estabilizó su temblorosa mano. Se agachó y la besó en la mejilla, dejando el vaso junto a ella.

–Gracias, cariño. Ojalá tuviéramos fotos de nuestra nueva casa. Apenas puedo esperar a verla.

–Estaba tan concentrado en cerrar el trato que se me olvidó. Pero la verás pronto–. Melinda sabía solo lo que él le había contado. Él manejaba sus finanzas y ella no tenía ni idea de que no había casa ni nuevo trabajo. La verdad es que estaban arruinados. Él se había fundido la herencia de Melinda y sus adinerados padres en realidad no existían.

Ella le había obligado a actuar antes al quedarse embarazada de nuevo. Sin planearlo, como la última vez. Eso le puso realmente furioso. Su dejadez le obligó a entrar en acción unos meses antes, lo cual significaba que no había tenido tiempo suficiente para echarlo todo a rodar.

Siempre y cuando él no fuera descuidado, podía improvisar. El momento no era perfecto, pero cuanto antes se ocupara de las cosas, antes empezaría su nueva vida. Sintió un escalofrío de excitación mientras imaginaba su recién descubierta libertad.

Él lo había planeado todo hasta el detalle más pequeño. Incluso los planificadores meticulosos eran pillados, pero él era más inteligente que la mayoría. En los programas de crímenes basados en hechos reales, la gente inevitablemente olvidaba algún pequeño detalle, una fibra de tela o pelos de una mascota. O un amigo que sospechaba. Él era más inteligente que la mayoría de la gente, así que él no cometería un desliz.

También tenía una enorme ventaja que muchas de esas personas no tenían. Melinda no tenía hermanos. Sus padres habían muerto en un accidente de coche hacía cinco años, y no tenía otros parientes cercanos. Tenía pocos amigos, y no habían conocido a ninguno de sus vecinos en el bloque de apartamentos.

Su esposa ya había sido olvidada por sus compañeros de trabajo. Ella había dejado su trabajo por el salario mínimo hacía meses ante su insistencia. Y nadie llamó ni vino a verla. Melinda era una persona sin importancia en un mundo sin importancia. Sus pocos amigos y conocidos pronto olvidarían todo sobre ella después de su trágico accidente.

Esta vez el marido también moriría. Un marido muerto difícilmente podía ser un sospechoso.

Abrió la caja de pesca y comprobó su bote hinchable y la bomba de inflado por enésima vez. Luces, cámara, acción. Meses de cuidadosa planificación le habían recompensado con un día de julio sin nubes y con las perfectas condiciones de marea para llevar a cabo su plan.

Su pequeña embarcación de catorce pies era apenas digna del mar, pero suficientemente adecuada para navegar en aguas tranquilas. El estrecho entre Vancouver y Vancouver Island estaba razonablemente en calma durante el verano, así no esperaba ningún problema. Había comprado el barco hacía unos meses y deseaba no tener que incendiarlo. Cualquier desviación de su cuidadoso plan, sin embargo, y él también se hundiría. Pero si se centraba en el plan, podría comprar docenas de barcos mejores para sustituirlo.

Georgia Strait rebosaba con tráfico veraniego, una constante hora punta marítima de pequeñas embarcaciones de recreo, y los grandes ferris de pasajeros que viajaba entre tierra firme y la isla cuando residentes y turistas navegaban de un lado al otro. El viento veraniego era fuerte pero agradable, proporcionando un efecto refrescante del calor que había envuelto la costa toda la semana. Frank mantuvo un rumbo ligeramente hacia el sur, lo suficientemente lejos de los barcos comerciales como para no llamar la atención. Estaban a medio camino cruzando el estrecho hasta su destino, Victoria.

Al menos eso era lo que le había contado a ella. No había ni trabajo ni casa en Victoria, pero Melinda no lo sabía. Por ahora todo bien. Era un bonito día para el nuevo comienzo que había planeado durante meses.

Era su mantra para su nueva vida. Mantras y afirmaciones le mantenían moviéndose hacia su objetivo final. Llevaba viviendo una mentira durante años, pero era una mentira necesaria. Había sido paciente y ahora podía prácticamente saborear la libertad. Unas horas más y sería suya.

Había plantado la semilla para un exitoso futuro. Ahora llegaba la cosecha.

Un perfecto día de julio.

El primer día del resto de su vida.

Era un cliché, pero era cierto. Y apenas podía esperar a empezar su siguiente aventura. Tocó el bolsillo de sus bermudas, palpando el reafirmante bulto de su nueva identificación. Pasaporte, carnet de conducir, y tarjetas de crédito con límite alto preparadas para ser usadas. Falsas, por supuesto. Ya las había probado hacía unos días. Eran todo lo que necesitaba para establecer su nueva vida.

Frank y Melinda se habían mudado de su apartamento alquilado de Vancouver y habían puesto sus muebles en un almacén, ya que su temporal nuevo hogar en Victoria estaba completamente amueblado. Lo había subarrendado a un profesor que estaba en la India disfrutando de un año sabático. Era el mismo profesor cuyo puesto ocuparía Frank durante un año. Tenía que empezar en septiembre. Al menos eso era lo que pensaba Melinda. Todo era una gran mentira gigante y fabulosa que ella se había tragado con

anzuelo, sedal, y hasta la caña. Al fin su plan estaba desarro-
llándose.

La verdad era algo muy diferente. No había relocalización, al
menos no para Melinda. Esa era la belleza de una mudanza por
trabajo. Él fingió que el personal de administración del colegio se
había ocupado de todos los detalles, y que no había demasiado
tiempo como para consultarlo con Melinda. Ella podría sumer-
girse en los detalles cuando llegara a Victoria, le había dicho. Era
una lástima que ella nunca lo haría.

Pero primero disfrutarían de un último día en el barco.

Había sido agotador, pero hasta ahora todo había funcionado
según los planes. Los vecinos, a quienes en realidad no conocían--
de eso se había encargado él--solo descubrieron que se
marchaban el día anterior, cuando él cargó el camión con sus
pertenencias destinadas a ir a un almacén. Emily, de cuatro años,
era demasiado pequeña como para asistir al colegio, y no había ido
a la guardería desde que Melinda dejó su trabajo. Nadie en su
diminuto círculo de conocidos se daría cuenta de que habían
desaparecido el lunes por la mañana.

Melinda solo sabía lo que él le había contado, y él había sido
parco en detalles a propósito. Ella se creyó todo lo que él le dijo,
sin importar lo extravagante que fuera. Ella era estúpida algo así
como una vaca confiada.

O quizás no tan estúpida. Ella le había engañado con el emba-
razo, sabiendo que él nunca había querido hijos, y nunca los
querría. Ella le engañó, pero él tenía sus propios trucos.

Melinda le había ahogado. Había evitado que él alcanzara su
verdadero potencial y ya era hora de cambiar las cosas. Solo que el
cambio no incluía una nueva ciudad o un trabajo como profesor.
No venía con una nueva escuela y ciertamente no había nueva casa
completamente amueblada en la que instalarse. Todo el asunto era
una mentira, una mentira necesaria. Había costado mucho trabajo
llegar a este punto, especialmente teniendo en cuenta que había

tenido que montar el plan meses antes de lo que hubiera querido. Todo por culpa de Melinda.

Nunca mires atrás.

Su plan estaba funcionando exactamente como se esperaba. *Él tenía el poder de cambiar su vida ahora. Ahora mismo, como dijo el seminario. Él tenía lo que hacía falta para tener éxito. Todo dependía de él.*

Ahora solo tenía que completar su plan.

Emily dormía bajo cubierta, felizmente inconsciente del repentino desvío que su vida estaba a punto de sufrir.

Él vaciló. Quizás debería haberse divorciado en vez de hacer esto.

No. Demasiados cabos sueltos. La manutención de los hijos le mantendría atado a esa vaca durante casi veinte años. Eso complicaba las cosas. Odiaba las complicaciones, y odiaba ser responsable de otras personas.

Nunca aceptes menos de lo que sabes que te mereces.

Le alegraba haber escuchado su grabación motivacional esta mañana. Fresco en su mente, ayudaba a reafirmar sus convicciones y le daba la fuerza para dar el siguiente paso.

Se habían acercado a su destino hacía horas, pero había dado la vuelta cuando se vio dominado por un caso de nervios de última hora. Ahora estaba bien, y Melinda no era consciente de nada, como siempre. Apagó el motor y esperó a que Melinda se diera cuenta.

–¿Cariño? ¿Por qué nos hemos parado?– Ella sorbió los últimos sorbos de su bebida y colocó el vaso junto a ella.

–No lo sé. El motor se ha calado–. Toqueteó el motor mientras estudiaba a su esposa. Estaba a punto de quedarse inconsciente.

Melinda bostezó. –Me estoy quedando dormida. Debe ser por el sol.

Su voz sonaba chapurreada. La medicina estaba haciendo efecto.

Menos de cinco minutos más tarde estaba comatosa, sus chapurreos sustituidos por ronquidos. Su brazo derecho cayó desde la hamaca y aterrizó con un golpe en la cubierta. No se despertó.

Otros diez minutos. Frank debatió intentar atarle sus muñecas, pero eso sería obvio juego sucio cuando su cuerpo apareciera. Vaya interesante juego de palabras, *juego sucio*. Un término con tal gravedad, y aún así se llamaba juego. O quizás significaba que jugabas con alguien, como en jugársela.

Volvía a tener esa sensación en la boca del estómago. ¿Y si algo iba horriblemente mal y se despertaba? Las muñecas atadas evitarían que ella se salvara. ¿Habría depredadores que podrían consumir su carne? Ni siquiera había pensado en ello.

Al final decidió dejar sus muñecas sin atar. En el caso improbable de que su cuerpo fuera recuperado, las ataduras dejarían marcas. Esas marcas no solo serían pruebas de asesinato, sino que también proporcionarían información sobre la hora de la muerte. Dejó caer la cuerda sobre cubierta.

Ella era un peso muerto. Le había dado una dosis tripe, para que no hubiera manera de poder recuperar la conciencia. Él levantó su brazo y lo dejó caer para comprobar su hipótesis.

Sin respuesta.

Su brazo estaba flojo en su mano, un peso muerto.

Lo soltó y cayó al suelo.

Dio un paso atrás y la estudió. Había posicionado su tumbona cerca del borde, lo cual facilitaba lanzarla desde el barco. Recordaba su teoría de ingeniería de la universidad y había enganchado una rudimentaria especie de sistema de poleas a la silla.

Su corazón golpeaba su pecho, tanto por el miedo a que lo descubrieran como por la excitación de finalmente hacerlo. Ni siquiera sentía una onza de culpa.

Sacó la lona de la caja de almacenaje y la desdobló. Probablemente era un paso innecesario puesto que iba a incendiar el barco, pero nunca se era demasiado cuidadoso. El también odiaba el desastre de después, y no quería crear más trabajo para él.

Su frente rompió a sudar mientras arrastraba la tumbona tan

cerca del borde como era posible. Hizo una pausa y se limpió la frente, luego desenrolló la lona y la lanzó por encima. Metió los bordes alrededor de la silla y luego levantó por el otro lado.

Ni sangre, ni ADN, ni otras pruebas. Sin líos.

Solo un pequeño escenario contenido que podía controlar, sin preocupaciones de que aparecieran pruebas bajo el Luminol o cualquier otra herramienta forense.

Una precaución extra, quizás, ya que el barco se quemaría. Pero nunca se podía tener suficiente cuidado.

Respiró hondo y observó el bulto hundirse en el océano. Se limpió las manos en sus bermudas justo cuando la lona flotó hasta la superficie a varios metros de distancia.

Maldición. No había pensado en eso.

Cogió un remo y extendió el brazo lo más lejos que pudo, pero la lona estaba fuera de su alcance.

Gritó cuando un brazo sobresalió de la lona. No se había hundido nada. Todavía estaba enrollada en la maldita lona.

–¿Papi?

Frank dio un salto, sobresaltado. Se giró para mirar a su hija. –¿Emily? Pensaba que estabas durmiendo.

–¿Dónde está mami?– Llevaba el caro vestido floreado rosa y amarillo que Melinda había escogido solo para la ocasión de mudarse a una nueva casa. Era típico de Melinda gastarse una pequeña fortuna en algo frívolo.

–Está abajo, cielo–. Él también había echado un sedante en el zumo de Emily cuando salieron de Vancouver. Debería haberla dejado dormida durante horas. En vez de eso, Emily estaba simplemente desaliñada. Su pelo estaba enredado. Se le había caído una diminuta sandalia rosa y la otra estaba desabrochada.

Frank rompió a sudar. ¿Qué demonios había pasado? La dosis de Emily había sido la mitad que la de Melinda, pero ella pesaba menos de un tercio. ¿Y si la de Melinda no funcionaba? ¿Y si la impresión del agua la despertaba y de algún modo era rescatada?

–No, no está. Papi, me duele la cabeza–. Se frotó los ojos y frunció el ceño. –¿Dónde está mami?

Él miró la lona, donde la pierna de Melinda estaba parcialmente expuesta cuando la flotante lona se separó de su cuerpo. Tenía que arreglarlo rápido.

–Se está echando una siesta, cielo. Ahora vuelve a dormir–. ¿Y si Melinda era descubierta y rescatada de alguna manera? El estrecho tenía mucho tráfico marítimo los días de verano, así que era bastante posible. ¿Por qué no habría pesado en lastrarla con cemento como hacían los mafiosos?

Lo que sea. Siempre se había enorgullecido de improvisar, ahora no era diferente. Se adaptaría y continuaría.

–¿Por qué has tirado la silla por la borda? ¿Le hará daño a los peces?

Sintió un nudo en la garganta. ¿Cuánto habría visto? –Ven aquí y dale a papi un beso–. Él se arrodilló y abrió los brazos.

Ella arrastró los pies hacia delante con sus medio calzados pies, y cayó mareada en sus brazos.

Él la cogió con un brazo y tapó con su otra mano su nariz y boca.

Emily intentó gritar. Luchó contra él, y sus diminutos brazos se movían como aspas al intentar respirar.

Por cuánto tiempo, se preguntó él.

Como un pez recién pescado esforzándose por su último aliento.

Notó movimiento por el rabillo del ojo cuando la lona azul se desenrolló en las olas. Era como una diana gigante mientras flotaba en el agua. El cuerpo de Melinda se había separado finalmente de la lona y se hundía despacio bajo la superficie. Observó mientras sostenía a Emily y esperó.

Ella dejó de luchar en menos de un minuto y se quedó lánguida. Con cuidado de no destapar su boca y nariz, él aflojó su sujeción del cuerpo y le buscó el pulso en el cuello. Nada. Esperó otro minuto para asegurarse de que estaba muerta, luego la lanzó por la borda.

Justo a tiempo. Vio el velero mientras se acercaba desde el sur. Al mismo tiempo se dio cuenta de que el viento había aumentado. Bajó la vista al agua, donde Emily había caído. Esperaba ver ondas.

Solo que no se había hundido. Flotaba boca abajo en el agua. Su sandalia de goma rosa seguía medio enganchada a su pie. Pero se suponía que todos los cuerpos muertos se hundían, o al menos eso era lo que su investigación había indicado. ¿Qué cojones?

Ese estúpido vestido otra vez. La tela atrapaba el aire.

El velero estaba más cerca ahora, a unos cincuenta metros. Suficientemente cerca para verle claramente, y quizás incluso para ver el cuerpo de Emily en el agua. Con prismáticos podrían incluso haber visto lo que hizo. Entró en pánico y cogió un remo. Lo colocó sobre la espalda de Emily, empujándola debajo de la línea de agua. Los bolsillos de aire de su fruncido volante se dispersaron y se hundió.

Entonces su sandalia se salió de su pie y flotó en el agua. Casi cogió el zapato con el remo antes de darse cuenta de que eso liberaría el cuerpo de Emily hacia la superficie.

Su corazón latía como loco cuando el velero se acercó más.

Maldijo por lo bajo. Había obviado lo más importante. No se le había ocurrido que los cuerpos podrían no hundirse inmediatamente.

El velero enderezó su rumbo y se deslizó por el agua a menos de veinte metros de distancia. Solo un hombre era visible en cubierta. Estaba ocupado ajustando las velas. –Gracias a Dios –dijo en voz alta mientras mantenía su remo contra el cuerpo de Emily en el agua. Levantó su mano libre y saludó.

Era culpa de Melinda, por engañarle y quedarse embarazada. Él quería disfrutar la vida, algo que era imposible con un bebé, una esposa que no trabajaba, y todas las facturas que seguro vendrían después. Estaba cansado de ser manipulado y de vivir con todos los compromisos que había tenido que hacer. Solo tenía una vida que vivir y no iba a desperdiciarla.

Sacó su teléfono móvil, su cartera, y sus llaves, y las lanzó por la borda. En el improbable caso de que fueran encontrados, parecería que se cayeron por la borda con Melinda y Emily. Su cuerpo nunca sería encontrado, pero él no estaba demasiado preocupado por ello. Muchos cuerpos no eran recuperados en estas aguas. Siempre y cuando nada le conectara con el incendio del barco en el puerto, debería estar bien.

Añadía un poco de misterio e intriga. Eso le gustaba. Bien podría divertirse un poco siendo más listo que ellos.

Miró su mano y vio su anillo de casado. Se lo quitó del dedo y lo estudió en la palma de su mano. Era simbólico, pensó mientras lo tiraba por la borda. Fuera lo viejo, que venga lo nuevo.

Una nueva vida. Una vida rica. Y empezaba ahora mismo.

CAPÍTULO 2

*L*a ventana de la oficina del centro de Katerina Carter enmarcaba una espectacular vista del puerto de Vancouver. Genial para soñar despierta, no tan genial para avanzar con el trabajo. Comprobó su reloj y se dio cuenta de dos cosas: había estado mirando fijamente por la ventana durante unos buenos veinte minutos, y su novio, Jace Burton, llegaba tarde.

Jace siempre llegaba a tiempo, pero ya debería haber llegado para su viaje de fin de semana. No tenían mucho tiempo antes de que su vuelo charter despegara hacia De Courcy Island, una pequeña isla escasamente poblada en el Juan de Fuca Strait, cerca de Vancouver Island.

El último proyecto de Jace para el *Sentinel* era una pieza histórica basada en una secta de los años veinte. Según Jace, la secta tenía montones de escándalos, sexo, e incluso rumores de tesoros escondidos. El hombre detrás de todo ello atendía al nombre de Hermano Doce, o más bien, Hermano XII, que era como insistía en que lo escribieran. Al parecer los dioses egipcios con los que se comunicaba sentían predilección por los números romanos.

El viaje era técnicamente un fin de semana de trabajo para Jace.

Su tarea sobre Hermano XII era parte de una serie histórica que él escribía. Jace era autónomo, así que una serie de larga duración como esta era bueno. Proporcionaba trabajo y beneficios continuados, como viajes gratis por toda Norteamérica, dependiendo de la historia.

Esta tarea era cerca, pero bien podría haber sido a miles de kilómetros. De Courcy Island estaba localizada en la parte sur de la cadena de las Gulf Islands, acunadas entre Vancouver Island y Gabriola Island. La isla estaba a menos de veinte kilómetros de la orilla, y aún así era accesible solo en barco privado o hidroavión chárter.

De Courcy era algo así como una isla fantasma. Como un pueblo fantasma, había pasado su apogeo hacía mucho con solo unas pocas docenas de residentes. Hacía menos de cien años, De Courcy había sido el hogar de la secta misteriosa de Hermano XII, la Fundación Acuariana. Muy pronto después de empezar, el fundador resituó la organización desde Cedar-by-the-Sea en Vancouver Island a las más aisladas islas De Courcy y Valdes para escapar el escrutinio público y las críticas.

Las sectas intrigaban a Kat. Ella siempre estuvo fascinada por como líderes carismáticos engañaban a personas que eran inteligentes y sabias. Hermano XII era un perfecto ejemplo. Su nombre auténtico era Edward Arthur Wilson. Él afirmaba haber nacido en la India, hijo de una princesa, aunque las pruebas sugerían que en realidad procedía de un entorno de clase media-baja en Birmingham, Inglaterra.

Hermano XII basaba su secta en las enseñanzas de la Sociedad Teosófica y atraía cuantiosas donaciones de miles de individuos ricos, incluyendo a magnates millonarios. Temían un Armagedón financiero cuando los mercados económicos globales se colapsaran.

Él afirmaba que su ocultismo de la Nueva Era les salvaría, y que ellos estarían a salvo en los asentamientos de las islas autosuficientes de la Fundación Acuariana. Pero en vez de eso, la Fundación Acuariana fue todo un fracaso. Hermano XII desapareció para no volver a ser visto nunca, dejando a sus seguidores en la ruina económica.

Hoy la Fundación Acuariana está casi olvidada, pero en su apogeo había sido un enorme escándalo mundial. Es gracioso como la historia repetía el mismo drama, con solo cambios menores en los personajes y el lugar. La gente creía lo que quería creer, incluso con abrumadoras pruebas de lo contrario. Kat lo veía cada día como investigadora de fraudes y contable forense.

Carter & Asociados, su negocio de contabilidad forense e investigación de fraudes, tenía trabajo y producía beneficios, y ella había trabajado horas extra para adelantar trabajo antes de su largo viaje de fin de semana. Estaba de humor festivo, preparada para unos días de sol, arena, y relax.

Ella había contado los días toda la semana, ansiosa por echarle un vistazo de primera mano a lo que fuera que quedara del asentamiento. Ella también planeaba hacer el vago en la playa mientras Jace investigaba a Hermano XII y la secta.

Ella comprobó su reloj y sintió una punzada de ansiedad. Jace llegaba ya media hora tarde, y corrían el peligro de perder su vuelo chárter. Ella examinó el puerto y se preguntó cuál de la media docena de hidroaviones en el puerto sería el suyo.

—Está finalmente aquí, Kat–. Tío Harry se deslizó en su despacho, sorprendentemente lleno de vida para sus más de setenta años. –Ese chico necesita un reloj nuevo.

—Tío Harry, para o te romperás una cadera–. Técnicamente su tío no estaba en la nómina de Carter & Asociados, pero pasaba casi tanto tiempo en su despacho como ella. Se había convertido en un voluntario permanente—y un elemento fijo—por la oficina. Sin tareas asignadas, no tenía una razón real para estar allí. Pero era buena compañía.

—Cielos, Kat. Estoy en estupenda forma. Dame algo de crédito–. Harry giró de lado antes de estrellarse contra la pared. –Ay.

—¿Estás bien?

–Claro–. Hizo una mueca. –El yoga va a doler mañana.

–Podrías tomarte un día libre–. El yoga de tío Harry era al parecer un deporte extremo, evidenciado por sus siempre presentes moretones. ¿Qué se apoderaba de un septagenario para que se apuntara a yoga? Las mujeres septagenarias, sin duda.

–Supongo. Pero entonces mi flexibilidad se iría a la porra. Oh, y Gia está aquí también.

–Pero ya llegamos tarde–. Kat y Gia Camiletti habían sido amigas íntimas desde tercero de primaria. Ella no había sabido nada de Gia durante semanas y quería ponerse al día con ella, pero ahora no era el momento.

–Ella está con algún joven sexi–. Harry se agachó para tocarse la punta de los pies. Llegó a mitad de la pantorrilla antes de gruñir y volver a enderezarse.

Un floreado aroma a perfume se coló en la oficina de Kat, seguido segundos más tarde de Gia, vistiendo un floreado vestido sin mangas color fucsia brillante con tacones de ocho centímetros a juego. Todo su metro sesenta de curvas bamboleantes tironeaba de las costuras del vestido. Pesaba diez kilos más de lo que su vestido podía contener. –¡Kat! Te presento a mi nuevo novio, Raphael.

Raphael era rotundamente guapísimo, a la par de las estrellas de televisión o cine más hermosas. El hombre del brazo de Gia ni siquiera parecía real. Su bronceado mediterráneo contrastaba contra su camisa blanca hecha a medida. La camisa parcialmente desabrochada le impartía un aspecto informal y también exponía un pecho musculoso. Llevaba pantalones de algodón y mocasines de aspecto caro.

–Un placer conocerte–. Raphael sonrió y besó la mano de Kat con una reverencia exagerada. Sus carillas destellaban tan blancas que eran casi ultravioleta. Su camisa se pegaba a su piel por el calor de fuera, acentuando sus anchos hombros y el torso esbelto. Era más perfecto que un modelo de revista retocado con Photoshop, si eso era posible.

Kat se volvió recelosa inmediatamente. Los tipos como Raphael rara vez gravitaban hacia las peluqueras regordetas como Gia. Aunque él era naturalmente guapo, era obvio que también había gastado dinero en su aspecto. A la mayoría de los hombres les importaban muy poco la ropa cara o los trabajos dentales. Quizás era vanidoso, o quizás lo veía como una inversión de algún tipo.

Ella también se vio sorprendida de ver a Gia con Raphael, puesto que había jurado que no quería saber nada de los hombres después de que su amor del instituto la hubiera abandonado en el altar hacía dos años. El novio nunca apareció--y ni siquiera llamó--dejando a Gia humillada y jurando venganza.

—¿Kat? —Gia se acercó más a su novio. —No te quedes ahí mirando. Di hola.

Kat se ruborizó, avergonzada porque ya se había imaginado el fallecimiento de Raphael a manos de Gia. Al menos ella esperaba que pasara. Este tío le daba escalofríos. Musitó un hola.

Raphael sostuvo su mano un momento más largo de lo necesario y la miró seductoramente a los ojos. Era tan frío como la lluvia y ella desconfió de él instintivamente.

Era obvio lo que atraía a Gia. El tipo parecía que iba al gimnasio un par de horas al día. Gia, por otro lado, no la pillarían muerta en un gimnasio. A pesar de su belleza de modelo, él simplemente no parecía el tipo de hombre que haría feliz a Gia. Alguien como Raphael solo haría que Gia se sintiera más insegura sobre sí misma. Él era alto, bronceado, y totalmente fuera de las posibilidades de Gia. Su aspecto inmaculado estaba sacada de las páginas de una revista masculina.

Raphael también parecía ser el completo opuesto al estilo extravagante y diferente de Gia. Donde el entusiasmo contagioso de Gia era divertido, los hombres como Raphael tendían a centrarse más en la apariencia que en la personalidad. Estaba mal prejuzgar al hombre, pero sus instintos normalmente daban en el clavo.

Raphael se inclinó y plantó un beso en la frente de Gia mientras seguía sujetando la mano de Kat. –*Bellissima*, no mencionaste a tu preciosa amiga–. Se giró hacia Kat y la miró de arriba abajo antes de lanzar una mirada desdeñosa a su despacho.

–Ella también es inteligente –Gia le guiñó el ojo a Kat. –Kat es contable forense. Investiga fraudes.

Raphael dejó caer la mano de Kat como si fuera radiactiva. De preciosa a tóxica en unos segundos. –Raphael compra y vende negocios –Gia le miró feliz. –Acaba de llegar de Italia y ha cerrado un trato multimillonario para la línea norteamericana de sus revolucionarios productos para el cabello. Nos vamos a ir a vivir juntos.

–Interesante–. Era todo lo que Kat podía decir sin traicionar sus sospechas. Gia era su amiga de la infancia y se lo contaba todo a Kat. Ella sabía con seguridad que Gia no había tenido un hombre en su vida hacía un par de semanas, y aún así estaba haciendo planes para mudarse juntos. Era como si Raphael hubiera aparecido de la nada. Todo estaba ocurriendo demasiado rápido.

Las cejas de Gia se enfurruñaron mientras estudiaba a Kat. –¿Eso es todo lo que puedes decir? Pensé que estarías fascinada. Los tratos de negocios son lo tuyo.

–Me encantaría saber los detalles, pero ya vamos tarde para nuestro viaje–. Ella debería estar feliz por Gia, pero la verdad es que estaba molesta. No con su amiga, sino con Raphael. Al cabo de unos minutos de haberle conocido, se sentía insegura e inadecuada en su pequeño y desgastado despacho. Se sentía ofendida, ya que estaba orgullosa del negocio que había levantado de la nada. Pero en comparación con Raphael, parecía que no había conseguido mucho.

¿Qué podía ser revolucionario en productos para el pelo? Ella era una cínica en lo que concernía a los productos de belleza. El champú solo era jabón glorificado, reembalado, y promocionado a consumidores ingenuos... y a peluqueras. Ella se quedaba con su champú de supermercado en vez de comprar productos de peluquería con los precios inflados, aunque ella nunca lo admitiría ante Gia.

Gia, estilista, pensaba diferente. Cada nuevo champú o ayuda para el cabello era como el descubrimiento del fuego por el hombre o algo así. Ella reñía a Kat cada vez que iba a cortarse el pelo por usar productos capilares baratos. Kat prometía cambiar si Gia le demostraba de algún modo que los productos de su peluquería eran mejores. Por supuesto, Gia no podía demostrarlo, porque no había pruebas científicas ni diferencias en la fórmula de los productos.

–¿Kat? –Jace estaba detrás de la pareja, con una bolsa de deportes sobre un hombro.

Raphael se giró inmediatamente y se presentó. Los dos hombres se estrecharon la mano mientras Gia le sonreía a Kat.

Él se giró hacia Raphael y se presentó.

Rescatada por fin. Ella se movió hacia Jace y tocó su reloj. –Llegamos tarde, Jace. Perderemos el vuelo si no nos marchamos ahora.

–Un segundo. Acabo de recibir un mensaje de la aerolínea–. Jace frunció el ceño mientras estudiaba la pantalla de su teléfono. Incluso con la cabeza inclinada casi llegaba arriba del marco de la puerta. Era varios centímetros más alto que Raphael, pero desgarbado y delgado en contraste con el físico musculoso de Raphael.

Harry se abrió camino junto a Jace para entrar en la habitación. Alargó una mano hacia Raphael. –Soy Harry Denton, el socio de Kat–. En realidad Carter & Asociados no tenía asociados, pero a Harry le gustaba el ajetreo de la oficina y trabajaba a tiempo parcial. Él no era muy ducho en cuestiones tecnológicas, así que no había mucho que pudiera hacer aparte de hacer de recepcionista y llevar los archivos. Pero los clientes le querían y era agradable tener compañía en la oficina. Era una situación beneficiosa para ambos.

Raphael le estrechó la mano. –¿Qué hace exactamente un... ah... un socio por aquí?

—Ayudo a Kat con las investigaciones de fraude —Harry señaló a Kat. —Ella ha descubierto algunos extraordinarios. De billones de dólares, incluso, como el caso del diamante de sangre Liberty.

—¿En serio? —Raphael se puso tenso y examinó su despacho con desagrado. —Nunca lo hubiera adivinado por el aspecto de este lugar.

Kat se ruborizó. —Normalmente me reúno con mis clientes en sus oficinas, así que no hay necesidad de mantener las apariencias—. Ella inmediatamente lamentó su respuesta. Prácticamente se había insultado a sí misma. Ahora simplemente sonaba a la defensiva.

—Probablemente yo haría lo mismo—. Raphael le dio la espalda.

¿Estaba insinuando que su oficina no era merecedora de visitas? La sustancia desbancaba a las apariencias cualquier día, según las convicciones de Kat. Ya le disgustaba Raphael. ¿Qué le daba el derecho a entrar aquí y criticar su despacho?

—He planeado algunas mejoras. Este lugar solo necesita un poco de lavado de cara —Harry se enjugó la frente. —Tengo que volver a colocar los suelos de madera, añadir una nueva capa de pintura, y poner un zócalo. Simplemente no hay suficientes horas en el día. Siempre me entretengo con otra cosa.

Raphael se rio. —Tiene el trabajo hecho a la medida para usted.

Lo que sea. A ella le gustaba su oficina Gastown de principios del siglo veinte tal y como estaba. Con su sofisticada dejadez, con su madera expuesta, y sus grandes ventanas que enmarcaban la vista del puerto. Pasado de moda también significaba alquiler barato y bajos gastos estructurales. Simplemente ignórale, se recordó a sí misma.

Metió su portátil en su bolso y se puso de pie, preparada para marcharse. Contaba los segundos hasta que pudiera dejar al maleducado novio de Gia atrás.

Jace frunció el ceño cuando levantó la vista de su teléfono móvil. —Odio decirte esto, pero nuestro vuelo ha sido cancelado. Problemas mecánicos, y no hay más vuelos hasta el martes.

—Eso es terrible —Kat suspiró. ¿Un fin de semana de agosto con Jace en un avión fletado hacia una isla escasamente populada, con todos los gastos pagados? Por supuesto que había sido demasiado bueno para ser verdad. —¿Quizás el fin de semana que viene?

Jace se encogió de hombros. —No puedo esperar tanto. Mi fecha límite es el viernes que viene. Necesitaré encontrar otra forma de llegar allí.

—¿Por qué no te llevo yo a De Courcy Island? —Raphael hizo un gesto con la mano hacia la vista del puerto. —En mi yate.

—¡No hay mal que por bien no venga! —Gia aplaudió. —Ahora podemos quedar todos juntos.

¿El novio de Gia tiene un yate? Esto se está convirtiendo en increíble muy rápido.

—Eh, no. No puedo imponeros mi presencia así —Jace dejó caer su bolsa sobre el sillón de Kat. —Vosotros dos debéis tener otros planes.

Sí, por favor, tened otros planes. Kat calaba a la gente bastante rápido y estaba segura de que Raphael se traía algo entre manos. ¿Qué veía Gia en él?

Qué pregunta más tonta. Raphael no solo era guapo, sino que al parecer también era rico.

—En realidad no, y no es ningún problema —dijo Raphael. —Siempre he querido explorar las islas. Esta es la oportunidad perfecta.

Los brazaletes de Gia tintinearon mientras daba saltitos sobre sus tacones de ocho centímetros. —¡Será muy divertido! Tendremos tiempo de ponernos al día y Jace puede escribir su historia. Nosotros podemos explorar la isla y relajarnos a bordo después.

Jace cambiaba su peso de un pie al otro. —Si estáis absolutamente seguros, sería genial. Realmente tengo que cumplir las fechas de entrega y el único otro modo de llegar allí es en barco. Puedo daros algo de dinero para combustible…

—Quizás haya otra aerolínea…— La mente de Kat iba a toda

velocidad. El combustible para yates probablemente costaba miles de dólares. Jace no se daba cuenta de a lo que estaba accediendo.

–No seas ridículo –se rio Raphael. –Iba a ir en esa dirección de todos modos. ¿Sobre qué va tu artículo?

–Sobre una secta de los años veinte, completo con un escándalo sexual y un tesoro escondido –dijo Jace. –Un tipo llamado Hermano XII fundó la Fundación Acuariana en 1927. Él afirmaba que era una comunidad espiritual que esperaba la Era de Acuario. Pero el precio de admisión era alto. Él solo buscaba miembros ricos. Como cogía el dinero de todo el mundo, o bien era una secta o una estafa, o las dos cosas.

–Estafa –dijo Kat. –Una secta es casi siempre una estafa. Especialmente cuando el primer orden del negocio es convencer a sus seguidores para que entreguen todo su dinero.

Raphael soltó un bufido. –Ya veo que eres de las que ven el vaso medio vacío.

Kat frunció el ceño.

Gia dijo "lo siento" a Kat por lo bajo y tiró del brazo de Raphael. –¡Me encanta buscar tesoros!

–No he querido decirlo del modo como ha sonado –dijo Raphael. –Pero según mi experiencia, los que contabilizan hasta lo más mínimo son siempre los detractores. Siempre dicen que no cuando todo el mundo dice sí.

Jace se rio. –Realistas, seguro que sí, pero hay un beneficio. Kat es mejor que nadie desenmascarando a criminales. Ella también recupera el dinero.

Hablaban sobre ella como si ni siquiera estuviera allí. Abrió la boca para responder, pero se detuvo. Jace no había interpretado el comentario de Raphael como maleducado, así que quizás ella estaba tomándoselo demasiado a pecho. Pero claro que le parecía un insulto. Sin embargo ella no quería empezar una discusión, así que simplemente apretó los dientes y sonrió.

–Hermano XII suena a que era un tipo intrigante –dijo Raphael.

–Carismático cuando menos –dijo Jace. –Su auténtico nombre era Edward Arthur Wilson. Afirmaba ser la reencarnación del dios egipcio Osiris, y su Fundación Acuariana se basaba en la teoría de un inminente apocalipsis. Afirmaba que el final estaba cerca y solo unos cuantos creyentes elegidos salvarían sus almas.

–¿Y la gente se creía eso? –Raphael arqueó las cejas. –No demasiado inteligentes.

–Sorprendentemente, la mayoría eran personas educadas y muy inteligentes –dijo Jace. –Uno de los miembros del consejo de la Fundación Acuariana era un prominente editor de un periódico. Recibió mucha atención de la prensa de sus publicaciones y otros. Eso le dio a Hermano XII un público mundial. Pronto tuvo miles de acaudalados e influyentes seguidores, incluso candidatos a la presidencia.

«Contribuyeron millones a Wilson y a su Fundación Acuariana, y usó los fondos para establecer una sociedad y asentamiento autosuficientes con Wilson al timón. Cientos de personas de todo el mundo se mudaron aquí para unirse a él, la mayoría tendiéndole todas sus posesiones terrenales.

–Tenían que estar locos para darle el dinero –dijo Gia. –¿Quién se arriesgaría a perderlo todo así?

–Es sorprendente lo que la gente hace –Raphael se frotó la barbilla. –Pagarán enormes sumas de dinero para conseguir lo que quieren. No siempre se trata de dinero y riquezas. Algunas veces solo quieren formar parte de algo más grande que ellos mismos.

Jace asintió. –A toro pasado todos somos genios. Raphael tiene razón. La mayoría ya eran ricos. Lo que realmente querían era ser aceptados y pertenecer a algo. Hermano XII llenó esa necesidad. A mitad de los años veinte publicó una serie en Inglaterra en *The Occult Review*, una revista de la época. Él afirmaba tener habilidades psíquicas y que el Armagedón era inminente. Fue fácil convencer a sus seguidores iniciales de que se unieran a él en 1927. Por suerte para Hermano XII, todos eran ricos y entregaron todos sus bienes a él y a la Fundación Acuariana.

–¿Por qué haría alguien algo así? –preguntó Harry. –Es una locura.

–Yo también lo creo –dijo Jace. –Pero estaban entusiasmados con la idea de que estaban a punto de entrar en la nueva Era de Acuario. Esperaban un día del juicio final y se imaginaron que esto les pondría en el lado correcto de la verja cuando el Armagedón les alcanzara finalmente. Además, Hermano XII les hacía sentirse especiales al invitar solo a doce personas al principio.

Raphael asintió apreciativamente. –Solo con invitación. Buen concepto.

–A mí no me habrían engañado con eso –dijo Harry.

–Te sorprenderías –dijo Jace. –Había un montón de publicidad en la prensa. La gente lo veía como una oportunidad única en la vida. Además, ¿de qué valía su dinero si el mundo estaba a punto de acabarse?

–Puedo entender eso –añadió Gia. –Todos los periódicos contando sus afirmaciones, así que tiene sentido que la gente se viera dominada por la histeria.

–Exacto –accedió Jace. –Y los ricos conversos de Hermano XII sospechaban de los motivos de los detractores, así que desestimaron cualquier acusación contra Hermano XII.

–Un hombre inteligente, aún cuando fuera un criminal–. Raphael dio unas palmadas. –¿Y bien? ¿A qué estamos esperando? Vayamos a De Courcy Island. Podemos caminar hasta el barco. He atracado en el puerto deportivo.

–¡Ooh, una auténtica aventura! –exclamó Gia. –No puedo esperar.

–¡Ni yo! Dejad que coja mis cosas–. Tío Harry salió corriendo del despacho de Kat antes de que pudiera protestar. Su escapada romántica con Jace se había metamorfoseado de algún modo en una fiesta. Pero Jace necesitaba el artículo, así que ¿quién era ella para discutir?

CAPÍTULO 3

*E*l yate de Raphael, *El Financiero*, resultó medir más de ciento cincuenta pies, el más grande del puerto con diferencia. Su inmaculado casco blanco brillaba bajo el sol de la tarde mientras bajaban por la pasarela, con sus maletas a cuestas.

Kat había trabajado para muchos millonarios y unos cuantos billonarios en su anterior trabajo como consultora financiera internacional. Había visto un montón de juguetitos de magnates e incluso había asistido a fiestas en algunos de ellos. Ella sabía poco sobre yates, pero *El Financiero* era más grande y estaba más elegantemente preparado que ninguno en los que hubiera estado. El yate de Raphael empequeñecía los demás barcos en el puerto deportivo, tanto en tamaño como en esplendor.

Kat sintió miradas envidiosas sobre ellos mientras bajaban por el muelle detrás de Raphael y Gia. La atención le dio un extraño sentido de importancia, como si fuera una celebridad o algo así.

El sol de la tarde les golpeó cuando subieron a bordo de *El Financiero*. Inmediatamente fueron bajo cubierta a una cocina espaciosa con aire acondicionado y un pasillo que llevaba a la parte de atrás, o popa, del barco. El lujoso interior estaba acabado con muebles integrados de teca y aspecto caro, y con lámparas de lujo. Raphael hizo un gesto hacia un camarote a la derecha. Jace había cancelado su alojamiento ya que Raphael había insistido en que se quedaran a bordo del yate.

—Ese es para vosotros dos, y el de Harry está al lado —dijo Raphael.

Kat siguió a Jace dentro de su camarote. Era más espacioso de lo que había esperado, al menos del doble de tamaño que el camarote de lujo en su crucero por el Caribe del año anterior. —Vaya.

Dejó su bolso sobre la cama y volvió a salir al pasillo. Echó un vistazo en la suite de Harry de al lado. Era más pequeño pero no menos lujoso.

—Bien podría acostumbrarme a esto—. Harry miró por el gran ojo de buey. —Quizás me convertiré en marino mercante y conseguiré un trabajo a bordo.

Kat se rio. —Tienes más de setenta años, tío Harry. Es demasiado tarde para buscarte un trabajo nuevo, y ya tienes tu pensión. Además, apostaría a que la tripulación trabaja muy duro para mantenerlo todo en orden.

Kat salió del camarote de su tío y miró por el pasillo. Más allá del camarote de Harry estaban los aposentos de la tripulación. Según Raphael, el barco estaba equipado con la última tecnología de navegación. Todavía tenía que ver a la tripulación, pero probablemente estaban ocupados preparándose para la partida.

Volvió a su camarote, donde Jace estaba deshaciendo el equipaje en el armario empotrado.

—Este yate debe valer más que nuestra casa—. Ella se sentó en la cama y pasó la mano por la colcha de algodón egipcio. Ella estaba feliz por Gia, pero sentía que su historia de amor con Raphael era un poco demasiado bueno para ser verdad. Todo en él era simplemente demasiado perfecto.

—Más que varias casas, de eso estoy seguro —Jace se rio. —Me alegro de que Raphael no aceptara mi oferta de pagar el combustible. Cuando dijo "yate" pensé que estaba exagerando.

–Al parecer no. ¿No te parece que Gia y Raphael forman una extraña pareja?– La ropa hecha a medida de Raphael, su perfecto físico y, al parecer, su condición de billonario rozaba lo increíble. No es que Gia no fuera un buen partido para cualquier hombre. Es solo que los hombres no lo veían así.

Gia era divertida, atractiva, y tenía éxito, pero no era exactamente una modelo de bañadores. Los hombres como Raphael típicamente buscaban imagen y belleza. Las mujeres que decoraban sus brazos a menudo eran una extensión de ello.

–Un poco –Jace se encogió de hombros. –Pero parecen gustarse mucho. Bien por Gia.

Kat tenía la intención de investigar a Raphael para ver si era quien afirmaba ser. Ella le desenmascararía muy pronto.

–Supongo–. Ella solo tuvo unos momentos robados con Jace antes de subir las escaleras, y ella quería evaluar su impresión de Raphael. –¿Estás seguro de esto, Jace? Me siento incómoda imponiéndonos sobre Raphael. Apenas le conocemos.

–Ya le has oído –dijo Jace. –Siempre ha querido visitar las islas. Si yo tuviera un barco como este, estaría buscando excusas para ir a lugares. Pero tengo que encontrar alguna forma de devolverle el favor. Quizás puedo hacer algún negocio escribiendo para él o algo así.

–Supongo–. Kat seguía sintiéndose incómoda. Raphael probablemente tenía intenciones ocultas; ella simplemente no sabía todavía cuales eran. Le daba escalofríos pero no tenía nada tangible en los que basar sus sentimientos. Pero su instinto le decía que había algo extraño en él.

–Gia me dijo que vive a bordo –dijo Jace. –¿Puedes imaginarte una vida así? Este barco debe valer millones.

–Debe ser duro viajar y dirigir un negocio a medio mundo de distancia –dijo Kat. –Apuesto a que cuesta una fortuna operar esta cosa.

Jace se sentó junto a ella sobre la cama. –Él *tiene* una fortuna. Estoy seguro de que él no se preocupa por ello.

–Debe proceder de una familia muy rica –dijo Kat. –Es demasiado joven para haber ganado todo este dinero por sí mismo–. ¿Dónde encontraba Raphael el tiempo para navegar desde Italia en mitad del lanzamiento de su nuevo negocio? La mayoría de los magnates no tenía tiempo para improvisados viajes en yate.

–Quizás nos cuente su secreto –dijo Jace. –¿No sería maravilloso vivir así?

–Es muy lujoso –accedió Kat. Su camarote estaba suntuosamente decorado, desde la lujosa ropa de cama de algodón egipcio y damasco hasta los originales oleos de paisajes marinos. –¿Por qué no escribes un artículo sobre cómo consiguió su éxito? Vamos a pasar mucho tiempo con él. Puedes conseguir dos tareas en vez de solo tu trabajo sobre Hermano XII.

–Esa es una idea genial. Es un tipo fascinante. Mucha gente estaría interesada en cómo ganó su fortuna.

–Estoy segura de que sí–. Ella era una de ellos, ya que dudaba que las riquezas de Raphael fueran conseguidas honestamente. La riqueza rápida a menudo significaban atajos, y sus instintos le decían que había tomado varios. ¿A cuánta gente había quemado en su ascenso hasta la cumbre? El artículo de Jace proporcionaría algunas respuestas. –Puedes descubrir sus secretos.

Jace le guiñó un ojo. –Pretendo hacerlo.

–Estoy preocupada por Gia–. Por un lado, se alegraba por Gia. Se merecía la felicidad. Pero el torbellino de romance de Gia con Raphael preocupaba a Kat. Estaba encaprichada hasta el punto de que no veía las cosas––ni a Raphael––claramente. –Quizás podrías descubrir algo sobre su entorno, ver si está todo bien.

–No voy a interrogarle, si es lo que quieres decir –Jace sacudió la cabeza. –Gia puede cuidar de ella misma perfectamente bien. Si ella no está preocupada, ¿por qué lo estás tú?

Gia tenía visión para los negocios, habiendo construido su peluquería de la nada sin ninguna ayuda. Pero era muy inocente en cuanto a los hombres y Kat dudaba que ella aplicara el mismo ojo crítico en lo que concernía al romance. –Solo espero que él no le rompa el corazón.

–Estás tomando juicios precipitados sobre el tipo–. Jace le rodeó la cintura con un brazo. –Tienes que admitir que es bastante generoso por su parte llevarnos a todos a De Courcy Island.

–Supongo, pero todo es tan repentino. Gia acaba de conocerle hace un par de semanas y ya van tan en serio–. Ella necesitaba hablar con Gia en privado, y pronto.

Su inquietud acerca de Raphael crecía, aunque no podía entender por qué. Era como si él se estuviera enamorando siguiendo unos plazos. El amor rara vez se ceñía a un horario, y mucho menos a uno agresivo. Si Raphael tenía motivos ocultos, ella necesitaba descubrir por qué. Un poco de indagación surrepticia no haría daño siempre y cuando lo hiciera en secreto.

–Todavía no puedo creer que Gia esté saliendo con un tío que tiene un yate de este tamaño. Él debe valer al menos cien millones.

–Jace, a Gia le va también bastante bien. Ha abierto dos peluquerías rentables en cinco años–. El trabajo duro y la perspicacia financiera de Gia había dado resultados. Por debajo del exterior chispeante de Gia había una empresaria inteligente con un talento para los negocios. –Su franquicia *Rizando el Rizo* ya tiene mucho éxito. Ella no necesita a Raphael para tener éxito.

Kat estaba orgullosa del éxito que su amiga había conseguido sin ayuda de nadie. Kat había visto el negocio de Gia crecer y la había ayudado con consejos financieros desde que ella empezara su negocio de peluquerías hacía diez años.

–Ella podría no necesitarle, pero es agradable compartir tus esperanzas y sueños con alguien –Jace se acercó más y la besó. –Hace que todo el trabajo duro merezca la pena.

Kat suspiró mientras se ponía de pie. –Gia merece felicidad, pero algo no me parece congruente. Todavía no sé qué es exactamente, pero estoy un poco preocupada.

–Simplemente alégrate por ella, Kat. No estropees las cosas

interrogándole o actuando con suspicacia–. Jace sacudió la cabeza y caminó hacia la puerta. –No todo el mundo es un criminal.

Tal vez no, pero Raphael ciertamente tenía el aspecto exterior de los muchos canallas con los que se había topado como investigadora de fraudes.

–Lo sé. Simplemente no me lo perdonaría si mis sospechas fueran ciertas y no hice nada–. Pasar tanto tiempo alrededor de criminales de guante blanco le había dado una cínica visión del mundo. –Por supuesto que estoy feliz por ella. Simplemente no quiero que le hagan daño.

–Solo sientes envidia. Nosotros no tenemos tanto dinero y probablemente nunca lo tendremos –Jace suspiró. –Admito que yo también me siento un poco envidioso. Pero metámonos en nuestros asuntos, ¿vale?

Jace no podía ser más diferente de Raphael. No estaba empeñado en acumular o mostrar riqueza o posición social. Ella y Jace no eran exactamente ricos, pero tenían todo lo que necesitaban y les iba simplemente bien. Pero quizás él tuviera razón. Ella tenía envidia. Si sus despliegues de riqueza y afecto eran ciertos, claro está. Pero ella sospechaba que se avecinaban problemas.

Jace mantuvo la puerta abierta mientras salían de su lujoso camarote. –Considéralo de este modo. Raphael es mucho más exitoso que Gia. Si alguien debería preocuparse es él, no ella.

Los motores retumbaron al ponerse en marcha y vibraron bajo sus pies mientras subían las escaleras hacia la cubierta superior. Aunque la oferta de Raphael de llevarles a De Courcy Island era generosa, también estaba garantizada para impresionarles. ¿Era todo parte del plan de Raphael? Algo no encajaba, y ella estaba decidida a descubrir por qué.

CAPÍTULO 4

Kat y Jace salieron a la cegadora luz del sol sobre cubierta. Los rayos se reflejaban en la brillante fibra de vidrio y los cromados del yate. El yate de Raphael era inmaculado, equipado con los últimos equipos. Se dirigieron hacia popa, donde habían acordado reagruparse en el bar exterior.

Kat pasó su mano por la barandilla y retiró la mano cuando el metal quemó su piel. Perdió el equilibrio momentáneamente cuando el barco se puso en marcha. El embarcadero pareció moverse cuando la nave salió de su puesto en el puerto.

Ella decidió indagar un poco más sobre el trasfondo de Raphael. Sus miedos se apaciguarían si él estuviera limpio, y Gia nunca lo sabría. Suponiendo que él fuera legal. Si no lo fuera, cuanto más supiera ella, mejor podría advertir a Gia de que su novio billonario era en realidad un estafador. La intuición de Kat le decía que simplemente era demasiado bueno para ser verdad.

Gia y Raphael estaban cogidos del brazo en la popa. Se apoyaban contra la barandilla, con el puerto de fondo. Eran una pareja improbable. El musculoso Raphael, con su aspecto mediterráneo y su ropa a medida contrastaba bruscamente con la regordeta Gia, quien podría soportar perder unos cuantos kilos. ¿Cuánto tiempo pasaría antes de que Raphael la cambiara por una supermodelo? Su burbujeante personalidad no llamaría su atención por mucho tiempo.

Gia sonrió. —Me preguntaba dónde estábais vosotros dos. Disfrutemos de la vista mientras salimos del puerto.

Al parecer ellos eran la principal atracción, a juzgar por la docena o así de personas que se paraban para mirar fijamente como *El Financiero* navegaba el puerto deportivo. La atención le provocó una sensación embriagadora. Esto debía ser lo que los famosos experimentaban cuando eran reconocidos. Los adornos de los ricos siempre atraían miradas de admiración.

Kat había esperado encontrar a Gia sola. Supuso que Raphael estaría ocupado cuando el barco zarpara, pero no era ese el caso. La tripulación de Raphael lo tenía todo bajo control y su ayuda no era necesaria.

Tío Harry se materializó a su lado y le dio una palmada en el brazo. —¿No es grandioso? Olvida lo de trabajar a bordo. Mejor me hago polizón. Solo no digas nada cuando no me baje del barco, ¿vale?

—Claro—. Ella sonrió. Aunque tenía gustos más sencillos, ciertamente no era difícil acostumbrarse a navegar.

Salieron del puerto y establecieron rumbo al oeste, hacia mar abierto. El paisaje se deslizaba mientras el barco ganaba velocidad. Las North Shore Mountains se cernían más grandes y ahora estaban situadas a su derecha—¿o era a estribor?—en vez de estar delante.

Raphael y Jace hablaban sobre yates mientras tío Harry se les unía a unos metros de distancia en la popa. Observaron la estela del yate mientras salían del puerto.

Gia llamó a Kat para que se acercara a una pequeña mesa, donde ella estaba sentada sola. —No puedo esperar a contártelo todo. ¿No es increíble?

Kat le echó un vistazo a los hombres mientras se sentaba.

Estaban a unos metros, enfrascados en una conversación sobre velocidad del motor y otras cosas de tíos. Finalmente ella podía hablar a solas con Gia y saber más sobre su nuevo interés amoroso.

Se sentó enfrente de Gia. –Es un día perfecto para estar en el mar.

Gia asintió. –¿Una bebida?– Gia sostenía un vaso de Martini lleno con un líquido rosa fluorescente y señaló al bien provisto bar a unos metros de distancia.

Kat sacudió la cabeza. –Beberé agua–. Le dio un sorbo a la botella de agua que había traído para el viaje.

Gia bebió de su copa. –En la vida me imaginé saliendo con un billonario.

–¿Billonario?– Al menos Gia había abordado el tema de los antecedentes de Raphael. Ahora ella podía hacer preguntas sin parecer entrometida. –¿Tan rico es?

Gia soltó una risita. –Es rico, sexi, y totalmente loco por mí. Una locura, ¿eh? Ni siquiera puedo recordar mi vida antes de Raphael. Estoy locamente enamorada de él.

–¿Desde cuándo le conoces?

–Lo suficiente como para saber que pasaremos el resto de nuestras vidas juntos.

Finalmente una respuesta, solo que no era la que Kat había esperado. –No tengas tanta prisa, Gia. ¿Le conoces desde hace una semana? ¿Dos?– Gia no había mencionado un nuevo hombre cuando quedaron para cenar hacía un par de semanas.

Gia removió el vaso medio vacío en su mano. –Ya sé todo lo que necesito saber. Es un hombre fascinante.

–Es bastante joven para tener tanto dinero. ¿Su familia es rica?

Gia asintió mientras dejaba su vaso vacío sobre la mesa. –Lo son ahora por el producto que Raphael y su madre inventaron hace un par de años. Lo hicieron todo ellos mismos. Nada de esa tecnología de internet. Hicieron un producto para el pelo ¡de entre todas las cosas! ¿No es una coincidencia?

–Una increíble coincidencia. ¿Lo has probado?

–Todavía no. Pero me está dejando ser parte de la compañía–. Gia le lanzó un beso a Raphael. –¿No es fantástico?

–¿Pero qué pasa con tus peluquerías? ¿Cómo encontrarás tiempo para trabajar para él?

–No como empleada, tonta. Como inversora –dijo Gia. –Mi experiencia en la industria de la belleza en Norteamérica es algo que necesitan y desean.

Kat levantó las cejas.

–Yo puedo hacer que se establezcan en el mercado aquí.

La peluquería de Gia era una historia de éxito local, pero eso difícilmente la convertía en una experta empresaria norteamericana. –¿Cómo promocionarás y venderás el producto?

–Raphael lo tiene todo planeado. Yo estaré en la base ejecutando el plan empresarial. Dice que soy perfecta porque ya entiendo el negocio–. Apretó la mano de Kat. –¿No es genial? Nunca soñé que conocería al amor de mi vida en el sector de los productos de belleza. Tenemos este increíble producto. Bellissima es un alisador para el pelo que va a revolucionar el mundo de la belleza.

–¿Cómo un alisado brasileño o algo así? –Kat había probado el liso semipermanente en su cabello una vez, pero decidió que un poco de encrespamiento era mejor que un montón de productos químicos en su cabeza.

–Algo así, pero mucho mejor. Un alisado brasileño es solo temporal. Bellissima alisa permanentemente tu cabello. Para siempre.

–¿Lo has visto? ¿Cómo funciona?– Si el producto era tan lucrativo, ¿por qué no lo habían desarrollado algunas de las grandes compañías de productos de belleza y cosméticos? Tenían ejércitos de científicos, desarrolladores de productos, y presupuestos millonarios. Le resultaba extraño que Raphael y su madre pudieran crear un producto mejor.

Gia se giró y se encogió de hombros. –Pregúntale a Raphael.

Todo lo que sé es que ya ha ganado una fortuna con Bellissima en Europa.

–¿Cuál es el nombre de su compañía? –Kat pretendía averiguar todo lo que fuera posible sobre Raphael. Como Gia había decidido abandonar toda precaución, ella necesitaba cuidar de su amiga.

–No lo sé. Algún nombre italiano. Tu paranoia sobre todo esto es absolutamente ridícula.

–Eres italiana, ¿y no puedes recordar un nombre italiano?– Para empezar, si la compañía de Raphael tenía tanto éxito, ¿por qué necesitaba el dinero de Gia? ¿Por qué no había acudido a un banco? Kat vaciló. Gia se enfadaría sin importar lo que dijera, así que bien podía preguntar. –¿Comprobaste lo que afirmaba para asegurarte de que era todo cierto?

–¿Piensas que él ha mentido sobre todo? ¿Por qué haría eso? – el rostro de Gia estaba rojo de rabia. –En serio, Kat. Eres increíble.

–No estoy diciendo eso. Solo que es bueno verificar las cosas.

–Nuestra relación se basa en la confianza. ¿Por qué iba a preguntar cuando tengo las pruebas aquí mismo?– Gia movió su brazo alrededor. –El tipo tiene este yate, por amor de Dios. Es legítimo.

–¿De dónde saca el tiempo para navegar en su yate? ¿No tiene un negocio que dirigir?

–Se llama delegar, Kat. Eso es lo que hacen los ricos. Sus lacayos hacen el trabajo–. Gia lanzó su pelo hacia atrás con un ademán exagerado. –Sus lacayos y su capital. Deberías probarlo alguna vez.

Su conversación había descarrilado completamente. Por un lado, Kat deseaba no haber preguntado nunca sobre Raphael y su compañía. Por otro lado, Gia estaba demasiado implicada. Tenían que discutir tanto si quería como si no. –No me has dicho nunca dónde le conociste.

–Esa es la mejor parte. Él simplemente entró en mi peluquería. Dijo que se parecía a la peluquería de su madre en su país. ¿No es una coincidencia?

Kat creía más en las estafas que en las coincidencias. –Eso es interesante.

–Es mucho más que interesante. Toda mi vida ha cambiado en menos de una semana.

–Estás siendo dramática. Simplemente estás encaprichada con él.

Gia sacudió la cabeza. –No, es mucho más que eso. He encontrado mi alma gemela, Kat. Es el hombre con quien pasaré el resto de mi vida.

Antes de que Gia pudiera decir una palabra más, Raphael apareció a su lado. Rodeó posesivamente sus hombros con su brazo. –¿Todo bien, *bellissima*?

–*È perfetto* –Gia le miró radiante.

Él se inclinó y la besó en la frente. Se giró y se reunió con Jace y Harry. Navegaron a través de Burrard Inlet, dirigiéndose hacia mar abierto.

Gia estaba muy feliz. –No solo es el hombre de mis sueños, ¡incluso es italiano!

–No tiene acento. Suena igual que nosotros.

Gia sacudió la cabeza despacio. –Por supuesto que no tiene acento. Fue a un internado internacional. También habla con fluidez otros siete idiomas.

–Oh. Suena a que es bueno en todo–. Más bien a que es un buen actor, ¿pero por qué había elegido a Gia para practicar?

–No estés celosa, Kat. No volvamos a la época del instituto–. Gia pareció complacida por la reacción de Kat.

Raphael las miró por un momento antes de volver a girarse hacia los otros hombres.

–¿Cuánto has invertido, Gia?

Silencio.

–Gia, ¿has pensado en lo que estás haciendo? Acabas de conocer a este tipo, ¿y te pide dinero?

–Soy una mujer adulta, Kat. Puedo pensar por mí misma.

Ante eso, Raphael hizo una pausa en mitad de lo que estaba

diciendo y los tres hombres las miraron. Unos segundos más tarde volvieron a su conversación.

Kat bajó la voz. –Solo me preocupa que no lo hayas pensado bien, Gia.

Harry se levantó de la mesa y Kat le oyó decirles a Jace y Raphael que se dirigía al puente para comprobar la navegación. Eso le dio una idea para más tarde. La tripulación de Raphael podría sentirse menos reacia a hablar sobre su jefe, o al menos sobre sus viajes en yate. Al menos podría verificar su afirmación de que llegó navegando desde Italia. Una conversación informal no debería levantar sospechas.

–Él no me lo pidió, Kat. Yo se lo ofrecí.

Kat levantó las cejas.

–Vale, prácticamente le supliqué que me dejara participar–. Gia metió un mechón suelto de su cabello detrás de su oreja. –Él no quería, pero yo insistí. Es una inversión en mi futuro. Nuestro futuro.

Kat sintió que se le revolvía el estómago. Una creciente sensación de temor le dijo que, lo que fuera que Raphael se trajera entre manos, no era bueno. Gia estaba demasiado encaprichada como para verlo.

Raphael y Jace se unieron a ellas y las esperanzas de Gia de continuar su conversación con Gia se desvanecieron. Raphael tenía una expresión imperturbable, pero Jace parecía irritado, probablemente como resultado de escuchar retazos de su conversación con Gia.

Raphael colocó su silla junto a Gia y apoyó su brazo sobre el respaldo de su silla. –Un día genial para estar en el mar.

–Esto le gana a un vuelo chárter por mucho. No puedo decirte lo mucho que aprecio esto–. Jace colocó su cerveza sobre la mesa y se reclinó en su silla. Se giró hacia Raphael. –También me gustaría escribir un artículo sobre ti, si estás interesado.

Raphael se rio. –¿Estás seguro de eso? Simplemente aburriré a todo el mundo.

—Definitivamente no. La gente se siente fascinada por el éxito. Especialmente con el tuyo. Ni siquiera tienes cuarenta años y estás viviendo el sueño de todo el mundo. ¿Quieres contar tus secretos?

Perfecto, pensó Kat. Ella simplemente absorbería lo que fuera que Raphael le contara a Jace, y más tarde comprobaría los datos.

—No hay secretos, solo saber en lo que invierto y seguir mi instinto —dijo Raphael. —La oportunidad lo es todo.

—¿Y qué te dice tu instinto ahora?— Él sería parco en detalles, ya que no los había.

Raphael sonrió. —Tengo la oportunidad más fantástica ahora mismo. La compartiría con vosotros, pero es demasiado pronto.

Gia tiró de su brazo. —Kat y Jace son mis amigos más íntimos. Son como familia. Puedes contárselo. No se lo dirán a nadie—. Ella miró a Kat como para decirle "te lo dije".

—No sé, Gia—. Raphael se giró hacia Kat y Jace. —Quiero contároslo, pero estoy atado por un acuerdo de confidencialidad.

—Ellos saben guardar un secreto. Cuéntaselo, cariño —Gia soltó una risita. —Ya le he contado algunas cosas a Kat. También quiero dejarla entrar en el negocio, para que pueda conseguir beneficios enormes como yo.

—Vale, qué demonios —dijo Raphael. —Haré una excepción. Pero me juego el culo. Decir una palabra sobre esto y tendré que mataros y tiraros por la borda.

Jace se rio. —Prometemos guardar el secreto.

Raphael se inclinó hacia delante y besó a Gia en la frente. —Cuéntaselo tú, querida.

Gia acercó más la silla y se apoyó sobre la mesa. Habló en susurros. —El nuevo producto capilar de Raphael es simplemente increíble. Es un producto patentado para alisar el cabello llamado Bellissima, y es el mejor invento desde el champú.

—¿Por qué susurras? —preguntó Jace. —¿Quién podría posiblemente oírnos aquí?

—Nunca se puede ser demasiado cuidadoso—. Gia miró por encima del hombro hacia la mitad del barco. —Bellissima es revolucionario. Es como hacerse una permanente, pero al revés. Lo pones en el pelo rizado y se alisa. Para siempre.

Gia sonaba como un anuncio publicitario mientras repetía lo que ya le había contado a Kat.

Gia se llevó la mano al pecho. –Yo soy la distribuidora exclusiva en Norteamérica. Cada peluquería me lo tendrá que comprar a mí. Lo lanzaremos justo después de los Oscar. Tenemos un contrato de promoción con unas cuantas estrellas de alto nivel, y tendremos certificados de la peluquería en las bolsas de regalos de los Oscar. ¡Raphael ha pensado en todo!

Los Oscar no eran hasta febrero, y solo era agosto. Raphael podría haber desaparecido hacía mucho para entonces. ¿Por qué había invertido Gia sin probar el producto? Después de todo, ella era peluquera. Un producto capilar estaba dentro de su área de especialización.

–¿Qué hace que el producto de Raphael sea más especial que los demás? –preguntó Jace.

Gia de repente tiró de un mechón de pelo de Kat.

–¡Ay!– Las manos de Kat volaron a la parte de atrás de su cabeza. Gia estaba más enfadada de lo que pensaba. –¡Me has tirado del pelo!

Gia la soltó y alisó el pelo de Kat. –Este encrespado desaparecería con solo una aplicación y un toque de secador.

–¿Qué encrespado? –Kat alejó la mano de Gia, molesta. Ella había alisado temporalmente su cabello esa mañana con una plancha para el pelo y pensaba que se veía bastante bien. Ni siquiera hacía humedad, ¿así que cómo iba a estar su pelo encrespado? O quizás Gia se estaba vengando por sus anteriores comentarios sobre Raphael.

Jace y Raphael desconectaron ante la mención de su cabello. Los hombres se levantaron de la mesa. Jace le frunció el ceño a Kat, luego se giró y siguió a Raphael hacia la barandilla.

Gia suspiró. –No estés tan a la defensiva. No puedes evitar

haber nacido con ese pelo. Pero puedes cambiarlo. Bellissima transforma encrespamiento y rizos en brillante pelo liso.

–¿Has invertido en un producto que ni siquiera has probado todavía? ¿Qué pruebas tienes de que funciona realmente?

–Cielos, Kat. ¿De verdad piensas que soy tan tonta? –sacudió la cabeza. –Veré el producto la semana que viene cuando vuele a Italia con Raphael. No podemos usarlo ahora y arriesgarnos a que caiga en las manos equivocadas antes de que la pantente norteamericana esté registrada. Es como la fórmula de la Coca-Cola™®. Saber la receta secreta pondría mi vida en peligro. Podrían secuestrarme o algo.

–¿Te refieres a espionaje industrial? Eso es ridículo–. El producto ya estaba a la venta en Europa, así que no había riesgo añadido. Algo no encajaba.

–Adelante, ríete de mí, pero Bellisima es algo revolucionario. Los demás productos solo funcionan temporalmente. Bellissima es para siempre.

–¿No es eso algo malo? –preguntó Kat.

Gia frunció el ceño. –¿Cómo?

–No hay oportunidad de que los clientes repitan. Una sola aplicación de Bellissima como alisador se traduce en cero posibilidades de repetir el negocio. No más productos o tratamientos alisadores nunca más. Tendrías que cobrar una fortuna por él.

Gia la desestimó con un movimiento de su mano, pero había tocado una fibra sensible. –Habla con Raphael. Funcionó en Europa, así que funcionará aquí. Una vez que esté en la bolsa de regalos de la ceremonia de los Oscar de Hollywood y las estrellas lo usen, todo el mundo lo querrá. ¡Haremos una fortuna!

–Me sorprende que hayas invertido tu dinero sin saber más detalles, Gia–. Kat se removió en su silla.

–Sé lo suficiente, Kat. Como estilista sé que este producto será enorme. Y Raphael ni siquiera me preguntó si quería invertir. Para empezar, tuve que convencerle de que cogiera mi dinero.

–¿Es eso verdad?– Raphael, como todos los estafadores, parecía estar bien versado en psicología.

–Sí, es verdad–. Gia sorbió por la nariz. –Ahora desearía no habértelo contado nunca. Estoy aquí ofreciéndote una oportunidad de ganar una fortuna tú también, pero todo lo que haces es criticar. ¿Tenemos que pelearnos todo el tiempo?

–Te lo agradezco, pero no me has contado nada sobre el producto–. Kat se removió en la silla. –Yo pensaba que estos productos alisadores estaban prohibidos. ¿No contienen formaldehído o algo peligroso?

Gia negó con la cabeza. –Eso es lo que es tan revolucionario sobre Bellissima. Es completamente natural.

–Si es completamente natural, ¿cómo puede ser patentado?

–Todo puede ser patentado. Genes humanos, variedades de maíz, lo que quieras.

El ambiente ligero se había evaporado. –Todavía querría más detalles antes de poner dinero. Si es completamente natural, ¿por qué nadie lo ha descubierto antes de ahora?

–Raphael puede darte todos los detalles. Puedes calcular todo lo que te venga en gana.

Kat dudaba seriamente que Raphael fuera a ser tan directo. Su escapada de fin de semana estaba convirtiéndose rápidamente en un nuevo caso, en uno muy personal.

CAPÍTULO 5

$\mathcal{E}$l *Financiero* navegaba a través de Active Pass y se dirigía al norte a través de Juan de Fuca Strait. Una ventolera enfriaba el aire del océano, un alivio bienvenido de las temperaturas ardientes del verano en Vancouver. Harry y Gia jugaban a las cartas en la cubierta inferior, en el salón con aire acondicionado, mientras que Jace y Raphael estaban sentados en cubierta hablando sobre yates.

Kat se sentó sola a unos metros de distancia en una tumbona. Estaba lejos como para escuchar nada, pero era incapaz de concentrarse sabiendo que Gia estaba en apuros. Volvió a leer la misma página de su novela de misterio una y otra vez, incapaz de absorber la historia. No podía dejar de pensar en Gia y Raphael. A pesar de las afirmaciones de Gia, su instinto le decía que su amiga estaba a punto de cometer un terrible error.

Con unas cuantas preguntas generales había hecho enfadar tanto a Jace como a Gia, pero eran preguntas que tenían que hacerse. Alguien tenía que hacerlas, y ella no podía sentarse y ver como se aprovechaban de su amiga. Ya era bastante duro seguir siendo educada con Raphael.

Aunque no tenía pruebas de que él no fuera quien afirmaba ser, siempre había confiado en sus instintos. El hombre estaba ocultando algo y ella no descansaría hasta que descubriera su secreto.

Un cambio de paisaje era exactamente lo que necesitaba para formular una estrategia. Se levantó y caminó despacio por la cubierta para estirar las piernas. Había formas de investigar a Raphael sin enfadar más a Gia. Si no encontraba secretos, mucho mejor. Pero si encontraba algo, al menos Gia conocería los datos.

Minutos más tarde Kat estaba en el lado opuesto del barco, sola. La distancia de Raphael casi hacía que se olvidara de él. Se apoyó contra la barandilla e inhaló el salado aire marino. Había algo en el océano que siempre alejaba sus preocupaciones.

Se sobresaltó cuando algo salpicó y rompió el agua. Era un grupo de ballenas asesinas a unos cincuenta metros. Salieron a la superficie y salpicaron agua como una bruma mientras se rodeaban juguetonamente, ignorantes a ella o el barco.

Las ballenas juguetearon mientras saltaban cada vez más alto. Olas circulares se expandían hacia fuera mientras jugaban. Eran hermosas, tan despreocupadas y salvajes.

Consideró llamar a los demás, pero decidió no hacerlo. Las ballenas desaparecerían pronto. Simplemente las disfrutaría antes de que se rompiera el hechizo. Era agradable estar sola con sus pensamientos durante un rato.

Tampoco quería arriesgarse a tener otro altercado con Gia. Se conocían desde hacía tanto tiempo que prácticamente se leían las mentes. Pasar tiempo separadas les daba la oportunidad de calmarse.

Las ballenas desaparecieron de la vista cuando el yate aceleró adelantándolas. *El Financiero* había cruzado el Juan de Fuca Strait y se esperaba que llegara a De Courcy en una hora.

Su tiempo a solas también le dio la oportunidad de indagar un poco de información por sí misma. Dio vueltas alrededor de la cubierta como un pretexto para encontrarse con alguien de la tripulación sin que se dieran cuenta ni Raphael ni los demás.

Una conversación informal con los miembros de la tripulación podría ser un modo de recabar más información sobre los antecedentes de Raphael. Para empezar, ella podía determinar cómo y cuándo consiguió el yate. Una pregunta que sonaba inocente pero que podía validar o desacreditar sus afirmaciones, y también podría proporcionar más información sobre su historial. La información de Gia era demasiado escasa como para evaluar en lo que se había metido. Su enamorada amiga al parecer ni siquiera se preocupaba de descubrir más.

Diez vueltas más tarde, Kat todavía no había visto a nadie. Donde quiera que estuviera la tripulación, no estaban en cubierta. Todo lo que podía mostrar por sus esfuerzos era ropa empapada en sudor y una garganta sedienta. Suspiró y se dirigió hacia las escaleras y el confort de su suite con aire acondicionado.

–¡Aaah!– Giró la esquina y se chocó de lleno contra un enjuto hombre rubio. El hombre sin afeitar llevaba pantalones cortos deshilachados y una camiseta manchada. Parecía más bien un drogadicto que un miembro de la tripulación; definitivamente parecía fuera de lugar en el lujoso *Financiero*. También olía como si no se hubiera duchado en una semana. También parecía concentrado en evitarla, algo nada fácil puesto que acababan de chocar.

–Lo siento–. Él desvió la mirada rápidamente y se hizo a un lado.

–Espere un momento... es miembro de la tripulación, ¿verdad?– Aunque no había esperado que los empleados de Raphael llevaran uniforme, se imaginó que al menos se verían presentables. Y que la mirarían a los ojos. Este tipo no hacía ninguna de las dos cosas, lo cual le dio una sensación incómoda.

–Sí–. Dio un paso atrás y se giró para marcharse.

–Debe ser fascinante trabajar a bordo de una nave tan sofisticada como esta–. *El Financiero* lo tenía todo: la última tecnología en navegación, así como avanzada electrónica en sus lujosos camarotes. Ella levantó la mirada hacia una pequeña cámara montada sobre ellos. Naturalmente un yate de este tamaño tenía un sistema de vigilancia.

Él se encogió de hombros. –Es un trabajo.

Una extraña respuesta. Apostaría a que la mayoría de marineros mataría por trabajar en un barco tan lujoso y de alta tecnología. –No tiene acento italiano. ¿Le acaban de contratar?– Tampoco tenía aspecto de italiano. A juzgar por su ropa y su inglés sin acento, incluso podría ser de la zona.

Su rostro enrojeció. –Tengo que irme.

–Debe ser agradable navegar por todo el mundo–. Kat bloqueó su camino y sonrió. Sus esfuerzos por empezar una conversación demostraron ser inútiles.

–No tengo ni idea –giró la cabeza como si estuviera buscando a alguien. –Acabo de empezar hace un par de semanas.

–¿Entonces no lleva mucho navegando con Raphael?

–Realmente no–. Pareció momentáneamente confuso. –Como ya he dicho, me acaban de contratar–. Se giró para marcharse.

Navegar desde Italia significaba un montón de mar abierto y pocos puertos en los que contratar a nuevos tripulantes. –¿Dónde se unió a la tripulación?

El hombre la ignoró. Fingió inspeccionar la barandilla mientras retrocedía.

–Espere… ¿cómo se llama?

Él hizo una pausa con aspecto incierto. –Pete.

–Encantada de conocerle, Pete. Yo soy Kat–. Le tendió la mano.

Tras un momento incómodo, Pete dio un paso hacia delante para estrecharle la mano. –De verdad que tengo que irme ahora. No debería estar por aquí. Tengo trabajo que hacer.

–¿Supongo que nos está llevando hacia De Courcy Island?– Aunque ella se había pasado toda la vida en Vancouver, nunca había oído hablar de De Courcy Island hasta que Jace la mencionó. No era sorprendente, considerando el acceso limitado a la isla por barco privado o avión. Solo había unas docenas de casa allí y ninguna comodidad. La comida y demás suministros tenían que ser llevados a la isla en barco.

Se rio suavemente. –Pues sí.

–¿Conoce la leyenda sobre Hermano XII y la Fundación Acuariana?

–Esa es la secta, ¿verdad? –Pete le dio una patada a una roca imaginaria en la inmaculada cubierta.

Kat asintió. –También hay rumores de trabajos forzados. Engañaban a la gente para que entregaran su dinero una vez que llegaban a la isla. Separaban a las mujeres de sus maridos, obligándoles a trabajar largas horas.

–Algunas de esas cosas han sido probablemente exageradas–. El rostro de Pete se ensombreció. –A lo largo de los años he oído cosas sobre magia negra, ocultismo, y cosas así. Principalmente historias inventadas.

Palabras que se aplicaban igualmente a Raphael, pensó ella. Pete conocía la historia. Debía ser de la zona.

–Es difícil saberlo con seguridad –accedió Kat. –Estoy segura de que la historia ha sido adornada a lo largo de los años–. Tomó nota para preguntarle a Jace.

–Probablemente.

–Ese tal Hermano XII... he oído que cogió el dinero de todo el mundo tan pronto como llegaron. Algo así como si fuera propiedad comunal o algo así –dijo Kat. –Solo que él usaba todo el dinero para sí mismo. La Fundación Acuariana pagaba por la propiedad, pero todas las escrituras de propiedad estaban a su nombre.

Pete sonrió. –Eso es lo que dicen. También existe el rumor de un tesoro enterrado en algún lugar de la isla. Los cazadores de tesoros han buscado durante años, pero siempre se iban con las manos vacías. Jarras de oro que se suponen están escondidas bajo tierra, aunque nadie ha encontrado nada jamás.

–Eso suena fascinante. Me encantaría saber más.

Kat no podía esperar a explorar la isla. Ella misma quería hacer un poco de investigación sobre el misterioso Hermano XII. Pero por ahora su concentración permanecía en Raphael. Ahora que ella había roto el hielo con Pete, él podría abrirse sobre cómo había acabado en el yate de Raphael. Eso proporcionaría un punto de partida para investigar al mismo Raphael. Gia confiaba en él, pero ella no.

—Más tarde—. Él asintió y desapareció al volver la esquina.

Ella se pasó los siguientes minutos examinando el horizonte. Estaban rodeados de islas, aunque no podía identificar ninguna. Se preguntaba por qué Hermano XII había elegido este lugar para su secta. No era fácil de acceder. Por supuesto, eso también hacía que fuera más difícil marcharse.

Ella devolvió sus pensamientos de vuelta a Pete, y se preguntaba cómo se habrían conocido él y Raphael. Probablemente en un puerto de la zona, ¿pero por qué había contratado Raphael a tripulación local para su yate residencial italiano? La tripulación normalmente viajaba con el navío, a donde quiera que fuese.

Quizás un tripulante italiano había dimitido o había sido despedido, pero eso parecía improbable en un país extranjero tan lejos del hogar. El desaliñado Pete parecía una elección de último recurso para la tripulación, especialmente para un billonario. Los billonarios normalmente investigaban y vetaban a sus empleados, especialmente a aquellos que vivían en su yate. Como mínimo, tenían aspecto profesional. Pete no cumplía los requisitos.

Aparte de la chusma de la tripulación de Raphael y sus cámaras de seguridad, no había seguridad a bordo del barco. Ella había esperado al menos un guardaespaldas. Pocos billonarios se arriesgaban a ir tan vulnerables y desprotegidos en los mares abiertos que no estaban patrullados.

Pete bien podría sostener una pieza del puzle para descifrar las verdaderas intenciones de Raphael. Ojalá pudiera hacerle hablar.

Ella se giró para irse y casi se estrelló contra Harry. Esa esquina era al parecer una zona de riesgo de accidentes. Raphael realmente necesitaba instalar un espejo o algo.

Pete de repente reapareció detrás de él.

Harry señaló a estribor. –¡Tierra a la vista!

Pete le siguió y rompió a reír. –No he oído eso en mucho tiempo.

–Tienes el mejor trabajo del mundo –dijo Harry. –Después de tu jefe, por supuesto. ¿Cuánto tiempo llevas trabajando para Raphael?

–Unas cuantas semanas –dijo Pete. –Estoy aquí hasta final de mes, como los demás chicos.

Kat ni siquiera había considerado que Pete pudiera ser temporal. Incluso si Raphael fuera a atracar su yate, no lo abandonaría completamente sin tripulación, especialmente puesto que era su residencia.

¿Qué pasaba a final de mes para provocar que Raphael despidiera a su tripulación? Casi no quería saberlo.

Se lo dejaría a Harry. Al cabo de un minuto había conseguido toda la verdad sin entrometerse para nada. Toda la tripulación era nueva, lo cual confirmaba que Raphael había mentido probablemente sobre lo de navegar desde Italia. Ciertamente necesitaba una tripulación completa para más de unas pocas semanas si planeaba con volver a Italia.

Raphael probablemente no admitiría mucho, pero ella planeaba sacarle más a Pete. Quizás Raphael ni siquiera era el dueño del barco. Podía haberlo alquilado fácilmente. Esa teoría tenía sentido si la tripulación se marchaba a final de mes.

Pero si Pete se iba a final de mes, probablemente Raphael también lo haría. Eso situaba la fecha límite en menos de dos semanas. Por supuesto ella estaba sacando conclusiones porque ella no tenía pruebas de juego sucio. Solo una corazonada.

Si Raphael ya tenía el dinero de Gia, podía desaparecer en cualquier momento. A menos que quisiera más dinero. Ella no tenía ni idea de cuánto dinero había invertido ya Gia, pero se necesitaba una pequeña fortuna solo para las operaciones diarias de un yate. Incluso si Gia hubiera invertido todo lo que tenía, apenas cubriría los gastos de Raphael. Él estaba probablemente planeando conseguir más dinero. Era o bien eso o ella se equivocaba por completo con el tipo. Raphael podía ser tan completamente legítimo como Gia afirmaba.

Pete abrió una caja de almacenaje y sacó chalecos salvavidas.

−Déjame ayudarte−. Harry se unió y los dos hombres apilaron los chalecos salvavidas sobre cubierta junto a la caja de almacenaje.

−¿Qué harás cuando hayas terminado? −preguntó Harry.

−No lo sé. Supongo que buscaré otro trabajo.

−¿En un barco?

Pete suspiró. −Eso estaría bien, pero es bastante duro encontrar trabajo ahora mismo. Esto me surgió en el último minuto.

Las orejas de Kat se empinaron. La falta de trabajo significaba una dura competición para los pocos trabajos disponibles, y Pete apenas parecía ser un candidato de alto nivel. −¿Cómo supiste lo de este trabajo?

Pete frunció el ceño. −Oí hablar del puesto.

Su pregunta le puso en guardia. Harry era mucho mejor haciendo preguntas como si tal cosa. Probablemente porque no estaba buscando respuestas en primer lugar, como ella. −¿Dónde? ¿De alguien que conociera?

Pete hizo un movimiento con su brazo. −Casi estamos en la isla. Más vale que coja sus cosas y se prepare.

Kat robó una mirada hacia Harry, esperando que él continuara con sus preguntas.

Él no perdió comba. −¿Es este el yate más bonito en el que has trabajado?

Pete asintió. −Es el único en el que he trabajado. Ha merecido la pena solo por volver aquí.

−¿Volver de dónde? −preguntó Harry. −¿Vas a alguna parte?

−Tengo que volver al trabajo−. Pete prácticamente derribó a

Harry en sus prisas por marcharse. –Este barco no va a atracar solo.

Cuando Pete desapareció por la esquina, Kat se quedó pensando en su comentario. Pete implicó que era de la zona. Y a diferencia de Raphael, él parecía familiar con De Courcy Island. ¿Volver de dónde, exactamente? Ella pretendía averiguarlo.

CAPÍTULO 6

Kat entró en su camarote, anticipando una refrescante y agradable ducha.

Jace ya estaba dentro. Metía ropa en su mochila sobre la cama.

—¿Vas a alguna parte?

—Raphael y yo vamos a explorar la isla. Vamos a ver qué queda del viejo asentamiento de Hermano XII.

—Me ducharé y cambiaré, y cogeré mis cosas—. Deshizo su coleta y rebuscó en su bolsa una muda de ropa.

Silencio.

Se giró en redondo y miró a Jace.

Él jugueteaba con sus manos mientras estaba sentado sobre la cama. Miraba fijamente sus botas de senderismo en vez de mirarla a los ojos.

Kat tragó saliva cuando un nudo se instaló en su garganta. ¿Había planeado ir sin ella? —Oh, ya veo. ¿Supongo que no estoy invitada?

—Yo... eh... me imaginé que ya habrías planeado algo con Gia. O quizás con Harry—. Jace se colgó la mochila sobre el hombro y se puso de pie. –Hay montones de cosas que hacer a bordo. O podríais querer ir a la playa a buscar objetos valiosos o algo así.

–Pero habíamos planeado inspeccionar la isla juntos, Jace–. Antes de que me sustituyeras por Raphael, pensó. ¿Estaba celosa o tenía sospechas? Sentía un poco de las dos cosas.

–Pensé que sería más eficiente de este modo, especialmente porque estoy haciendo dos artículos en uno. Puedo entrevistar a Raphael mientras caminamos hacia el asentamiento de Hermano XII–. Se giró hacia la puerta. –Tú y yo podemos visitarlo más tarde.

Kat frunció el ceño. –Ya veo a donde lleva esto. Tú no quieres que yo vaya.

–No seas tonta. Si te das prisa puedes venir con nosotros.– Se encaminó hacia la puerta, luego se giró en redondo. –Reúnete con nosotros en cubierta.

Le escocían lágrimas en los ojos. En realidad Jace no la quería allí. Él lo negaba, pero no había dudas de que él prefería mantenerla alejada de Raphael. Ella entendía un poco su preocupación y fascinación por Raphael. Conocer a un billonario no era algo que pasara todos los días, pero esa no era la cuestión. Su escapada de fin de semana se había transformado en una cosa de grupo con cero tiempo a solas.

Ella evitó su mirada y miró por el ojo de buey. Estaban justo fuera del puerto. Solo había dos barcos atracados: un bote pesquero y un destartalado pesquero de arrastre. El puerto parecía muy pequeño para *El Financiero*.

Su corazón latió más rápido. –Aparte de tu tarea, este se suponía que iba a ser nuestro fin de semana. Pero prefieres pasar el tiempo con Raphael que conmigo. Lo entiendo. No soy un ostentoso billonario con juguetes caros. Solo soy tu novia–. Quizás estaba sacando las cosas de quicio, pero en ese momento no le importaba. Solo llevaban unas horas de su fin de semana y solo quería dar la vuelta e irse a casa.

–Eso no es lo que quise decir, Kat–. Jace se quedó junto a la puerta abierta y puso los ojos en blanco. –Por supuesto que preferiría pasar tiempo contigo. Pero esta es la oportunidad de un gran artículo. Puedo conseguir dos artículos en un día. Tú fuiste quien sugirió que escribiera una historia sobre él, ¿así que por qué estás montando tanto jaleo por ello? Si voy a escribir sobre este tipo, necesito hablar con él primero.

–No necesitas pasar cada momento del día con él.

Jace lanzó las manos al aire. –Solo llevamos a bordo unas horas. Todavía tenemos todo el fin de semana. Además, es un tipo realmente ocupado y podría tener que largarse a cualquier parte. No sé cuanto tiempo estará por aquí.

–No mucho tiempo, espero–. Él no se quedaría una vez que ella le desenmascarara. De eso estaba segura.

–Pareces pensar que es un criminal o algo así. Creo que estás interesada en mi artículo solo para poder investigar los datos.

Silencio.

–Tengo razón, ¿verdad?

–No haría daño descubrir un poco más sobre sus antecedentes. Algunas de sus afirmaciones parecen un poco increíbles. Tendrás que verificarlas de todos modos.

Harry pasó junto a la puerta abierta y saludó con la mano. –¿Venís arriba?

Jace negó con la cabeza.

Harry miró primero a Jace y luego a Kat. Su sonrisa se desvaneció y él también.

Jace se giró y cerró la puerta tras él. Se sentó en la cama junto a Kat. –¿Por qué estamos discutiendo sobre esto? Deberíamos estar divirtiéndonos.

–Porque prefieres estar con él que conmigo–. Sonó estúpido cuando lo dijo en voz alta, pero era la verdad.

–De eso nada–. Él la acercó más y la besó. –Preferiría que vinieras con nosotros, pero me preocupa que pierdas los estribos con Raphael. No puedes decir nada vergonzoso o beligerante.

–Oh, ¿entonces ahora soy una vergüenza? –Las lágrimas le

escocían en los ojos. De ninguna manera iba a llorar. Se giró y contuvo el aliento. Tenía derecho a tener su propia opinión sobre Raphael. ¿No podía expresarlas sin ser rechazada?

–Sabes lo que quiero decir. Creo que estás siendo un poco sobreprotectora con Gia, pero en realidad tienes que guardarte tus sospechas para ti. Su relación no es asunto nuestro. Pasa que creo que él es totalmente legal, incluso si tú no lo crees. Además, él nos ha traído hasta aquí. Al menos deberíamos ser educados con él.

Jace podría tener razón. Al menos en cuanto a lo de guardarse sus sospechas para sí. Ella mantendría controlado su temperamento, pero no se contendría mientras él le robaba a su amiga. Más que nunca tenía que investigar los antecedentes de Raphael. Simplemente no le contaría nada a nadie. Especialmente no a Jace.

CAPÍTULO 7

*K*at no necesitaba haberse dado prisa. Cuando emergió en cubierta quince minutos más tarde, todavía no habían atracado. *El Financiero* era demasiado grande para el diminuto puerto de De Courcy Island, así que tuvieron que reubicarse. El yate había echado el ancla a las afueras de Pirate's Cove.

–Pete dice que iremos en bote a la isla–. Los ojos de Harry se entrecerraron mientras la estudiaba. –Pareces estar de malhumor.

–Estoy bien–. No lo estaba y no podía ocultárselo a Harry. Por suerte él no la presionó.

–Si tú lo dices, pero no me parece que estés muy contenta. Voy a ver de qué va todo esto del bote–. Se rio y desapareció en dirección a proa.

Ella respiró hondo y exhaló. Jace tenía razón. ¿Era tan difícil sonreír y soportar la compañía de Raphael durante un par de días? Era fin de semana y estaban anclados en una isla escasamente poblada.

De hecho, De Courcy Island era un lugar ideal para estar. Le daba tiempo para descubrir los secretos de Raphael. El recinto cerrado de un yate era un modo perfecto de tenerlo controlado, algo que habría sido imposible de vuelta en Vancouver. Ella estaba segura de que una vez que hubiera expuesto su verdadero carácter y sus secretos, todo el mundo escucharía lo que ella tuviera que decir.

Harry regresó en menos de diez minutos. –Ojalá Raphael y Gia se dieran prisa. ¿No podemos bajar a tierra sin ellos?

–No deberían tardar mucho más –dijo Kat. Gia había mencionado una conferencia con los inversores de Raphael en Italia, pero debería haber terminado hacía media hora.

–Yo también me muero por llegar allí, pero creo que es mejor que esperemos –dijo Jace. –Es difícil creer que una comuna existió alguna vez en esta diminuta isla. Mucha gente vivió aquí, pero hace mucho que fueron olvidados.

–O que tanta gente fue engañada para entregarle todo su dinero a Hermano XII –dijo Kat.

Jace lanzó una mirada recelosa a Kat. –Ese tipo tenía suficiente carisma como para venderle una nueva religión al Papa. Convenció a más de ocho mil personas para que le siguieran seduciéndoles con sus cuentos de misticismo y reencarnaciones.

–Eso es lo que pasa cuando dices que el mundo se va a acabar – dijo Harry. –La gente pierde su sentido común.

–Hermano XII prometió una salida. El mundo terminaría para las masas, pero no para la élite de los pocos escogidos para unirse a la Fundación Acuariana. A todos los que se unieron a la secta se les prometió un resultado mejor. Sus seguidores crecieron cuando los periódicos publicaron historias sobre su habilidad para predecir el futuro.

–La gente cree lo que quiere creer –dijo Kat. –Creen que si colocan su fe en un poder superior, el destino está fuera de sus manos. De ese modo pueden absolverse a ellos mismos de toda culpa.

Jace asintió. –Se aprovecharon de algunas personas más que de otras. Aparte de los editores que compartieron el mensaje de Hermano XII, convenció a Mary Connally, una acaudalada viuda de Asheville, Carolina del Norte, de que él guardaba el secreto de la ayuda divina y la redención espiritual. Connally le envió dos mil dólares, diciendo que ella tenía más fondos disponibles.

–Vaya, este tipo realmente sabe como engañar a la gente–. Harry sacudió la cabeza. –¿Por qué le creyó ella?

–Era difícil no hacerlo. Hermano XII cogió un tren hacia Toronto y la conoció en persona. Pero en el tren conoció a la señora Myrtle Baumgartner. La convenció de que ella era la reencarnación de la diosa egipcia de la fertilidad, Isis.

–Cada minuto nace un incauto –intervino tío Harry.

Jace asintió. –Para cuando terminó el viaje en tren de tres días, él también la había convencido de que estaban destinados a estar juntos. Él era la reencarnación de Osiris, el marido de Isis.

–Pero ella ya estaba casada–. Kat frunció el ceño.

–Al parecer él causó tal impresión en Myrtle que ella esperó su regreso. Estaba tan cautivada por él que, cuando lo hizo, finalmente abandonó a su marido y a su familia para unirse a la Fundación Acuariana.

Tío Harry sacudió la cabeza. –¿Cómo podría alguien creerse algo tan rebuscado?

–Hermano XII era muy convincente porque mucha gente se creía sus afirmaciones. Mientras estaba en Toronto consiguió casi veintiséis mil dólares y un juramento de devoción de Mary Connally. Eso era mucho dinero por aquel entonces. Y no olvidéis que él todavía estaba casado. Pero esto fue la gota que colmó el vaso. Su esposa Alma ya había tenido suficiente y abandonó finalmente a su marido. Menos de una semana más tarde, Hermano XII trajo a Myrtle a vivir con él.

–Tipo asqueroso –dijo Harry. –Era tan bueno consiguiendo el dinero de los demás que me pregunto si queda algo en la isla.

Jace se apoyó en la barandilla. –Lo dudo. Pero nunca se sabe.

–Me sorprende que la gente no se espabilara –dijo tío Harry. –¿No era obvio que les estaban engañando?

–La gente normalmente no se da cuenta hasta que es demasiado tarde –dijo Kat. –Hermano XII simplemente les contó lo que querían oír. Ellos querían pensar que no solo eran especiales, sino que formaban parte de algo grande. De algún modo, eso importaba más que lo que otras personas hicieran. Alimentaba sus egos y les cegaba para ver lo que estuviera pasando. Funcionó de maravilla.

–Definitivamente sí –concedió Jace. –Hermano XII se quedaba todo su dinero para él, y puso a todo el mundo a trabajar como esclavos. Separó a los hombres de las mujeres, maridos y esposas, y les hacía trabajar de dieciséis a dieciocho horas al día con muy pocos descansos.

–Tienes que estar loco para hacer eso –tío Harry sacudió la cabeza. –Yo nunca me creería algo así.

–Te sorprenderías, tío Harry –dijo Kat. –Estás en una isla, separado del resto de la sociedad y aislado del mundo. No tienes dinero, ni posesiones, ni manera de salir de la isla. Básicamente estás a merced de la persona que te alimenta. Irónicamente, esa persona está comprando la comida con tu dinero. Pero ya no es tu dinero. Has perdido el control sobre todo lo que poseías.

–Eso es exactamente lo que pasó –dijo Jace. –Hermano XII afirmó que no había espacio suficiente para todo el mundo en la comuna. Todo el mundo competía en un juicio para ver quien pasaría el corte. Solo los elegidos se refugiarían en la ciudad que estaban construyendo.

–¿Y el resto? –preguntó Kat.

–Todos lo que se quedaran fuera de la ciudad morirían, o al menos eso era lo que pensaban. Era su única oportunidad para sobrevivir, así que estaban dispuestos a hacer de todo para ser los elegidos. Quizás era una locura, pero tras unos meses o años, todo les parecía normal. Como nadie llegaba ni se iba de las islas, no tenían influencia exterior. Nadie desafiaba sus creencias.

–Has dicho que competían –dijo tío Harry. –¿Quién ganaba?

−Nadie−. Jace suspiró. −Todos perdían algo. Algunos más que otros.

Las gaviotas chillaban y perforaban el silencio sobre sus cabezas. Kat, Jace, y Harry se quedaron en silencio mientras miraban hacia De Courcy Island. Tanta tragedia y sufrimiento, y hoy no quedaba ni rastro.

−Yo estaría en negación después de cometer semejante error −dijo Harry. −Siempre y cuando fingieras que todo iba bien, nunca te enfrentarías a la verdad de que fuiste un idiota. Esa gente entregó su dinero ganado con esfuerzo y arruinó sus propias vidas. Hermano XII les ayudó, pero fue su estúpida decisión al principio.

−Sí −admitió Jace. −A toro pasado todos somos unos genios. Incluso entonces, no todo el mundo quiere ver la verdad.

Kat miró hacia la puerta. −¿Y qué están haciendo Gia y Raphael? ¿Qué tipo de reunión de trabajo están teniendo?

Jace le lanzó una mirada de advertencia.

Ella miró su reloj. Eran casi las tres de la tarde, hora local. −En Italia es casi medianoche. ¿Quién podría estar hablando tan tarde un viernes por la noche?

−Los billonarios no tienen horas de trabajo normales −dijo Jace. −Pero desearía que se dieran prisa también. No puedo esperar a poner los pies sobre la isla. ¿Sabéis? Algunas personas la llaman la isla del tesoro. Hay rumores de que Hermano XII escondió media tonelada de monedas de oro aquí.

Otra vez el oro. Justo como había mencionado Pete.

−Pete dijo que Hermano XII guardaba las monedas de oro en jarras de cristal−. Harry volvió a contar los comentarios de Pete. −¿De dónde sacó todo ese dinero?

−Todas las donaciones a la Fundación Acuariana se hacían en efectivo −dijo Jace. −Hermano XII convirtió todo eso en oro. Como tenía esa increíble habilidad para elegir a los miembros ricos, todos sus bienes terrenales sumaban una buena suma. Al menos uno de sus seguidores era millonario, así que el dinero aumentaba rápidamente.

–¿Por qué no meterlo en un banco? –Harry se rascó la barbilla pensativamente. –Eso sería mucho más fácil, ¿no?

–Fácil quizás, pero las transacciones bancarias dejan un rastro en papel. El oro no. A diferencia del dinero en el banco, no era rastreable sin registros de transacciones. Fue bastante ingenioso por su parte. Podía gastarse el dinero sin que nadie lo supiera. Tampoco había pruebas de los pagos de los donantes, así que no podían demostrar que se lo habían dado a él por si surgían problemas. Por supuesto, ese fue su plan desde el principio: quedarse el dinero para él.

–Qué locura –dijo Kat. –Deberían haber sabido mejor. Eran gente adinerada. ¿Qué dijeron sus consejeros financieros?

–No había quien les parase, sin importar lo que les dijeran sus consejeros. Estaban fascinados por las afirmaciones de Hermano XII de que podía predecir el futuro. A posteriori, por supuesto, lo lamentaron cuando la magia blanca se convirtió en magia negra.

–Entregaron todo su dinero porque creyeron todo lo que él les contó. Él les animó a venir a instalarse en la isla. Construyeron casas e invirtieron todo lo que tenían para comprar la tierra bajo sus pies. Aún así nunca recibieron un título de propiedad. Hermano XII se quedaba con las escrituras. Él afirmaba que era un proyecto comunal, así que no habría propiedades individuales.

–¿Por qué no espabilaron sus seguidores? –preguntó tío Harry. –Debió ser obvio después de un tiempo.

–En realidad no. Ni siquiera sabían donde se guardaba el oro. Por lo que ellos sabían, permanecía como propiedad de la Fundación Acuariana y seguía escondido e intocable.

–Pero si él se quedaba su dinero y no daba nada a cambio, antes o después lo habrían descubierto –dijo tío Harry.

–Ahí es donde se pone interesante –dijo Jace. –Les convenció de que sus almas serían destruidas. No se reencarnarían. Además se arriesgaban a quedarse fuera del refugio, ya que había más gente que espacios disponibles. Solo los elegidos recibirían santuario durante el Armagedón, y si protestaban había muchos otros felices de ocupar sus lugares.

Raphael y Gia aparecieron finalmente. Gia sonrió disculpándose. −Ahora estamos preparados para bajar a tierra. Siento la espera.

Gia no dio más explicaciones.

−Cuéntame más sobre esta media tonelada de oro −dijo Harry. −¿Hay un mapa del tesoro?

Jace se rio. −No que yo sepa. Pero hay rumores de que Hermano XII enterró el oro justo aquí en la isla.

La charla del tesoro despertó el interés de Raphael. −¿Por qué haría eso?

−Para escapar al escrutinio y mantenerlo a mano. Eso es el principal foco de mi artículo−. Jace señaló a la isla. −La Fundación Acuariana compró De Courcy Island y un par de otras islas en la primavera de 1929, después de que la secta hubiera estado en funcionamiento unos años. Cada vez que la gente empezaba a hacer preguntas, él movía el grupo a lugares más aislados.

Kat olvidó que Raphael le disgustaba cuando se vio inmersa en el momento. −Los felices años veinte estaban a punto de terminar. Fue solo meses antes de la quiebra de la bolsa en el 1929 y del comienzo de la Gran Depresión.

−Correcto −dijo Jace. −Aunque el mercado de valores estaba floreciendo, muchas personas esperaban una quiebra antes o después. Todas las señales estaban allí: los agitados mercados financieros de Europa y aquí en Norteamérica, y una enorme diferencia de riqueza entre ricos y pobres.

−¿Por qué elegiría nadie vivir aquí? −preguntó Gia. −Es bonito y todo eso, pero es pequeño y en medio de la nada. Necesitas un bote o estás aislado.

−Por eso precisamente le gustaba a Hermano XII. Le protegía de ojos curiosos. La gente había empezado a especular sobre sus motivos. Él iba tras los ricos, y sus seguidores acaudalados crecieron cuando predijo la caída de la bolsa. Para ellos, demostraba que podía predecir el futuro, incluyendo el Armagedón. La gente veía las islas como un refugio de los conflictos financieros y los turbulentos mercados económicos.

–Supongo que todos esos inversores ricos pensaban que conseguirían más dinero en una vida futura–. Harry se rio. –Como si eso fuera a pasar.

–Y el banco más cercano estaba a kilómetros de distancia en barco–. Raphael se frotó la barbilla. –Asi que enterró el dinero para mantenerlo seguro.

–¿Cómo consiguió tanto poder sobre la gente? Tienes que ser bastante estúpido para dar sin más tu dinero, ¿verdad? –Gia miraba a Raphael buscando confirmación, pero él permaneció imperturbable.

–Carisma –dijo Jace. –También les había convencido de que era un místico con conexión directa con los dioses. Ellos temían hacer nada que pusiera en peligro la oportunidad de que sus almas sobrevivieran cuando llegara el fin del mundo.

–Cualquier persona normal vería lo que hay detrás de eso–. Gia frunció el ceño. –Todo lo que hace falta es un poco de sentido común.

Jace sonrió. –Eso pensarías, pero Hermano XII tenía varios trucos en la manga. Se retiraba a lo que él llamaba su Casa de Misterio, donde realizaba sesiones de espiritismo y afirmaba que se comunicaba directamente con los otros once hermanos. No permitía que nadie entrara en la Casa de Misterio, pero hacía que sus seguidores estuviera fuera, a veces durante horas. Afirmaba que su meditación le ayudaba con la proyección astral y a conectar con las otras deidades.

«Sus sesiones de espiritismo a menudo duraban horas y las personas se ponían irremediablemente inquietas. Algunos cotilleaban, otros se quejaban. Aún así, de algún modo, Hermano XII siempre sabía lo que se decía fuera y quien lo decía. Los que dudaban siempre eran castigados. A sus ojos, él ciertamente era un adivino. Vivían con miedo y admiración por él.

«Lo que sus seguidores no sabían era que Hermano XII había contratado en secreto a un electricista, quien había instalado micrófonos detrás de las rocas en la sala de estar designada fuera de su casa. Era tecnología punta en esa época, no algo con lo que mucha gente estaría familiarizada o esperaría. Todo lo que tenía que hacer era escuchar.

Kat suspiró. Ojalá alguien la escuchara a ella.

CAPÍTULO 8

Kat salió del bote y se hundió en el agua hasta la rodilla, contenta de estar finalmente en la isla. Miró atrás hacia *El Financiero* mientras caminaba hacia la rocosa playa. Incluso desde la distancia el yate se veía enorme.

Raphael arrastró el bote lo suficiente sobre la arena como para que no fuera arrastrado por la marea. Los hombres ya se habían olvidado de la presencia de Kat. Jace hablaba sobre Hermano XII y Raphael se bebía sus palabras.

Ella hizo una pausa durante un momento y luego siguió tras Jace y Raphael. Ella caminaba a varios metros de distancia tras los hombres mientras cruzaban la playa. Era suficiente para distanciarse de Raphael y todavía poder oír su conversación. Su estrategia precisaba que ella mantuviera la calma.

Gia y Harry se habían quedado en *El Financiero*. Gia estaba cansada y a Harry le estaba dando problemas la espalda otra vez. Kat también había debatido sobre si quedarse atrás, pero no había venido hasta aquí para perderse lo que quedara del mundo de Hermano XII. Además, ella creía en el antiguo proverbio chino que dice que mantengas a tus amigos cerca y a tus enemigos aún más cerca.

Eran casi las cuatro de la tarde. Raphael todavía no había explicado la razón para su conferencia con sus inversores italianos, solo que implicaba a Gia de algún modo. Pero Gia continuaba dando evasivas cuando Kat la presionaba para saber los detalles.

Gia estaba furiosa de que Kat hubiera siquiera cuestionado la autenticidad de Raphael y su compañía. Kat se imaginó que ella probablemente se lo merecía, pero no podía sentarse y ver a su amiga ser abandonada y estafada.

Con Gia apenas hablándole, era difícil conseguir detalles sobre el acuerdo de Gia con Raphael. Al intentar proteger a su amiga, ella más bien la había alejado. De hecho, todo lo que ella decía solo enfadaba más a Gia. No es que la culpara. Pero había cosas que tenían que decirse, aunque solo fuera para evitar que el desastre de Gia se desarrollara.

Se detuvo momentáneamente en la playa rocosa y se imaginó como debía haberse sentido un nuevo miembro de la comuna cuando llegó a la orilla. Habían renunciado a todas sus posesiones y llegaban a una isla desolada bien alejada del mundo exterior.

Kat esperaba con expectación ver los restos del asentamiento abandonado de Hermano XII. Las sectas siempre la habían fascinado. Personas razonables a las que les lavaban el cerebro de algún modo para que entregaran sus posesiones y, lo que era más importante, su libre albedrío. La Fundación Acuariana era un perfecto ejemplo. Había una buena razón para que fuera principalmente olvidada hoy en día. La gente probablemente quería olvidar y dejar tales desafortunados sucesos atrás.

–¿A qué estamos esperando? Vamos –dijo Raphael.

Subieron una colina siguiendo un camino que llevaba al interior de la isla. El camino iba en paralelo con los rocosos acantilados, parcialmente ocultos por enjutos madroños que se sujetaban a las rocas. Gradualmente los árboles de madroños hicieron la transición hacia pinos más altos cuando se adentraron más en la isla desde la orilla. El camino se niveló y el moteado sol se convirtió en fresca sombra, un cambio refrescante.

–Háblame de tu negocio. ¿Cómo empezó? –preguntó Jace.

Raphael asintió con la cabeza. –Mamá tenía una peluquería en Milán. De pequeño yo solía jugar allí, e incluso aunque yo era joven, me daba cuenta de cómo transformaba a mujeres feúchas en reinas del glamour. Ella no era muy buena llevando la parte económica del negocio. Sus talentos eran inventar nuevos estilos y productos capilares. Pronto atrajo la atención de estrellas de cine y modelos italianas. De hecho, Gia me recuerda mucho a mi madre.

–¿En serio? ¿Cómo? –preguntó Jace.

–Ella conoce a sus clientes y también lo que vende. No tiene miedo de tomar riesgos calculados.

Eso era nuevo para Kat. La Gia que ella conocía era ultracuidadosa, retrasando las obras de su peluquería hasta que sus beneficios aumentasen. ¿Qué había cambiado con Raphael?

Ella permaneció en silencio para conseguir tanta información de Raphael como pudiera. Siguió a los hombres hasta un pequeño grupo de rocas que también marcaba una desviación en el camino. Se dirigieron a la derecha.

–¿Tu madre todavía dirige su peluquería? –preguntó Jace.

–Cielos, no –Raphael se rio. El camino de tierra hacía una ligera inclinación cuanto más se internaba en el bosque. –Ella no necesita mover ni un dedo durante el resto de su vida. Ahora somos muy ricos gracias a Bellissima. Ahora mamá es quien recibe los tratamientos de belleza.

Jace se rio. –Y tú la ayudaste a llegar allí.

–Me encargué de la parte empresarial del negocio, con márketing y capital de riesgo para financiar la producción y el desarrollo del producto. Pero la idea, el boca a boca, y el apoyo de las celebridades fue todo obra de mamá. Eso es algo que el dinero no puede comprar.

–Estás siendo modesto –dijo Jace.

Jace no había perdido el tiempo para unirse al club de fans de

Raphael. ¿Dónde estaban su escepticismo y neutralidad perio-
dísticos?

–¿Cuál es el nombre de tu compañía, Raphael?– Las palabras se
escaparon antes de que Kat pudiera detenerlas. Con todo ese
discurso sobre su éxito, era horriblemente parco en detalles.

No hubo respuesta.

Casi con certeza que él la había escuchado, así que no repitió la
pregunta. Jace no pareció darse cuenta de la sordera selectiva de
Raphael, o si lo hizo no lo comentó.

Momentos más tarde llegaron al asentamiento. Raphael recuperó su voz cuando la charla pasó a Hermano XII y la Fundación
Acuariana. No quedaba mucho del lugar, aparte de débiles trazas
de donde se levantaron una vez los edificios.

Jace señaló los restos de unos cimientos de cemento del tamaño
de varias casas. –Ahí debe de ser donde estaba la escuela," dijo. "La
construyeron porque esperaban estudiantes, pero ninguno vino.
La mayoría de los discípulos eran de mediana edad o mayores, así
que no había niños.

–Quizás eso fue algo bueno –dijo Kat. –Imaginad nacer en una
secta. No conoceríais nada más.

Jace asintió. –Con el cerebro lavado desde el nacimiento.
Difícil deshacer eso.

–¿Esto es todo lo que hay? –Raphael le dio una patada al polvo
con su pie. –Pensaba que habría edificios restaurados y esas cosas.

–¿Dónde está la Casa de Misterio? –Kat examinó el terreno en
busca de otra silueta de edificio que fuera más grande que la mayoría. –Oh, creo que la veo–. Los leves restos de los cimientos de un
edificio se erigían sobre un pequeño montículo que dominaba el
asentamiento. Donde podía mantener la vista sobre sus súbditos,
pensó.

–¿Durante cuánto tiempo existió la secta? –preguntó Raphael.
–Parece que se hayan movido mucho por aquí.

–Solo unos años –dijo Jace. –Incluso sus seguidores más
acérrimos se desilusionaron cuando sus promesas de una nueva

era no se materializaron. Finalmente adivinaron sus intenciones reales.

–No es exactamente fácil llegar aquí–. Raphael examinó el paisaje. –Y es una isla rocosa. No podían ser autosuficientes aquí. ¿Qué tiene de genial este lugar?

–A Hermano XII le gustaba el hecho de que estaba lejos de ojos curiosos. No quería llamar la atención porque eso invitaba a preguntas. Y las preguntas no venían solo de los extraños. Los miembros de la Fundación Acuariana querían saber por qué él podía vivir con Myrtle si todavía seguía casado con Alma. Ese tipo de comportamiento era escandaloso en esa época. O por qué los títulos de propiedad estaban registrados a su nombre personalmente en vez de a nombre de la Fundación.

«Pero aún más cuestionable era por qué los seguidores trabajaban tan duro en lo que resultaba ser trabajos forzados sin salario. Muchos eran ciudadanos ancianos que prácticamente se mataron trabajando. Eran poco más que sus esclavos.

Kat miró fijamente la silueta de los cimientos, algunos de los cuales habían criado vegetación. Era como un yacimiento arqueológico. Uno que la gente preferiría olvidar. –Todavía me cuesta creer que la gente escogiera quedarse aquí. Supongo que para entonces eran indigentes, y probablemente demasiado agotados física y mentalmente como para escapar.

–Y demasiado asustados –añadió Jace. –Todavía creían que Hermano XII tenía poder sobre ellos. Temían las consecuencias si se marchaban. Incluso si sus afirmaciones espirituales eran falsas, ¿a dónde irían? Habían alejado a sus familias cuando les entregaron sus riquezas a Hermano XII. O en el caso de algunas de las mujeres, abandonaron a sus maridos por los afectos de Hermano XII. La mayoría era de otros países. No tenían medios ni dinero para volver a casa.

«Hubo un poco de alivio de sus trabajos de esclavos y de su miserable existencia cuando Hermano XII y su actual amante, Madame Zee, se marcharon a Inglaterra en 1930, navegando en un barco de arrastre con sus torretas armadas para defenderse y todo.

«Estuvieron fuera durante casi dos años, el tiempo suficiente para que la gente se diera cuenta de su error. Se unieron y se enfrentaron a Hermano XII tras su regreso. Desterró a los protestantes más ruidosos, pero fue el principio del fin. De un modo u otro, sus seguidores fueron capaces de finalmente salir de la isla. Una vez que llegaron al mundo exterior se dieron cuenta de la extensión de sus pérdidas. En 1933, varios seguidores presentaron una demanda para congelar los bienes de la Fundación Acuariana y que les devolvieran su dinero.

«Tuvieron éxito solo parcialmente, ya que Hermano XII había hecho un buen trabajo escondiendo los bienes. El oro no podía ser rastreado y ya se había gastado mucho dinero en él mismo. Mary Connally recuperó algo de su dinero cuando los títulos de propiedad de De Courcy y Valdes fueron transferidos a su nombre como compensación parcial.

«Al menos, Hermano XII predijo su propia ruina y abandonó el asentamiento apresuradamente con Madame Zee −sacudió la cabeza. −Pero no antes de quemar todos los edificios. La emprendió contra los muebles con un hacha y lo arruinó todo para que nadie pudiera usarlo.

−¿Qué hay del dinero? −preguntó Raphael.

−¿El oro? −Jace se encogió de hombros. −Algunos dicen que está escondido aquí en la isla, que no tuvo tiempo de recuperarlo. Pero lo dudo.

La boca de Raphael se abrió mucho. −¿Con cuánto se escapó?

−Nadie lo sabe realmente. La mayoría de la gente se sentía avergonzada de admitir que habían invertido, y mucho más la cantidad que les habían estafado. Como todos habían sido ricos cuando se unieron, tenía que ser una buena cantidad−. Jace hizo una pausa. −Hay otro rumor acerca de una cueva en la isla. Algunos creen que Hermano XII escondió parte del tesoro de oro allí.

–¿Qué estamos esperando? –Raphael se giró hacia el camino. –Vamos.

Kat continuó detrás de los dos hombres mientras dejaban el asentamiento atrás. Volvieron al camino pero cogieron una desviación separada que llevaba detrás del claro. La fresca sombra del sendero era exuberante y refrescante, bordeado con zarzas naranjas y vegetación que llegaba hasta la rodilla. Era un brusco contraste con los desnudos acantilados frente al océano barridos por el viento.

A menos de cincuenta metros más adelante el camino ascendía por una empinada colina. Los pies aún húmedos de Kat se deslizaban en sus chanclas y se agarraba a ramas y plantas para no caerse. Ojalá hubiera llevado calzado más resistente.

Jace guiaba el camino, seguido de Raphael. Se esforzó por seguir el paso cuando el espacio entre ella y Raphael se amplió a cinco metros, luego diez.

–Id un poco más despacio –dijo ella cuando el pie derecho se le escapó de la chancla.

Raphael o no la oyó o eligió ignorarla. Recuperó el equilibrio y cerró el espacio.

–Cuéntame más sobre tu madre –dijo Jace.

–Mamá se ganó una buena reputación y las mujeres inundaban su peluquería desde kilómetros a la redonda. Ella pronto atrajo la atención de una gran compañía de productos de belleza italianos. Mamá les cedió la patente la fórmula secreta y el resto es historia–. Raphael hizo una pausa en el camino y se giró para mirar a Kat.

–Ceder la patente fue un paso inteligente –dijo Kat. –La mayoría de la gente habría vendido directamente–. Rozaba lo increíble que en esta época la madre de Raphael hubiera desarrollado un nuevo producto capilar fuera de un laboratorio químico. Pero ella le siguió la corriente. Cualquier respuesta que Raphael diera sería inventada, pero antes o después sufriría un desliz y revelaría algo.

–Mamá no vendió su fórmula porque quería conservar el control creativo –dijo Raphael. –Esa parte funcionó bastante bien.

El oído selectivo de Raphael estaba funcionando de nuevo.

–¿Está trabajando en algún nuevo producto?

Raphael no contestó.

Hicieron una pausa en el claro. Dos caminos llevaban en direcciones opuestas sin señales ni letreros.

–Oh, las historias que podría contar sobre algunas de esas famosas–. Raphael hizo el gesto de cerrar los labios con una cremallera. –Pero naturalmente mis labios están sellados–. Enumeró una docena de estrellas de cine y famosas que recomendaban Bellissima. –Todos los nombres europeos más grandes y pronto las más grandes estrellas de Norteamérica también.

–Una mujer inteligente –dijo Jace. –Kat, quizás deberías probar sus productos capilares.

Kat frunció el ceño. –¿Por qué? ¿Qué tiene de malo mi pelo así?– ¿Por qué todo el mundo pensaba que su pelo necesitaba un arreglo?

–No digo que lo necesites, pero eres la única persona aquí con pelo rizado. Sería un experimento interesante. ¿Tienes algún producto a bordo, Raphael?

Raphael se rio. –Me temo que no. Siento decepcionarte, pero el pelo de Kat tendrá que quedarse como está por ahora.

Ella ignoró el insulto. –¿No llevas el producto contigo?– No producto significaba que no había peligro de que experimentaran con ella. Y no había peligro de que se le descubriera como un timo. Solo un estafador evitaría tener productos a mano para hacer demostraciones y promociones.

–Me he quedado sin producto –dijo Raphael. –No tendré más hasta la semana que viene.

Kat se desvió hacia una gran raíz de árbol. Raphael no podía ganar clientes sin producto. Aún así había engañado a Gia para que invirtiera sin siquiera probar Bellissima.

–¿Supongo que tu fabricante se hace cargo de toda la distribución? –preguntó Jace.

–Exacto –Raphael sacudió su brazo. –Ellos manejan toda la logística. Firmamos con los distribuidores autorizados y les dejamos la producción y distribución a ellos. Nadie puede copiar nuestra fórmula patentada.

Jace levantó las cejas. –Un buen trato. No me extraña que tengas tiempo para viajar por ahí con tu yate.

–¿Y qué detiene a nadie de hacer ingeniería inversa con la fórmula? –preguntó Kat. Docenas de fábricas chinas desvelaban fórmulas complejas cada día. Si el producto de Raphael era tan revolucionario y productivo como afirmaba, no habría escasez de imitadores y falsificaciones buscando entrar en acción.

Raphael la ignoró, como ya esperaba.

La cubierta de árboles era más densa y el aire más húmedo. Se detuvo para admirar una cascada, en parte para mantener su genio a raya. Suspiró cuando las voces de los hombres se desvanecieron.

Pues muy bien. Estaba cansada de escuchar los éxitos increíbles de Raphael. No solo porque eran mentiras, sino también porque no podía soportar ver al normalmente objetivo Jace caer bajo el hechizo de Raphael.

Ella ordenó sus pensamientos por un instante. Cuando el bosque se quedó en silencio se dio cuenta de repente de que ya no podía oír las voces de los hombres. Más le valía alcanzar a los hombres.

–Estoy justo detrás de vosotros –gritó Kat a Jace y Raphael delante de ella.

Nadie respondió.

Estaba furiosa porque Jace no se hubiera dado cuenta de que se había quedado atrás.

Debatió si debía darse la vuelta y volver a la playa, especialmente porque era difícil seguirles el ritmo con sus chanclas. Decidió continuar porque había recorrido todo ese camino para ver el asentamiento y la cueva. El asentamiento había sido una decepción, pero la cueva podría ser mejor. Ella no iba a irse hasta que la viera.

Kat continuó en silencio, tomándose su tiempo. Solo había un sendero, así que el peligro de perderse era improbable. Ella se encogió cuando sintió como se le formaba una ampolla en el pie derecho. La próxima vez ella elegiría mejor calzado.

Se agachó para ajustar su chancla y se vio sobresaltada por una voz de hombre.

CAPÍTULO 9

$\mathcal{K}$at se giró en redondo y se enfrentó a Pete. Se sentó en un tocón de árbol a varios metros de distancia y la miraba con una sonrisa.

–No llegarás lejos con esos zapatos–. El sumiso miembro de la tripulación de Raphael estaba de repente lleno de confianza y sarcasmo.

–¿Estás sola?

Kat luchó contra una sensación general de incomodidad. Pete parecía normal, ¿pero qué sabía realmente sobre él? Nada, aparte de que era un trabajador temporal contratado por un casi seguro estafador.

Se puso de pie y dio unos pasos hacia ella.

Un aroma a sudor rancio y suciedad se deslizó hacia ella, haciéndola encogerse. Se retiró unos metros pero tropezó con el terreno desigual. Sus chanclas se deslizaron hacia los lados debajo de sus pies. Se le torció el tobillo mientras se esforzaba por recuperar el equilibrio, pero perdió. Cayó desmadejada y rodó hacia el lateral del sendero.

Ella levantó la vista y vio a Pete de pie sobre ella. −Gracias. Estoy bien.

−Relájate. Soy inofensivo−. Pete alargó la mano y la ayudó a levantarse. −Pero probablemente no es una buena idea que deambules por ahí tú sola. Podrías perderte o algo.

−No estoy sola. Raphael y Jace van por delante−. Ella se agachó y se sacudió la suciedad de sus rodillas y pies. Le dolía el tobillo y lo sacudió mientras se agarraba al tronco de un árbol para equilibrarse.

Pete pareció sorprendido. −No, volvieron. Pasaron justo por aquí hace un par de minutos.

−No les he visto. Y tampoco iban muy por delante de mí. ¿A dónde han ido?− Debe haber sido cuando ella se desvió del camino, pero aún así no les había oído pasar.

Pete se encogió de hombros. −De vuelta al barco, supongo.

−Nosotros... yo... iba camino de la cueva. Ellos también. No pueden haber ido y vuelto ya.

Se rascó la barbilla pensativamente. −Supongo que cambiaron de idea una vez que la vieron.

Ella esperó a que él se explicara, pero no lo hizo. −Voy en la dirección correcta, ¿verdad?− Le sorprendía que Jace no hubiera pasado al menos unos cuantos minutos explorando.

−Sí −asintió él. −Solo está a unos minutos más allá del camino.

−Vale, bueno, más vale que continúe. Quiero ver donde escondió Hermano XII su oro.

−Tú y otras mil personas −se rio. −No hay oro. Todo el mundo está buscando algo equivocado. Pero hay otro tesoro.

−¿Qué tipo de tesoro?

−Un pasadizo secreto bajo el océano. Un túnel subterráneo que lleva a otra isla.

−Vaya. ¿Un túnel de verdad debajo del suelo del océano?

Él asintió. −Sí. Ha sido usado por los lugareños durante miles de años. Es como otro mundo bajo tierra. Es increíble, pero no mucha gente lo sabe.

–¿Cómo sabes tanto sobre este lugar?– Ella había crecido en el continente, lo suficientemente cerca como para seguramente haber oído algo tan fantástico como un pasadizo subterráneo. No lo había oído, así que supuso que probablemente no existía. –¿Eres de por aquí?

–Algo así. Crecí en otra isla. Pero eso es otra historia–. Frunció el ceño mientras miraba en la distancia. –¿Sabes algo sobre la cueva?

Ella sacudió la cabeza. –¿Qué tiene de especial?

–Tiene cinco kilómetros de largo y cruza por debajo del suelo del océano–. Ladeó la cabeza en la dirección a la que ella se dirigía. –La entrada está en mitad de la isla, pero si vas suficientemente lejos hay una caída de unos cientos de metros. El pasadizo cruza por debajo del agua y resurge en Valdes Island al otro lado del estrecho.

–¿En serio?– Jace estaría fascinado, si es que no estaba ya bajo la influencia de Raphael. Otra historia que se había perdido. Pero ella no iba a perder su oportunidad. –Cuéntame más.

–La cueva fue usada por la gente de Coast Salish como parte de sus ritos ceremoniales. Los hombres ayunaban y luego viajaban por el pasadizo bajo el mar solos, con solo una simple antorcha para guiarles. Completaban su misión depositando sus bastones en la cámara sagrada y eran celebrados cuando completaban el viaje de vuelta.

–¿De verdad? ¿Has hecho senderismo allí?– ¿Era senderismo o espeleología? Probablemente lo último, ya que técnicamente era una cueva subterránea.

Peter sacudió la cabeza. –Un terremoto hace más de cien años bloqueó el túnel. También selló la cámara sagrada. Se supone que está llena de tesoros arqueológicos, como máscaras ceremoniales y bastones, y otras cosas.

–Si es tan increíble, ¿por qué no ha sido desbloqueada?– La cámara secreta sonaba al cielo de los antropólogos. La escéptica en ella pensaba que no encajaba para nada. Era solo una leyenda sin confirmar.

–Los peñascos eran del tamaño de edificios –dijo él. –Se necesitarían montones de equipo pesado. Quizás el coste no merece la pena. Algunas veces es mejor dejar las cosas como están.

–A menos que el oro de Hermano XII esté allí–. Kat sonrió. –En cualquier caso, la cueva suena increíble. No puedo esperar a verla.

–Solo ten cuidado allí. Necesitas vigilar por donde vas–. Le miró los pies. –En realidad no deberías ir sola.

Él tenía razón, por supuesto. –¿Puedes enseñármela?

Él negó con la cabeza. –Tengo que volver al barco.

A Kat le pareció raro que Pete no volviera con ellos, puesto que había nadado hasta la orilla.

–Pero puedo enseñártela mañana.

–Eso sería genial–. Siempre y cuando mañana no fuera demasiado tarde. Si Jace y Raphael no estuvieran interesados, ni siquiera permanecerían en De Courcy otro día. –Pero todavía quiero caminar hasta la entrada. Bien podría echar un rápido vistazo antes de volver al barco.

Ella le dio las gracias y continuó por el camino. Sus orejas prestaron atención al sonido de agua corriendo y voces apenas audibles. Pero eran voces de niños, no las de Jace y Raphael.

Minutos más tarde se encontró con una familia de cuatro, incluyendo a un chico de unos diez años y una niña de unos trece. Ella estaba a unos veinte metros de ellos, suficientemente cerca para oírles hablar. El chico hablaba excitadamente sobre la cueva mientras que la niña permanecía en silencio, cogiendo bayas de los arbustos que bordeaban el camino.

Por razones que Kat no podía explicar, ella se desvió de nuevo del camino. Ella no sentía deseos de charlar, así que siguió el sonido de agua corriendo hasta un pequeño arroyo. Dio un manotazo a un mosquito cuando se detuvo junto a la corriente. Se agachó y metió la mano en el agua fría. La bebió de sus manos y sació su sed. Se estremeció cuando salpicó su rostro y brazos, eliminando el sudor de su piel.

Esperó a unos metros del camino hasta que pasaron. Después de que sus voces se desvanecieran, nuevas voces sonaron más fuerte. Jace y Raphael no habían vuelto al barco como Pete había afirmado. O se había equivocado o había mentido a propósito.

Se giró hacia el camino, pretendiendo alcanzarles. Ella subió la orilla y se enganchó el pie en una raíz de árbol expuesta. Se lanzó hacia delante y aterrizó de lado con un golpe.

Gruñó mientras evaluaba los daños. Sus costillas presionaban contra el suelo cubierto de raíces. Ella se encogió cuando inhaló aire. ¿Tenía algo roto?

No.

Tras el asombro de la caída, se sacudió las agujas de los pinos y la corteza, y evaluó los daños. Un poco de sangre de una rodilla rasguñada. Aparte de eso, estaba indemne.

Se esforzó por incorporarse. –¡Oye! Esperadme.

No hubo respuesta.

Solo les había oído, pero no les había visto, así que era difícil determinar su dirección. Quizás no se habían dado la vuelta aún. Todavía podían estar dirigiéndose hacia la cueva. En cuyo caso ella simplemente les seguiría. Soltó un suspiro de alivio. No estaría sola después de todo.

Era extraño que Pete hubiera afirmado verles. Probablemente había visto a los otros desde lejos y les confundió con Jace y Raphael. Pero claro, el camino había pasado a unos quince metros del punto ventajoso de Pete. Era difícil no verles a menos que Pete tuviera problemas de visión.

Ella volvió sobre sus pasos, pero las voces de los hombres ya se habían desvanecido. Se dirigían hacia la playa, en dirección opuesta a la cueva. Ni siquiera la habían esperado.

Bueno, simplemente tendrían que esperarla en la playa. Ella no iba a subir al bote sin echarle al menos un vistazo a la cueva. Aunque Pete se había ofrecido a enseñársela mañana, no había garantías de que aún estuvieran atracados en la isla. El artículo de Jace era la única razón para estar aquí, y si no estaba interesado en la cueva, probablemente no se quedarían.

Le dolía el tobillo y estaba enfadada por haber sido dejada atrás. Más que nada, le molestaba que Jace ni siquiera se hubiera preguntado por su paradero. En vez de preocuparse, él se había olvidado completamente de ella.

Ella alcanzó pronto a la familia, a pesar de su tobillo lastimado. Ralentizó su paso, prefiriendo la soledad cuando se le agrió el humor. Sus voces volvieron a desvanecerse cuando se amplió la distancia entre ellos. Se quedó bastante atrás como para poder oírles pero no verles. Diez minutos fue todo lo que necesitó para echarle un vistazo rápido a la cueva, así que al menos diría que había estado allí. Unos minutos después y ella estaría de vuelta en el bote. Jace y Raphael seguramente se divertirían hablando sobre Raphael durante al menos todo ese tiempo.

CAPÍTULO 10

$\mathcal{K}$at tuvo que ponerse de lado para deslizarse por la entrada de la cueva. Era poco más que una grieta y se sintió inmediatamente claustrofóbica cuando inhaló el húmedo y pegajoso aire. Pete no había mencionado la estrecha entrada. Ella vaciló y luchó contra el deseo de marcharse.

No podía ni ver ni oír a la familia, pero como el camino terminaba allí, debían estar dentro de la cueva. Siguió adelante cuando sus ojos se ajustaron a la oscuridad. Al menos el suelo estaba nivelado. Ella pasó la mano por las suaves y húmedas paredes que continuaban por unos cuarenta metros. Aunque la luz apenas penetraba en la oscura cueva, estaba claro que la cueva no llevaba a ninguna parte. No veía nada que se pareciera a un túnel.

Estaba a punto de salir cuando la pared de la cueva desapareció bajo su palma. A la derecha había una abertura o una especie de alcoba. Siguió la curva de la pared y dio la vuelta a la esquina para entrar en una enorme caverna abierta bañada con filtrada luz del sol. El contraste desde hacía unos metros era asombroso. Haces de luz entraban por una abertura al menos a unos treinta metros por encima de ella. A pesar del espacio abierto, el aire era aún más húmedo que en el oscuro pasadizo. Enredaderas recorrían las húmedas paredes de la cueva y gotas de agua goteaban desde arriba. Al principio confundió la humedad por lluvia, pero la niebla era resultado de la humedad casi al cien por cien.

En algún lugar en la distancia corría el agua, quizás una corriente o una cascada. Ella caminó hacia el sonido, luego vaciló. Ella en realidad no debería aventurarse más ella sola. Solo que no estaba sola, puesto que la familia iba por delante de ella. En cualquier caso, era mejor alcanzarles.

Jace y Raphael obviamente sabían que ella estaba allí porque ella no había vuelto al bote. Al cabo de un rato volverían sobre sus pasos para buscarla. Y no es que ella quisiera que lo hicieran. Ella seguía estando enfadada con ellos por no haberla esperado, o al parecer ni siquiera haberse dado cuenta de su ausencia.

Daba igual. Ella no había viajado hasta aquí para perderse todas las atracciones. Ella planeaba al menos explorar un poco la caverna. Tenía tiempo para echar un vistazo rápido antes de dirigirse de vuelta a la playa.

El sonido del agua se hizo más fuerte, y se imaginó una cascada precipitándose de las rocas. La luz se hizo más tenue cuando se aventuró hacia el melódico sonido. Era un hermoso mundo subterráneo incluso en la oscuridad. Cruzó el área abierta y estaba tan hipnotizada que golpeó la barrera rocosa a toda velocidad.

–¡Ay! –su voz resonó por toda la caverna. Su nariz palpitaba por el impacto. Se había golpeado la nariz y la cara con la roca.

Dio un paso atrás y perdió el equilibrio. Soltó una palabrota cuando trastabilló hacia el suelo. Era su segunda caída en solo unos minutos.

–¿Hola?– Su voz resonó por toda la cámara mientras se incorporaba sobre sus codos. Ni siquiera estaba segura de estar todavía mirando en la misma dirección. La oscuridad la había envuelto tan rápida y completamente que estaba desorientada sobre qué dirección tomar. ¿Cómo podía volver sobre sus pasos si no sabía su paradero? Sus ojos deberían haberse ajustado a la oscuridad ahora, pero no podía ver nada. Todo estaba negro, sin siquiera una pista sobre la caverna abierta que había atravesado momentos antes. Luchó contra el creciente pánico y se recordó pensar claramente. Todo lo que tenía que hacer era palpar las paredes de la cueva de modo metódico para encontrar la apertura en el muro de la cueva. Ella podría entonces volver sobre sus pasos hasta la entrada y la salida.

Ella no había oído las voces de la familia desde que entrara en la cueva. Ni siquiera las voces de los niños. La familia debe estar más profundamente en el interior, probablemente atraídos por la misma agua corriente.

–¿Hola?– Ella esperaba una respuesta reconfortante, pero solo escuchó el eco de su propia voz. Extraño que no pudiera oír a nadie.

Ella debatió explorar más, ¿pero qué más podría descubrir en cinco o diez minutos? Aventurarse más solo aumentaría el riesgo de perderse. Además, ahora que había encontrado algo, ella podría convencer fácilmente a todo el grupo para volver más tarde y ver la enorme cueva. Para entonces la espalda de tío Harry estaría mejor, e incluso Gia se apuntaría al paseo. Era más divertido explorar juntos.

Sin una linterna ni zapatos adecuados, ella no estaba equipada para ir más lejos de todos modos. Ella tampoco había visto otras luces dentro de la caverna. Su pulso se aceleró cuando se preguntó si la familia habría entrado en la cueva.

Se puso de rodillas y se puso de pie. Sus ojos se ajustaron a la oscuridad lo suficiente como para distinguir un débil perfil a unos metros de distancia. Debía ser el muro de la cueva. Contó sus pasos mientras arrastraba los pies hacia delante. Soltó un suspiro de alivio cuando tocó la húmeda roca.

Se apoyó contra la pared de la cueva y evaluó los daños. Le dolía la rodilla. Además de estar rasguñada, probablemente se había torcido un ligamento. Añade su tobillo dolorido, e iba a ser un largo y doloroso viaje de vuelta a la playa. Se levantó despacio hasta ponerse de pie e hizo una pausa para comprobar su pierna. Podía caminar siempre y cuando evitara giros bruscos.

Se obligó a mantener la calma y deslizó su palma por la pared de la cueva. Al cabo de un minuto encontró la abertura. ¿Pero era el mismo pasadizo? Ella no había considerado que podría haber múltiples aberturas.

Giró la esquina y salió a otra cámara. Se hundió su corazón cuando se dio cuenta de que no era el mismo lugar. Para empezar, el suelo se deslizaba hacia abajo y el techo era mucho más bajo, no más de ocho metros de altura. Este debía ser el comienzo del túnel bajo el mar.

Se aventuró más profundamente e inmediatamente se oscureció. Esperó de nuevo a que sus ojos se ajustaran y pronto distinguió los débiles perfiles de las paredes de la cueva. Cuando dio unos pasos hacia delante, el techo cayó dramáticamente, hasta el punto donde su cabeza casi lo tocaba.

Continuó por la ligera pendiente, pero mientras descendía el techo gradualmente subía. Unos minutos más tarde el suelo se niveló. No tenía ni idea de si seguía estando en la isla o si estaba ahora debajo del mar. Era difícil estar segura puesto que había realizado algunos giros. Lo único de lo que estaba segura era de que ella no había vuelto sobre sus pasos.

Mantuvo su mano izquierda sobre la pared de la cueva para asegurarse de poder volver sobre sus pasos de vuelta a la cámara principal. Era increíble pensar que la naturaleza había creado un túnel bajo el mar. Ella había leído en alguna parte que era casi imposible construir bajo tierra o incluso colocar cables eléctricos en esta parte del Océano Pacífico. La profunda agua y el inestable lecho oceánico en una zona propensa a los terremotos había desanimado a los ingenieros. Aún así este túnel natural había existido durante miles, o más probablemente millones de años. Había soportado terremotos, tormentas, y posiblemente incluso la Edad del Hielo.

Supuso que había estado en la cueva menos de treinta minutos.

Con su confianza restaurada, decidió que otros cinco minutos no harían daño. Tocó con los dedos la húmeda pared de la cueva para sentirse segura y continuó hacia delante. Unos minutos más y entonces daría la vuelta y seguiría sus pasos de vuelta a la entrada.

El agua se volvió más ruidosa. Tenía que ser una cascada bastante sustancial, una que Jace y Raphael habían pasado completamente por alto. Ese era otro problema con la obsesion de Jace por Raphael. En su búsqueda para conseguir otro artículo, había perdido la oportunidad de toda una vida de ver una maravilla natural y hermosa. Todavía era más decepcionante puesto que a Jace le encantaba estar al aire libre y era improbable que volvieran alguna vez allí. La isla solo era accesible en barco privado y no tenían uno. Jace había perseguido el objeto brillante y no había prestado atención al tesoro a la vista. A juzgar por lo rápido que los hombres habían regresado, probablemente ni habían entrado en la cueva.

Ella siguió el sonido del agua y emergió a una tercera caverna. Esta era la más grande, y mucho mejor iluminada. Se quedó delante de una piscina de unos veinte metros de ancho. Agua azul turquesa caía en cascada hacia la piscina desde unos cuarenta metros por encima de ella. Su boca se abrió mientras seguía la cascada hacia arriba. El camino del agua se había grabado profundamente en la roca y había labrado un estrecho cañón, donde el agua se derramaba por el borde. Desde allí caía a la piscina delante de ella.

Todo el tamaño y el rugido de la cascada subterránea era impresionante. Pete obviamente no había conocido de su existencia o la habría mencionado. Ella miraba con asombro y se preguntaba si ella era la primera persona en verla. Probablemente una de las pocas escogidas y con suerte no la última.

La cascada no era la única atracción. A la derecha del agua había una gran roca plana, probablemente de diez metros de ancho. Se acercó más y acarició su superficie con la mano. Parecía un altar, o al menos alguna especie de roca ceremonial. Ella se agachó para examinarla y pasó la mano por las débiles siluetas de figuras de animales en pigmentos rojos y marrones.

Tembló y se preguntó a qué distancia por debajo del suelo oceánico se encontraba. El descenso había sido gradual, así que no se había dado cuenta de la extensión de su descenso.

Esta parte de la cueva era tenue pero estaba mejor iluminada que las cámaras anteriores, aún cuando estuviera más profundamente debajo de tierra. Examinó la cámara para localizar la fuente de luz y notó un haz de luz más allá de la piscina, probablemente a veinte metros de distancia. ¿Era la iluminación una abertura hacia Valdes Island en el lado opuesto del túnel, o una segunda salida a De Courcy Island?

De Courcy, decidió. Pulsó la luz de su reloj. Según el dial iluminado, había estado en la caverna unos treinta minutos. No el tiempo suficiente como para recorrer la distancia de cinco kilómetros a través del canal. Aparte de varias paradas, también había realizado varios giros. Tardaría una hora en cubrir una distancia de cinco kilómetros a paso ligero, y todavía más con su cojera.

Habían pasado al menos cuarenta minutos desde que viera a Pete, y más aún desde que se separó de Jace y Raphael en el camino. En realidad debería volver a la playa. Pero no haría daño comprobar el otro lado de la piscina. Ella se castigaría más tarde si hubiera estado junto a la piscina pero no la hubiera examinado. Se permitió otros cinco minutos. Luego definitivamente se daría la vuelta. Al menos de ese modo ella podría describir la piscina y contarles a los demás lo que se habían perdido. Cuando regresara con los demás, ella traería una linterna.

Echó una última mirada a la cascada, fantasmagóricamente hermosa bajo la tenue luz. Se giró hacia la fuente de luz y entró en el estrecho pasaje. ¿Había seguido Hermano XII este mismo camino años antes? Había rumores de que sus jarras de oro estaban escondidas por toda la isla. ¿Por qué no aquí? Este era el escondite perfecto.

La luz creció y luego se apagó un poco cuando se aventuró más en el pasadizo. Al cabo de unos minutos estaba completamente oscuro y de nuevo caminaba ciegamente a través del túnel con la mano sobre la húmeda pared de la cueva. Musgo y líquenes cosquilleaban su palma. Deslizó la palma por la resbaladiza superficie e intentó no pensar en qué más aparte de agua había debajo de su mano.

–¡Ay!– El suelo de la cueva desapareció debajo de ella. Cayó al agua y entró en pánico cuando la envolvió. La helada agua entró en sus pulmones y nariz cuando se hundió bajo el agua. Se agitó en el agua, aterrorizada por no poder encontrar el camino hacia arriba.

Una chancla se salió de su pie y rozó su cabeza cuando pasó por encima de ella. Su pánico remitió cuando se dio cuenta de que había flotado hacia la superficie. Empujó su cuerpo en la misma dirección y rompió la superficie del agua. Tragó aire mientras se enderezaba. Tosió el agua tragada y se sorprendió al descubrir que el agua solo le llegaba a la cintura. Seguía siendo un problema, pero vadear era mucho mejor que nadar ciegamente.

Ella debía haber girado varias veces en un esfuerzo por enderezarse. ¿Desde qué dirección había llegado? Sus pensamientos se dispersaron mientras examinaba las paredes de la cueva. Ya no veía el pasadizo, ni ninguna abertura.

Todo se veía igual bajo la tenue luz.

Su espontánea exploración podría haber sido un error fatal.

CAPÍTULO 11

*L*as víctimas entran en pánico, los supervivientes sobreviven. Kat repetía silenciosamente el mantra y se obligó a pensar con calma. Ella había leído en alguna parte que muchas víctimas de incendios estaban a solo centímetros de la seguridad cuando morían. Se volvían desorientados y elegían la dirección incorrecta. Se enfrentó a una situación similar, excepto que ella tenía suficiente oxígeno y no estaba en peligro inminente.

Estaba perdida, pero no había viajado una distancia significativa. Simplemente tenía que encontrar el borde y volver a salir. Tenía que revertir su camino metódicamente o arriesgarse a verse aún más perdida.

Maldijo en voz baja. Se había librado del problema hacía unos minutos, solo para ponerse en una situación peor. Sin importar cuantas maravillas naturales pudiera ver, esta vez iba a volver. Explorar una cueva sin linterna tenía todos los ingredientes para acabar en desastre.

No más exploraciones en solitario, se prometió.

Siempre y cuando ella volviera al camino.

Llevaba sus chanclas en la mano izquierda mientras se acercaba a la derecha. Contó una docena de pasos y todavía estaba en el agua. Fue en dirección contraria y contó catorce pasos cuando su muslo chocó contra un borde. Sonrió. Parecía el mismo borde desde el que se había precipitado al agua.

Se impulsó hacia arriba y consideró que podría haber más de un borde. Más le valía estar segura de estar dirigiéndose en la dirección correcta antes de llegar más lejos.

Se deslizó de nuevo dentro del agua y regresó en la dirección desde la que había llegado. Contó catorce pasos. Desde allí contó unos adicionales ocho pasos para un total de veintidós pasos antes de llegar a un borde similar, solo que esta vez estaba a la altura de la rodilla. Dejó una chancla en el borde como marcador. Luego subió al borde.

Alcanzó un punto muerto menos de quince metros más tarde. La fuente de luz del pasadizo era una abertura en el techo de la caverna. Era demasiado pequeña como para ver realmente nada. Eso la alarmó más, ya que significaba que estaba a mucha más profundidad bajo tierra de la que se había dado cuenta.

Al menos sus preguntas fueron respondidas. Cuando se giró, su rodilla protestó con una aguda punzada de dolor. Bajó la mano y la encontró hinchada. Cuanto antes llegara al bote, mejor, pero sería un camino lento. El enfado de Jace se habría convertido ya en preocupación.

Recorrió sus pasos una vez más y regresó al borde. Palpó en busca de su chancla.

Nada.

Justo como había temido. Como no había caminado en línea recta, ella había llegado a un diferente punto del borde. La chancla perdida era prueba de ello. Ahora cuestionó todas sus direcciones anteriores. Si se había desviado mucho del camino, ni siquiera lo habría sabido nunca. Aún peor, ella ahora solo tenía una chancla.

Suspiró y volvió a deslizarse en el agua. Le llegaba al pecho, mucho más alta de lo que había sido donde dejó la chancla. Fue bordeando el reborde, palpando su chancla. Su pulso se aceleró cuando no encontró nada.

Los supervivientes sobreviven.

De repente chochó contra una pared que bloqueaba su camino.

Una pared que no había estado ahí antes.

Ella había tomado un giro equivocado, ¿pero dónde? Hasta la cascada, ella había tenido cuidado de mantener la mano por la pared, así que tenía que haber estado volviendo en la dirección correcta.

Es decir, hasta que cayó desde el reborde y se lastimó la pierna. Ahí debía ser donde giró mal. En su excitación por encontrar la cascada, se le había olvidado recorrer sus pasos a lo largo de la pared de la cueva. Se dio cuenta con horror que estaba perdida.

Y sola. La familia no había entrado obviamente en la cueva, o ya les habría encontrado. Jace y los demás volverían a buscarla, pero ¿se aventurarían tanto en la cueva? ¿Comprobarían acaso la cueva? Por lo que ellos sabían, ella no se había acercado a la cueva. Luego estaba el desvío equivocado que había tomado. Nunca la encontrarían.

Su única esperanza era Pete. Una vez se dieran cuenta de que ella había desaparecido, él les diría que buscaran en la cueva. Ella se iluminó ante la idea.

–¿Hola? –su voz resonó sin respuesta por toda la caverna.

¿Pero y si Pete no decía nada? No le gustaron sus preguntas inquisitivas, y si él tenía algo que ocultar, podría estar preocupado por la posibilidad de que ella lo descubriera. Ella estaba bien fuera de su camino. Pero seguro que Pete no sería tan cruel como para dejarla atrapada sola en una cueva.

¿O sí?

¿Y si lo hacía? ¿Cómo demonios podría contactar con alguien? Su teléfono móvil no funcionaba en la cueva. Entonces se le ocurrió.

Por supuesto. Aunque su teléfono móvil no transmitiría señal, tenía luz. ¿Por qué no había pensado en eso antes? Más vale tarde que nunca. Lo sacó del bolsillo, agradecida por haber pensado en colocarlo en una bolsa de plástico para el corto viaje en bote. Lo sacó de la bolsa, pulsó un botón, y su teléfono se encendió. Segundos más tarde la linterna del teléfono iluminó unos metros a su alrededor.

La abertura a una cueva más pequeña estaba a unos dos metros de distancia. Se había dado la vuelta. Ella vadeó hacia la entrada y se subió al reborde. Se arrodilló y cogió su chancla. Esta vez tardó un poco más en ponerse de pie. Su rodilla estaba rígida e hinchada, y su tobillo también. Maldijo mientras se ponía de pie. Cojeó hacia la abertura y caminó por el túnel.

Sus esperanzas echaron a volar cuando oyó ruidos de animales, o quizás de pájaros. Eso significaba que estaba cerca de una salida. Tenía gracia que no se hubiera dado cuenta antes de los ruidos.

La luz era un salvavidas, pero en algunos sentidos era mejor en la oscuridad. La iluminación empeoraba su claustrofobia. Por primera vez veía con claridad su entorno. Una brisa revoloteaba sobre su brazo cuando algo voló a unos centímetros por encima de la cabeza. Ella hizo una mueca cuando se dio cuenta de que era un murciélago. Parecía seguir su camino y aterrizó en una alcoba directamente en frente de ella.

Cuando miró fijamente al murciélago, se dio cuenta de que toda la estantería se estaba moviendo. Cientos de murciélagos encaramados boca abajo por encima de ella. Se estremeció, preguntándose cómo podría haber confundido el sonido con animales. El refrescante frescor de hacía unos momentos fue sofocado repentinamente. Se obligó a pensar con calma pensamientos positivos. En minutos ella estaría fuera bajo la luz del sol, o al menos en el camino. Al menos eso es lo que se decía a sí misma.

Relájate.

Su viaje dentro había durado casi una hora, pero su salida no llevaría más de diez minutos.

O quizás un poco más, ya que era cada vez más difícil caminar con su pierna herida.

Sin importar cuanto tardara, le traía sin cuidado. Estaba de vuelta en entorno familiar y solo necesitaba seguir el camino. Su ánimo se mantuvo a flote cuando la cascada apareció a la vista. Pasó junto a la piscina y hacia la abertura hacia la siguiente cámara, cuando la niebla familiar regresó.

Pronto estuvo en la cámara más externa. Solo tenía que localizar el afloramiento rocoso con la muesca para guiarla al volver la esquina. Solo tuvo que sentir la muesca antes, no verla, así que pasó la mano por la pared de la cueva para localizarla. Estaría fuera y de vuelta en el camino en unos minutos. Ese fue su último pensamiento cuando se cayó.

CAPÍTULO 12

*K*at gritó cuando un espasmo de dolor le recorrió la pierna.

Había tropezado en el suelo irregular y cayó fuera del camino. Estaba tan concentrada en encontrar la muesca en la roca que no había notado la brusca caída junto al camino. Su hinchada rodilla y tobillo torcido hacía mucho más difícil caminar y conservar el equilibrio. Al favorecer su pierna buena, había caído sobre su tobillo y tropezó cuando entró en un enorme agujero.

Pero esa era la menor de sus preocupaciones. Estaba atascada entre dos rocas.

Literalmente.

La caída de Kat había desalojado varias rocas y su brazo estaba atrapado debajo de algunas de ellas. Maldijo por lo bajo mientras consideraba las posibilidades de lastimarse tres veces en menos de una hora. ¿Era de verdad tan torpe?

No, solo estúpida.

¿Qué había estado pensando, llevando chanclas y explorando sola? Pero ella no había empezado sola.

Suspiró y sacó el teléfono para iluminar su entorno. Solo estaba a unos metros de distancia de la abertura de la cueva, tan cerca que casi podía saborear el aire fresco. El aroma era probablemente solo su mente engañándola, pero la creciente señal de su teléfono móvil no era definitivamente su imaginación. Contra todo pronóstico, volvía a tener cobertura en el móvil. Marcó el número de Jace y le llamó.

–Kat, ¿dónde estás?– Su voz se entrecortaba. –Te hemos estado buscando por todas partes.

–Atascada dentro de la cueva–. Pete sabía que ella había ido a la cueva. Con seguridad él habría oído el escándalo en el yate mientras intentaban averiguar dónde estaba yo. O quizás ni siquiera se habían dado cuenta de su desaparición. Pero en realidad no quería pensar en ello.

–¿Cómo es eso posible? La cueva solo tiene unos metros de profundidad.

–No, es mayor que eso. Encontré una entrada oculta. Me lo encontré casi por accidente. Pero ya basta de eso. Tienes que sacarme. Estoy atascada.

–¿Atascada cómo?

Describió su situación brevemente. –Los detalles no son importantes, y no quiero gastar la batería de mi móvil. Me he caído varias veces. Quizás puedas traerme un bastón o algo. Y zapatos.

Hubo una larga pausa al otro lado. –Vale.

–Pregúntale a Pete sobre la cueva. Él está familiarizado con ella.

–¿Quién es Pete?

–Uno de la tripulación de Raphael. Debes haberle visto en el camino. Estaba allí al mismo tiempo que nosotros.

–No he visto a nadie en el camino. Pero había un hombre en la playa–. Jace le describió. –Ahora que lo mencionas, Raphael parecía conocerle. Habló con él unos minutos antes de que volviéramos al barco.

–Es él. Con aspecto desaliñado–. Le sorprendió que Jace no le hubiera visto a bordo del yate. Pero claro, Jace había estado sentado en el bar, bien pegado al costado de Raphael, durante la mayor parte del viaje.

—Le dijo a Raphael que tú ibas a volver con él. Por eso Raphael y yo volvimos al barco.

—Eso es ridículo, Jace. Pete llegó nadando a la isla—. Al menos eso era lo que Pete le había dicho.

—¿Por qué iba a ir nadando hasta allí cuando podía haber venido en el bote con nosotros?

—No tengo ni idea, pero eso no importa. ¿Ni siquiera te preguntas si estoy bien, y ahora aceptas mejor la palabra de Raphael que la mía?— Su rostro se ruborizó mientras intentaba mantener la calma. —¿Y si fuera un criminal o algo?

—Supongo que no estaba pensando correctamente. Como Raphael le conocía, me imaginé que todo estaba bien—. El primer rastro de duda apareció en su voz.

—Raphael es de Italia y estamos de visita en una isla en la que no ha estado nunca, ¿y conoce a un vagabundo de playa desarrapado?— Si eso no era prueba de la inconsistente historia de Raphael, ella no sabía qué era.

—No te enfades conmigo. Acabas de confirmar que es miembro de la tripulación, así que todo funcionó al final, ¿verdad?

—Esa no es la cuestión, Jace—. Discutir no iba a sacarla de la cueva, pero necesitaba saber cuál era la implicación de Pete. —¿Te lo dijo el mismo Pete o te lo informó Raphael?

—Raphael —admitió Jace.

—Pete sabía que yo estaba intentando alcanzaros. ¿Por qué mentiría?— Pete no había mentido, pero Raphael sí. Jace no se lo creería, sin embargo. Estaba tan enamorado de Raphael que no se creería nada negativo sobre él. Raphael había mentido para librarse de ella. La rabia se acumuló dentro de ella. —¿Cómo se suponía que iba a volver al yate cuando vosotros teníais el bote?

—Pete dijo que él te llevaría de vuelta en su bote.

—Raphael también te dijo eso, ¿eh?

Silencio.

–Raphael sabía que solo había un bote–. Pete casi ciertamente se habría ofrecido a ayudar a encontrarla. ¿Había coartado Raphael también eso?

–Oh.

–¿Eso es todo lo que puedes decir?

Jace suspiró. –Lo siento, vale. Simplemente supuse que estarías bien con Pete. Con lo de que era una isla pequeña y todo…

–Solo ven a sacarme de esta cueva.

–Lo haré. Tan pronto como encuentre a Raphael. No sé dónde está el bote.

Su móvil sonó con la advertencia de batería baja. –Mi teléfono está muriendo. Solo date prisa–. Hablaría con Pete cuando estuviera de vuelta a bordo y escuchara su versión de la historia, pero ella ya sabía cual era. –Haz que Pete venga contigo. Ha estado dentro de la cueva antes.

–No te preocupes –dijo Jace. –Te sacaremos. Estoy seguro de que Raphael tiene montones de herramientas en el yate.

–Solo llega aquí tan rápido como puedas–. Kat se dio cuenta de que era casi la hora de cenar. No tardaría en estar oscuro, y el rescate sería difícil una vez que se hiciera la noche. Lo último que quería era pasar la noche en una húmeda cueva oscura. ¿Por qué estaba metiéndose constantemente en líos? Porque su curiosidad se apoderaba de ella, todo el tiempo.

Sus pensamientos volvieron a Hermano XII y a su asentamiento. Los colonos se habían creído su sueño sin pensárselo dos veces. Más de unos cuantos habían desaparecido sin dejar rastro. Se estremeció ante la idea y se preguntó si algunos yacían dentro de las paredes de la caverna, perdidos como lo estaba ella.

Los discípulos de Hermano XII le habían tendido su dinero, se instalaron en la tierra por nada, solo para darse cuenta demasiado tarde que habían sido estafados. Quizás algunos se habían aventurado dentro de esta misma cueva, buscando el escape, o quizás en busca del presunto tesoro de Hermano XII.

Por supuesto que el tesoro de Hermano XII era realmente suyo, ya que había sido amasado con el dinero que le habían entregado cuando se unieron al grupo. Quizás lamentaban haber entregado todo su dinero a Hermano XII y habían venido a recuperarlo. Buscaron una forma de salir de la isla, pero una vez que estaban sin un penique, no tenían hogar al que huir.

Las almas perdidas de la era de Hermano XII tenían que encontrar su propia huida. Nadie les buscaba ni notificaba a las autoridades. Eran personas olvidadas que cesaban de existir en el mundo exterior. Cuando se rindieron a la Fundación Acuariana, se desvanecieron en el tiempo.

Ella se estremeció ante dicha idea. Ella podría haberse desvanecido en la cueva, si no fuera por la moderna conveniencia de un teléfono móvil.

Una voz de hombre la sacó de sus pensamientos.

–Kat, ¿puedes oírme?– La voz de Raphael venía de la dirección de la entrada. Su voz estaba amortiguada, probablemente debido a la acústica de la cueva o a su falta de ella.

–Aquí. Entra hasta la pared y luego gira a la izquierda. ¿Dónde está Jace?

–¿Qué? No puedo oírte–. Su voz se desvaneció.

–Camina hacia la pared trasera –gritó Kat. –Luego sigue el muro hacia la izquierda–. ¿Por qué no podía oírla? Aunque su voz estaba amortiguada, ella podía oírle perfectamente bien sin que él gritara.

De repente hubo un ensordecedor crujido de rocas, piedras, y peñascos.

La pálida luz se desvaneció, reemplazada por oscuridad. La pequeña entrada ahora estaba completamente cerrada.

Algo había bloqueado la salida.

Algo, o alguien.

CAPÍTULO 13

*E*l peñasco golpeó contra la pequeña entrada, bloqueando la única salida de Kat. La única voz que oyó fuera fue la de Raphael. De hecho, ella no había oído a Jace.

–¿Jace? ¿Estás ahí?– ¿Por qué estaba hablando Raphael y no Jace?

Silencio.

–Raphael, ¿dónde está Jace?– Volvió a pensar en el comentario de Jace sobre el bote. Dijo que no podía encontrarlo. Aún así Raphael estaba aquí. ¿Había vuelto a la isla solo? –¿Quién está contigo, Raphael?

No hubo respuesta.

–¡Déjame salir!– A Raphael obviamente no le gustaba ella, pero atraparla en una cueva era equivalente a un asesinato. Su corazón se aceleró mientras se preguntaba por el paradero de Jace, Harry, y Gia. Cualquiera de ellos lo hubiera abandonado todo para buscarla. Jace sabía que estaba atrapada, ¿así que por qué no estaba allí ya? El pánico se acumuló dentro de ella.

Quizás les había pasado algo a ellos también.

Ella estaba siendo probablemente paranoica. Pero si ese era el caso, ¿por qué no le contestaba Raphael? Solo estaba segura de dos cosas: ella había reconocido la voz de Raphael fuera de la cueva, y la roca que ahora bloqueaba la salida no se había movido hasta allí sola. Raphael la había atrapado en la cueva en vez de rescatarla.

Era una locura, a menos que Raphael tuviera un secreto mucho más siniestro que estafar a Gia. Aunque estaba segura de que Raphael estaba timando a Gia para sacarle el dinero, su amiga no era exactamente millonaria. Raphael podía cubrir sus huellas fácilmente, coger el dinero, y huir. No tenía que cometer asesinato para salirse con la suya.

Había algo más, pero solo tenía sospechas y no datos para explicar su comportamiento extremo. ¿Qué podía ser suficiente para matarla?

Jace estaba muy equivocado acerca de Raphael, pero a menos que recuperara el sentido, no asumiría que Raphael tuviera motivos ocultos. Y confiaría en que Raphael la rescatara. Volvió a pensar en su conversación telefónica. Jace seguía sin sospechar nada malo.

Crujieron pisadas fuera.

–¿Qué está pasando?

El grito de Kat se encontró con el silencio. Su corazón latía como loco y de repente se sintió claustrofóbica. La cueva parecía aún más oscura y el aire más húmedo.

La mente sobre las cosas.

Jace la sacaría. Estaría aquí en un momento.

Si podía.

Se le encogió el pecho cuando el pánico se apoderó de ella. ¿Le había pasado algo a él también? Lo que fuera que Raphael estuviera ocultando, consideraba que merecía la pena atraparla en la cueva. Él la dejaría allí para morir si pudiera.

Para.

Los supervivientes sobreviven.

Una docena de respiraciones lentas más tarde, ella llegó a una conclusión indiscutible. Ella no escaparía esperando pasivamente un rescate. Para empezar, ella necesitaba liberar su brazo. Se encogió de dolor cuando movió su brazo adelante y atrás. Tras varios minutos de mover el brazo adelante y atrás, finalmente lo liberó. Suspiró de alivio al haberse escapado por los pelos. Ahora ella tenía que volver al camino. Se quitó las rocas de su estómago y se incorporó. Gateó hasta llegar a terreno nivelado y cojeó hasta la entrada de la cueva.

Empujó contra la roca, sabiendo incluso antes de intentarlo que era inútil. No se movió.

Derrotada, se apoyó contra la roca. Su garganta estaba seca de sed. Ni siquiera había pensado en traer una botella de agua porque habían planeado que sería solo un paseo corto. Como si esperara una señal, su estómago rugió, hambriento.

Ella había usado la mayor parte de la batería del móvil con la linterna. ¿Funcionaría ahora que la cueva estaba cerrada?

Era todo lo que tenía. Marcó el número de Jace. Sus esperanzas aumentaron cuando hubo tono. Ella estaría fuera de allí en cuestión de minutos o, como mucho, de una hora.

Su corazón se hundió cuando la llamada fue al buzón de voz. Eso la preocupó. Jace nunca apagaba su teléfono.

El indicador de su batería sonó, así que le dejó un mensaje. Habló rápidamente y dio instrucciones sobre la localización de la roca que bloqueaba la entrada oculta, y cómo maniobrar dentro de la cueva. Tuvo cuidado de no implicar a Raphael por si acaso él tuviera el móvil de Jace.

Tío Harry era su última esperanza. Esperaba tener suficiente batería para hablar con él. Había una buena oportunidad de que ni siquiera se hubiera llevado el móvil con él, sin embargo. Aún cuando lo tenía en el bolsillo, tendía a no escucharlo. Marcó su número y esperó.

Uno, dos, tres tonos, sin respuesta.

Tío Harry respondió al cuarto timbrazo. –¿Kat, dónde demonios estás? Te hemos estado esperando.

–Estoy en una cueva en la isla.

–¿Qué? Apenas puedo oírte. Quizás deberías volver a llamar…

–No, no cuelgues. Escucha con cuidado, tío Harry–. Se acercó más a la abertura cubierta con la roca en un intento por aumentar la señal. –Encuentra a Pete y dile que estoy atrapada en la cueva.

–¿Qué cueva? ¿Qué tiene que ver Pete con todo esto?

–No es importante ahora mismo. Solo búscale y venid.

–Pero Raphael tiene el bote…– La voz de Harry se fue desvaneciendo y se cortó bruscamente cuando su teléfono se quedó sin batería.

Miró fijamente su teléfono, desolada. Al menos había hecho la llamada, y tío Harry sabía que ella estaba en la cueva. Pequeño consuelo, pero la ayuda llegaría finalmente. Ella podía contar con su tío para eso. Pero con lo que no podía contar era con su discreción. Seguramente implicaría a Raphael antes que a Pete.

Ese era el problema. Al final no importaba, decidió. No importaba lo raro que fuera, su tío persistiría en encontrarla. Ella lidiaría con Raphael una vez que estuviera fuera.

Se deslizó contra la pared de la cueva hasta una posición sentada y rompió en un sudor frío. Muy poca gente sabía que estas cuevas existían, y por lo que Pete le había contado aún menos conocían los pasadizos y giros de esta cueva en particular. Con la roca bloqueando la entrada, esta era invisible para cualquiera que no estuviera familiarizado con la cueva. Ella podía morir allí, muriéndose poco a poco de hambre mientras los pocos exploradores de la cueva exploraban otros pasadizos. Se estremeció y se rodeó las rodillas con los brazos.

También se le ocurrió que tío Harry, Jace, y––por lo que sabía––Gia no le habían contado a nadie lo de su viaje improvisado. Nadie sabía su paradero. Raphael podía deshacerse de todos ellos. No había ni un alma que supiera que estaban allí ahora mismo. Iba más allá de lo creíble, pero también lo era el atraparla impunemente dentro de una cueva.

Si, y cuando, fuera descubierta, ¿sería ella un artefacto más?

CAPÍTULO 14

*K*at despertó sobresaltada. Había algo o alguien más en la cueva. Contuvo el aliento y escuchó. El ruido de arañazos estaba cerca, a solo unos metros de distancia cerca de la entrada. Se estremeció y se acordó de los murciélagos. Ella difícilmente era la única criatura viva en la cueva.

Contuvo el aliento y escuchó para ver cómo de cerca estaba. No era un animal después de todo. Sus esperanzas resurgieron cuando metal resonó contra la roca. Había alguien fuera.

–¡Ayuda!– Se levantó de un salto y se encogió de dolor. En su euforia se le había olvidado su tobillo hinchado y su rodilla herida. Se tambaleó hacia atrás. –Estoy atrapada dentro de la cueva.

No hubo respuesta.

Debía haberse quedado dormida. Se le había acabado la batería del reloj y ahora estaba demasiado oscuro como para ver la esfera sin ayuda. La batería de su teléfono se había agotado también, así que no tenía ni idea de cuánto tiempo había pasado. No podía haber pasado mucho. Tenía hambre, pero no un hambre canina. Su última comida había sido el almuerzo en el barco.

–¡Aquí!

Silencio.

La alegría momentánea fue sustituída por decepción. Su mente le estaba engañando. No había nadie aquí, por mucho que ella deseara lo contrario. Quizás lo había soñado todo.

–¿Hay alguien ahí fuera?

Silencio.

Estaba mucho más oscuro dentro de la cueva ahora que la roca bloqueaba la entrada. También estaba más cerca de la caída de la noche.

Los arañazos volvieron a sonar.

Sus esperanzas se desvanecieron. Un animal estaba probablemente cavando o escarbando fuera. No había posibilidad de ayuda ahí.

Pero el sonido fue en aumento, y una vez más oyó metal contra roca. A menos que hubiera animales con herramientas dentro de la cueva, el metal era una buena señal.

Mejor que buena. Era música para sus oídos. Como una sinfonía.

Se concentró en el sonido e intentó identificarlo.

–¿Estás ahí?– La voz de Jace sonaba clara. No podía estar a más de cinco metros de distancia.

–¡Sí! Sácame de aquí, Jace–. Más le valía no haber soñado su voz. –¿Puedes oírme bien?

–Sí. ¿Estás bien?

–Por la mayor parte–. El alivio la inundó. Finalmente sería liberada.

–¡Gracias a Dios! –intervino tío Harry. –Te sacaremos, Kat. Aguanta.

Ella nunca se había sentido más afortunada en su vida. –Sienta tan bien oír vuestras voces. Estoy muy contenta de que me hayáis encontrado. ¿Qué hora es?

–Poco más de las siete de la tarde. Nos preocupamos cuando no volviste –dijo Jace. Por el sonido de su voz, estaba haciendo algo físico. Eso explicaba los sonidos de palas.

—Pero yo estaba contigo y con Raphael. ¿Por qué te marchaste sin mí?— No tenía ni idea de si Raphael estaba fuera con ellos, pero ella quería una respuesta ahora. No podía esperar más.

—Nos dijiste que lo hiciéramos.

—De eso nada —dijo Kat.

—Claro que sí. Le dijiste a Raphael que volverías con Pete. Incluso lo comprobé dos veces.

—Nunca he dicho nada semejante—. Su palabra contra la de Raphael, ¿pero por qué no iba a contar más la palabra de ella? —Ni siquiera hablé con Raphael.

—Obviamente te entendió mal—. Jace gruñó. —Esta roca está encajada aquí con bastante fuerza. No tengo las herramientas adecuadas.

—Una palanca funcionaría —dijo tío Harry. —Pero no hay herramientas así en el yate.

A Kat se le hundió el alma. Había esperado ser rescatada en cuestión de minutos, pero las cosas no sonaban muy prometedoras.

—Quería decir que Pete le dio tu mensaje a Raphael. Y por eso nos marchamos.

—¿Lo comprobaste con Pete?

—No, y supongo que debería haberlo hecho—. Las palabras de Jace me llegaban en cortas explosiones mientras cavaba. —Raphael obviamente lo entendió mal. Pero tú tienes parcialmente la culpa por haberte ido por tu cuenta así. No podíamos imaginar dónde estabas.

O darte cuenta de que me había ido, pensó Kat. Su euforia fue eclipsada por rabia cuando recordó como Jace se había olvidado simplemente de que ella estaba allí.

—Ahí fue cuando nos dimos cuenta de que todavía estabas aquí —dijo tío Harry. —Pete dijo que tú no volviste con él. Me parece un poco olvidadizo, si me preguntas.

Su impresión de Pete era totalmente diferente a la de su tío. Pero ahora no era ni el momento ni el lugar para preguntar más.

Ella esperaría hasta que estuviera a salvo de vuelta en el yate. Por supuesto, que estuviera a salvo a bordo era una historia totalmente diferente. –¿Cuánto falta para que salga?

–Depende –dijo Jace. –Tenemos que improvisar porque todo lo que tenemos son palas. Y no muy resistentes. Pero nuestro plan está funcionando despacio.

–Estamos haciendo lo que hacían los antiguos egipcios, excavando la tierra y la arena de debajo de la roca –dijo tío Harry. – Esperamos que la roca simplemente ruede hacia delante.

–Eso es inteligente–. Ella recordaba vagamente un documental que había visto con Jace. Aunque tenía sentido, también sonaba peligroso. Un movimiento en falso y esa roca podía rodar directamente encima de ellos. –Avisadme cuando la roca ruede.

–Oh, eso no va a pasar durante un buen rato todavía –dijo tío Harry.

Ella solo oía una pala y sospechaba que Jace estaba haciendo la mayor parte de la excavación.

–Lo que no puedo imaginar es cómo te quedaste atrapada detrás de esta cosa. Es enorme–. Jace sonaba como si le faltara el aliento.

–No estaba ahí cuando entré–. De hecho, Kat no podía recordar que hubiera peñascos cerca. Pero no los había estado buscando. Había estado concentrada en los tesoros que podrían yacer delante de ella. ¿Cómo la había maniobrado Raphael para colocarla él mismo delante de la cueva? –¿Cuánto tiempo crees que tardará?

–Probablemente otros veinte minutos si las cosas van como se planearon –dijo Jace.

–¡Vaya! –gritó tío Harry.

La roca se movió y un delgado haz de luz brilló por encima de ella. Nunca había estado tan feliz de ver el cielo. La entrada triangular era más grande en el lado más alejado de ella. A juzgar por el ángulo, la roca estaba situada sobre terreno irregular.

—Ha estado cerca, Jace —dijo tío Harry. —Más vale que tengamos cuidado.

—Vale —dijo Jace. —Harry, ve a buscar algunos trozos largos de madera. Los meteremos debajo de la roca mientras cavamos, luego los quitaremos cuando estemos preparados. La roca debería salir rodando con el impulso de la cuesta abajo.

—Entendido —dijo tío Harry.

Jace cavaba mientras Harry arrastraba troncos y madera hacia el lugar. A juzgar por todos los gruñidos y maldiciones, era un trabajo pesado y sudoroso. Kat deseaba poder ayudar, pero solo podía escuchar sintiéndose culpable.

Después de lo que pareció una eternidad, finalmente estaban preparados. Lo cual era bueno, porque la diminuta rendija de cielo encima de la roca había cambiado a un profundo azul índigo. Pronto oscurecería, así que más valía que su plan funcionara a la primera.

—Hagámoslo —dijo Jace. —Kat, retírate por si acaso algo más se activa. Harry, colócate al otro lado. Saca los primeros troncos cuando yo te diga. Yo haré lo mismo en este lado.

—Vale.

—Ahora —gritó Jace. La roca se lanzó hacia delante y expuso una abertura más grande. Pero los laterales de la roca aún estaban firmemente encajados contra la pared de la cueva.

—Kat, ¿puedes trepar por encima? —preguntó Jace.

—No lo creo. No hay lugares donde apoyar los pies. No sé cómo impulsarme hacia arriba—. A Kat se le hundió el corazón. Tan cerca y a la vez tan lejos. Había esperado estar fuera antes de la caída de la noche, pero las cosas no parecían prometedoras. Mientras tanto, Raphael estaba probablemente dejando a Gia con lo puesto y consiguiendo que invirtiera aún más.

—Tengo una idea. ¿Y si tuviéramos una cuerda?

—Eso podría funcionar—. Ella había probado una vez la escalada en un rocódromo. Probablemente podría apañárselas. Tenía un brillo de esperanza de que podría ser capaz de dormir en una cama esta noche.

–Vale. Ahora solo necesitamos una cuerda–. Se quedó en silencio un momento. –Harry, ¿puedes coger el bote y volver al barco? Tiene que haber una cuerda a bordo.

–No tenemos tiempo para eso, Jace–. Raphael les entretendría a propósito. Después de todo, él la había atrapado intencionadamente. –¿Lleváis cinturones?

–Sí –dijo tío Harry.

–Sí, ¿por qué? –preguntó Jace.

–Un cinturón no es suficientemente largo, pero dos podrían serlo.

–Merece la pena intentarlo. ¿Pero son bastante fuertes como para aguantar?

–Solo hay un modo de averiguarlo –dijo Kat. ¿Funcionaría? Todo lo que podía hacer era esperar.

Un cinturón de cuero bajó deslizándose por la roca. Alargó la mano y lo cogió. Tiró y sintió tensión ya que Jace sostenía el otro extremo. Se echó hacia atrás y puso los pies sobre la roca, pero no pudo elevarse. El extremo del cinturón estaba demasiado alto encima de su cabeza, y ella no tenía la suficiente fuerza en su torso como para impulsarse.

Los cinturones tenían que ser más largos, o más bien ella tenía que estar más arriba. Buscó una roca lo suficientemente pequeña como para moverla. Necesitaba ponerse de pie sobre algo de medio metro o así de alto. Eso la elevaría lo suficiente como para impulsarse roca arriba.

Pero todas las rocas a su alrededor eran pequeñas. Reunió las que pudo y las apiló en una plataforma improvisada. Comprobó la estabilidad con un pie. Era precario incluso sin sus heridas, pero se mantenía. También era su única opción.

Ahí estaba otra vez con sus chanclas, otro accidente a punto de suceder. Maldijo por lo bajo. No había otro modo, pensó mientras se subía con su otro pie.

–Vale, estoy preparada–. Kat tiró de los cinturones hasta que sintió la tensión en el lado opuesto.

–Vale. ¿Lo tienes, Harry? –preguntó Jace.

–Sí. Adelante, Kat –dijo tío Harry.

–Vale. Allá voy–. Visualizó su única experiencia escalando rocas en el rocódromo. Puso un pie contra la roca y se inclinó hacia atrás unos cuarenta y cinco grados. Los cinturones aguantaban. Respiró hondo y abandonó el montículo de rocas con su otro pie. Se concentró en colocar un pie delante del otro.

–Vas muy bien –gritó Jace. –Sigue así.

Estaba a centímetros de la abertura, pero le quemaban los músculos.

Kat no sabía si los hombres sujetaban los cinturones o si los habían atado a algo. Rompió a sudar. Si era así de duro, probablemente lo estaba haciendo mal. Sus sudorosas palmas se deslizaban sobre el cuero y le quemaba la piel mientras se esforzaba por sujetarse.

Apretó las palmas alrededor del cuero, pero fue inútil. Se le resbaló de las manos y cayó hacia atrás, aterrizando en el suelo con la pila de rocas golpeándole el hueco de su espalda. Gritó de dolor.

–¿Qué ha pasado? –preguntó Jace.

–Me resbalé–. Kat rodó de lado y se encogió cuando la recorrieron espasmos de dolor por la espalda, la rodilla, y el tobillo. –Dame un minuto y lo intentaré de nuevo.

–Solo grita cuando estés preparada –dijo Harry.

Con dolor o sin dolor, iba a salir de una vez por todas de esa cueva.

Diez minutos más tarde llegó a la cima de la roca. Hizo una pausa e inhaló aire profundamente en sus pulmones. El aire fresco la intoxicó mientras se arrastraba por encima de la roca. Les sonrió a Jace y a Harry, quienes estaban a unos cuatro metros debajo.

–Dichosos los ojos que te ven –dijo Harry.

–Lo mismo digo–. Sonrió y pasó las piernas por el borde. Casi saltó antes de recordar su rodilla y tobillo.

–¿Qué pasa? –preguntó Harry.

–Nada –contestó ella. Todo iba mal, pero no había mucho que pudiera hacer al respecto. Al menos no todavía. Se preparó y saltó. Gritó cuando golpeó el suelo con el costado. Rodó sobre su trasero y estiró la mano buscando ayuda.

Jace la levantó. –Nunca más voy a perderte de vista.

Ella podía vivir con eso.

CAPÍTULO 15

Kat estaba sentada en la cama, su espalda apoyada contra el cabecero. Su pierna estaba elevada con bolsas de hielo colocadas estratégicamente alrededor de su hinchada rodilla y tobillo torcido. Para cuando hubieron vuelto al yate, su pierna había mutado en una masa hinchada y gigante. Estaba exhausta por su experiencia cercana a la muerte en la cueva y su camino cojeando durante una hora hacia el bote.

–Pareces un herido de guerra–. Jace estaba sentado al escritorio y tecleaba en su ordenador. –¿Cómo consigues siempre meterte en líos? Simplemente fuimos a dar un corto paseo por el bosque.

Más bien era que los problemas la encontraban a ella. ¿Cómo podía abordar el tema del engaño de Raphael sin sonar como una lunática? Jace ya sabía que ella le tenía manía al tipo. Ella necesitaba la confirmación de Pete de su versión de los hechos, pero no iba a conseguir ninguna prueba sentada en la cama.

Pasó las piernas por el borde de la cama y se encogió de dolor cuando se puso de pie. Ni siquiera sabía dónde encontrar a Pete a bordo. Con suerte su búsqueda no implicaría tener que andar mucho.

Jace levantó la vista de la pantalla de su portátil. –No vas a ir a ninguna parte. Dime qué quieres y yo te lo conseguiré.

Ella negó con la cabeza. –Solo quería probar mi pierna y ver cómo va.

–Hemos vuelto hace menos de una hora –Jace sacudió la cabeza. –No es suficiente tiempo para que haya habido alguna diferencia. Va a hincharse más si no la pones en alto. ¿Qué necesitas?

–Aire fresco. Pondré mi pierna en alto una vez que esté fuera.

–No lo harás.

–Claro que sí, lo prometo–. Ella demostró lo que esperaba fuera una forma de caminar normal. –Se pondrá rígida si no me muevo un poco.

Jace levantó las cejas y sacudió la cabeza. –No puedo ayudarte si tú no te ayudas.

–Caminar es bueno para mí–. Ella no podía pedirle exactamente que fuera a buscar a Pete.

–No vas a escucharme, ¿verdad?– Se acercó y colocó el brazo de Kat alrededor de sus hombros. –No deberías estar caminando, y mucho menos sin muletas. Dudo que haya muletas a bordo. ¿No puede esperar tu paseo hasta mañana?

Su mente corrió para encontrar una excusa. –Necesito aire. Me siento un poco mareada.

–Eso es raro. Ni siquiera nos estamos moviendo–. Jace tenía sus dudas.

–Todavía me siento claustrofóbica por la cueva–. Se puso sus chanclas. –Lujosa o no, esta habitación es bastante pequeña.

–Espera un momento, cogeré tu hielo–. Jace cogió las bolsas de hielo de la cama y la siguió hasta la puerta.

Él tenía razón sobre una cosa. No podía caminar suficientemente bien como para buscar a Pete. Pero si ella se sentaba en cubierta, había una pequeña posibilidad de que pasara por allí. Las posibilidades eran igualmente buenas de que viera a Raphael en vez de a Pete. Se estremeció ante la idea. Se arriesgaría.

Cojeó por el pasillo y a través del salón. Su hinchada rodilla palpitaba mientras ascendía las escaleras hasta la cubierta. Cuando dejó caer su peso sobre la barandilla para apoyarse, reprimió un gemido. No podía permitir que Jace viera lo mucho que le dolía, o insistiría en que ella volviera a la cama.

Jace la adelantó y abrió la puerta. Una fría brisa sopló. Refrescante, pensó mientras salía.

Jace caminaba por delante de ella y rápidamente cogió una tumbona y dispuso sus bolsas de hielo. –¿Algo más que necesites de abajo?

Esa era la oportunidad que había estado esperando. –Eh… ¿quizás un libro para leer?

–Dime dónde está el libro y lo conseguiré.

–Ya he terminado el libro que traje, pero debe haber otros libros a bordo. ¿Quizás en el salón? Solo consígueme un buen misterio o algo–. Eso le llevaría varios minutos, suficiente tiempo para ver si Pete estaba por algún sitio cerca.

Jace frunció el ceño. –Estoy seguro de que Raphael tiene libros, pero probablemente no de tu gusto. Podría no gustarte lo que elija.

–Me arriesgaré–. Se sentía culpable por enviar a Jace a un recado inventado, pero le daba algo de tiempo. Quizás podía simplemente caminar hasta la esquina y ver si Pete estaba por allí. En realidad necesitaba contrastar sus datos antes de hacer cualquier acusación.

–De acuerdo–. Desapareció bajo cubierta y Kat consideró su estrategia. Tenía diez minutos como mucho, así que ¿dónde buscar primero? Se decidió por el puente. Incluso si Pete no estaba allí, otro miembro de la tripulación probablemente sabría donde encontrarle.

Esa resultó ser una buena decisión.

Pete estaba dentro, sentado a los controles con otro miembro de la tripulación. Ella solo veía la espalda del otro hombre, pero era suficiente para saber que había sido elegido en un entorno laboral similar al de Pete. Parecía una rata de muelle que hacía diferentes trabajos a cambio de comida, refugio, y dinero en negro. La desarrapada tripulación de Raphael parecía muy temporal. Eran el grupo con peor aspecto de marineros profesionales que había visto nunca.

Pete se detuvo a mitad de frase y la escudriñó. –Parece que has tenido un accidente.

–Podrías llamarlo así. ¿Puedo hablar contigo en privado?

Asintió con la cabeza al otro hombre, quien se levantó y se marchó.

Un poco con demasiadas ansias, pensó Kat. Había una cosa en la que la tripulación de Raphael eran excelentes: mantener un perfil bajo.

–Me caí. Pero no es por eso por lo que estoy aquí. ¿Por qué le dijiste a Raphael que yo iba a volver al barco contigo?

–Nunca he dicho eso–. Se tambaleó ligeramente cuando se levantó. –¿De qué estás hablando?

–Dejaste que él y Jace me dejaran en la isla. Alguien me atrapó en esa cueva.

–Entonces encontraste la cueva–. Él sonrió, exponiendo dientes amarillentos.

Apestaba a alcohol. La fingida náusea de Kat se volvió real rápidamente. –De eso es de lo que necesito hablar contigo.

Pete le gritó algo a su colega, quien reapareció de repente en la cámara del timón.

–Vuelvo en cinco minutos –le dijo a su colega antes de girarse hacia Kat. –Vamos a cubierta.

Ella le siguió, notando que su caminar de borracho no era mucho mejor que su cojera. No tuvo problemas para seguirle el ritmo. Ella pensaba que la tripulación debería, al menos, estar sobrios durante su trabajo, aún cuando estuvieran anclados.

Se dirigieron a la cubierta principal. Pete indicó al volver la esquina una pequeña alcoba que Kat no había visto antes. Cogió una silla de aspecto mugriento e hizo un gesto para que se sentara.

Él se sentó enfrente de ella en un taburete. –Si planeas montar barullo, no quiero formar parte de ello.

El Pete borracho no era ni de lejos tan simpático como la versión sobria. –No voy a montar barullo, pero alguien me atrapó en esa cueva. Creo que fue Raphael.

–Eso es entre tú y él–. Se tambaleó ligeramente cuando se puso de pie. –No es asunto mío.

Kat se puso de pie y bloqueó su salida. –Raphael dijo que tú le dijiste que yo me iba a quedar en la isla contigo.

–Eso es una mentira. Nunca he dicho eso–. Se cruzó de brazos mientras su cara se enrojecía. –Apenas hablamos. Solo me dijo que volviera a bordo.

–¿Cómo llegaste exactamente a la isla? No vi otro bote.

Hizo una pausa por un momento. –Del mismo modo que llegué aquí. Nadando.

–¿Nadando?– Levantó las cejas. –¿Por qué no viniste con nosotros?

–Quizás me gusta hacer ejercicio–. Se encogió de hombros. –Tengo que irme.

–No tan rápido. ¿Por qué mentiría Raphael? Sabía que tú no tenías un bote–. Solo había un bote. Jace obviamente no había oído la conversación o lo habría cuestionado. Aparte de su falta de traje de baño, era una nadadora muy mala. De hecho, apenas podía flotar.

–Ni idea. ¿Por qué no le preguntas? Tú le conoces mejor que yo.

–No. Acabo de conocerle hoy.

–Oh–. De repente Pete parecía inseguro y su expresión se suavizó ligeramente. –Bueno, yo tampoco le conocí mucho antes que tú, y necesito este trabajo. No puedo ayudarte–. Se puso de lado para pasar junto a ella.

–Entonces eso no me deja más que una opción–. Kat cambió su

peso de un pie al otro y se encogió cuando su peso se transfirió a su pierna dolorida. Su movimiento detuvo a Pete en seco.

Retrocedió unos metros y frunció el ceño. –¿Qué opción?

–Tendré que llamar a la policía–. Kat tenía la sensación de que Pete no quería a la policía merodeando, así que se tiró el farol. Él estaba definitivamente ocultando algo, y ella quería saber qué era. Tener el conocimiento de cualquier acuerdo que Pete tuviera con Raphael era importante, ya que le daría una idea de lo que Raphael había planeado. Ella no tenía ni idea de si había un destacamento policial cerca, pero sus móviles funcionaban.

–¿Llamarles sobre qué, exactamente?

–Sobre que alguien me encerró a propósito en una cueva e intentó matarme. Había tres hombres en la isla. Cualquiera de ellos podía haberlo hecho. Dejaré que la policía lo averigüe–. Por supuesto que Jace no lo había hecho, pero no tenía sentido confundir el asunto. Tampoco había razón para mencionar a la familia. Aunque sabía que Raphael la había encerrado, Pete no lo sabía. Ella decidió dejarle pensar un poco. Era el único modo de sacarle la información.

Pete sacudió la cabeza despacio. –Mala idea.

–¿Crees que es mejor que me quede a borde con alguien que está intentando matarme?

–Nunca he dicho eso. Solo empeorarás las cosas.

Kat levantó las manos en el aire. –¿Peor cómo, exactamente?

–Simplemente no lo hagas.

Ella sacó el teléfono. –A menos que me digas por qué no debería…

–Bueno, vale. Te lo diré–. Hizo una pausa antes de continuar. –Este es un barco americano. Vinimos desde Friday Harbor, pero nunca pasamos por la aduana de Canadá.

Friday Harbor era un pequeño puerto en las San Juan Islands, al norte de Seattle. –¿Os colásteis por la frontera?

–No es tan grave como lo pintas, pero sí, lo hicimos. Deberíamos haber pasado por la aduana en Vancouver, pero como no lo hicimos, estamos aquí ilegalmente.

–No es culpa tuya–. Marcó algunos números en su teléfono y se lo llevó a la cara. –Está marcando.

Pete cogió su teléfono y lo lanzó al otro lado de la cubierta. –Yo solo trabajo aquí, no tomo las decisiones. Raphael lo hace. Pero estoy en el barco, así que también me metería en problemas.

–No. Como has dicho, no era tu decisión–. Pete tenía motivos para evitar a la policía, aunque tenía la impresión de que no estaba relacionado con Raphael. Quizás una orden de búsqueda o algo, pero su instinto le dijo que él no era el problema.

Ella se dio la vuelta, pretendiendo recuperar su teléfono.

Pete siguió su mirada. –Lo cogeré por ti–. Se acercó y lo recogió. –Lo siento, no debería haber hecho eso. Simplemente no llames a la policía. Nos habremos ido en unos días y ya no importará–. Le devolvió el teléfono.

Exactamente la información que estaba buscando. –¿A dónde vais exactamente?

Se encogió de hombros. –A ningún sitio que necesites saber.

–¿Por qué no venderlo aquí?

–¿Vender el qué?

–El yate.

Silencio.

–*El Financiero* no es realmente el barco de Raphael, ¿verdad?– Era un presentimiento, dado que Raphael no parecía muy interesado en navegar.

Pete se encogió de hombros, pero su frente brillaba con una delgada capa de sudor. –Por supuesto que es suyo. Raphael ya estaba en el barco cuando yo embarqué en Friday Harbor. Él me contrató a mí y a los demás hombres de la tripulación.

–¿No crees que es raro que no tuviera ya una tripulación?

–Dijo que había estado fuera varios meses y dejó que su tripulación se marchara. Se suponía que teníamos que navegar hasta Vancouver para reunirnos con ellos.

–¿Qué pasó?

–La tripulación nunca apareció. Raphael dijo que había habido una equivocación con las fechas o algo, y que nos íbamos a dirigir hacia Costa Rica. Se suponía que íbamos a salir hoy, pero entonces surgió este viaje contigo y tus amigos.

–¿Qué pasa en Costa Rica?– Se rascó la frente. –Deja que adivine. Dejaréis el barco allí–. Un yate de este tamaño era difícil de ocultar en estos lugares. Pero nadie haría preguntas en Centroamérica. *El Financiero* solo sería uno más de los muchos yates extranjeros que atracaban en los puertos de Costa Rica a lo largo de la costa. El yate podía transformarse completamente en un desguace marítimo y venderse allí.

Pete se encogió de hombros. –Él no me lo dice y yo no hago preguntas.

–¿Cuánto tiempo vais a quedaros allí?– Había algo más en Costa Rica que playas arenosas y un estilo de vida relajado. Canadá no tenía tratado de extradición con Costa Rica. Cualquiera que se escondiera allí estaría a salvo de las autoridades canadienses.

Ahora Kat estaba más segura que nunca del engaño de Raphael. Pero era mucho esfuerzo solo por el dinero de Gia. Él tenía otra cosa en mente. Quien quiera que fuera, ciertamente no era un billonario italiano. Una vez que llegara a las orillas costarricenses, desaparecería para siempre.

–¿Cómo volveréis aquí?

Pete no respondió.

–No vais a volver nunca, ¿verdad?– Cualesquiera que fueran los secretos que escondía Pete, no sentía deseos de discutirlos.

–Tengo que volver al trabajo–. Pete sacudió la cabeza y sacudió la mano como despedida. Entonces desapareció al volver la esquina sin decir otra palabra.

CAPÍTULO 16

Kat volvió a su tumbona para descubrir que Jace ya estaba allí. Estaba sentado en la silla de al lado con un puñado de libros. Levantó una novela de Agatha Christie cuando ella se acercó, y parecía disgustado por su acto de desaparición.

No podía imaginarse a Raphael leyendo a Agatha Christie, aunque no tenía ni idea de qué tipo de libros le gustaban, o si leía siquiera.

Jace sacudió la cabeza. –No debería haberte dejado sola. ¿Por qué estás caminando por ahí? La hinchazón no bajará a menos que mantengas la pierna elevada.

–Tienes razón–. Al menos no había preguntado a donde había ido. Ella no se atrevía a acusar a Raphael de su emboscada en la cueva sin pruebas sólidas que mostrarle a Jace. Raphael era un manipulador astuto y carismático, y simplemente le daría la vuelta a sus palabras.

El escepticismo profesional de Jace como periodista había sido sustituido por admiración hasta el punto que había desestimado sus afirmaciones sin pruebas. En vez de cuestionar cada afirmación de Raphael, se había tragado todas sus mentiras. Pero con la inminente marcha de Raphael, ella tenía que desenmascararle antes de que fuera demasiado tarde. Ni siquiera sabía por donde empezar.

—Podría haber sido mucho peor. Eres muy afortunada por haber escapado. Nunca explores una cueva tú sola así. Nadie sabía siquiera que tú estabas allí.

No era cierto, puesto que Raphael conocía su paradero. No solo había sabido que estaba dentro de la cueva, sino que había evitado que escapara.

—Lo sé, un error estúpido—. Una vez que Jace y Harry quitaron la roca de la entrada de la cueva, habían pasado varios minutos explorando el exterior de la cueva con una linterna. Sin ella saberlo, Kat había estado a menos de diez metros de una caída vertical que se hundía unos cincuenta metros o más hacia abajo. Se estremeció con solo pensarlo.

—La próxima vez dime a donde vas—. Los fallos descuidados molestaban a Jace porque eran fácil de prevenir. Como voluntario en un equipo de rescate, había presenciado muchas tragedias que resultaban de una pobre planificación. Le molestaba que ella se hubiera desviado del territorio familiar.

—Lo haré, lo prometo—. Una lástima que Jace no pudiera ver a través del velo de carisma de Raphael. Ella necesitaba pruebas de su carácter y motivos ocultos. No podía demostrar que Raphael la había encerrado en la cueva. Era su palabra contra la de Raphael.

Ella tenía preocupaciones más inmediatas basadas en lo que Pete acababa de contarle. Si Raphael había planeado originalmente partir hacia Costa Rica hoy, ¿por qué había retrasado las cosas? Ya tenía el dinero de Gia. ¿Había encontrado otra oportunidad de ganar dinero? ¿Y por qué se había ofrecido a traerles a De Courcy?

Jace le leyó la mente. —¿Sabes? Raphael es un tipo inteligente. Nos está haciendo un favor enorme al permitirnos entrar en esta oportunidad de inversión. ¿Estás segura de que no cambiarás de opinión?

—Los amigos y el dinero no hacen buena mezcla, Jace—. Los enemigos y el dinero eran incluso peor.

—Esto es diferente. Es una oportunidad que solo llega una vez en la vida, que nunca podría volver a pasar. Si la dejamos pasar, perderemos algo enorme.

—Si es tan genial, todavía podremos invertir mañana. La compañía necesitará más dinero para expandirse.

Jace parecía dudoso. —Quizás sí o quizás no. Deberíamos echarle un vistazo más de cerca. Gia es inteligente y ella ha invertido.

—No, Jace—. Claramente Raphael era un estafador y ella necesitaba toda su concentración para ayudar a Gia. —Ni siquiera puede mostrarnos su producto, y mucho menos información financiera y de ventas.

—Era suficientemente bueno como para que Gia invirtiera. Ella sabe lo que está haciendo.

—Por como suena, Gia invirtió sin mirar todas esas cosas—. Gia estaba cegada por el amor. Jace estaba cegado por la promesa de riquezas.

Jace suspiró. —Para cuando lo analices todo hasta la saciedad, habremos perdido la oportunidad.

—Quizás. Pero no da muchos detalles sobre como funciona en realidad su producto. No puedo invertir en algo que no entiendo.

—Puedes preguntarle durante la cena—. Jace extendió su mano. —Vamos.

—¿Quieres decir que todavía no habéis comido?

—Por supuesto que no. Todo el mundo te estaba buscando. Vamos. Me muero de hambre—. Jace estaba decepcionado.

—Mi estómago está un poco revuelto—. Su apetito había sido reemplazado por una sensación de náuseas en su estómago. Le daba miedo que Gia estuviera enamorada de un hombre que no se lo pensaba dos veces antes de dejar que alguien muriera en una cueva. ¿Qué tenía preparado para Gia? Ella no podía enfrentarse a

Raphael sin un plan de ataque. −Mi pierna también sigue estando dolorida.

Jace le lanzó una mirada de "te lo dije". −Te traeré un aperitivo.

Entró antes de poder responder.

Genial. Jace volvía a estar enfadado con ella. Igual que todo el mundo a bordo, y ella no tenía pruebas para convencerles de lo contrario. Tenía el trabajo perfecto para ella si iba a desenmascarar los motivos reales de Raphael. Basándose en los comentarios de Pete, Raphael estaba a punto de coger el dinero y correr. Él estaba a punto de poner sus planes en acción, y ella tenía que detenerle antes de que fuera demasiado tarde.

CAPÍTULO 17

*K*at se sentó apoyada en la cama de su camarote, con el ordenador portátil junto a ella. Por suerte ella pudo conseguir conexión a internet, pero su búsqueda online tanto de Raphael como de *El Financiero* resultó infructuosa. Un yate como este probablemente aparecería en alguna parte online, o en una fotografía o en la página web de un fabricante. Su conversación con Pete le había dado una idea.

Solo un puñado de compañías construían grandes yates de lujo como el de Raphael, y ella pronto tuvo una lista de una media docena de compañías. Los yates eran principalmente construidos a mano, y a menudo se necesitaba un año o más para finalizarlos. Si encontrara al constructor del barco, podría rastrear al propietario del yate. De un modo u otro desenmascararía a Raphael como un fraude.

¿Quién entraría ilegalmente en Canadá y se arriesgaría a que le requisaran su yate multimillonario? Ni siquiera un billonario lo haría. Pero un ladrón sí.

Ella examinó la lista y pinchó en el primer nombre, Prima Yachts.

Nada.

Con sus esperanzas ya intensificadas, comprobó la segunda entrada de la lista. Majestic Yachts, una compañía con base en Seattle, Washington, tenía un listado de yates nuevos y de segunda mano a la venta. Sonrió cuando se imaginó a billonarios intercambiando sus viejos yates por modelos más nuevos, algo así como lo que hacía ella con su coche. Probablemente no esperaban una docena de años, sin embargo.

Un golpe de suerte. Un barco idéntico a *El Financiero* estaba en la lista, solo que tenía un nombre diferente. *Catalista* tenía cuatro años, con un precio de salida de casi siete millones de dólares americanos.

El yate de cuarenta y cinco metros tenía cuatro camarotes dobles y alojamiento para seis tripulantes. Solo había cuatro miembros de la tripulación incluyendo a Pete, así que probablemente tenían las manos ocupadas operando un barco que precisaba una tripulación más grande. Raphael no parecía implicado en la operación del yate, y no había visto a un cocinero o algún otro empleado a bordo.

Una tripulación mínima estaría bien para viajes cortos en aguas protegidas, pero nadie escatimaría en tripulantes y arriesgarse a naufragar un barco de siete millones de dólares.

Ella revisó las fotografías del *Catalista*, entrecerrando los ojos para distinguir los detalles. El barco parecía idéntico a *El Financiero,* desde los colores hasta los muebles. Le resultó extraño que un barco construido a medida tuviera un gemelo idéntico.

Dejó la búsqueda de yates en espera por el momento y consideró lo que sabía sobre Raphael.

El hecho de que no hubiera encontrado nada sobre Raphael la convenció de que era un fraude. Pero no tenía pruebas concretas que mostrar a los demás, especialmente a Gia. Gia nunca se creería que el hombre al que amaba--y en el que había invertido-- también la había estafado.

Quizás Jace tenía razón. Su línea de trabajo la hacía sospechar naturalmente de las personas. Con razón o sin ella, estaba interfiriendo en la vida de Gia. ¿Qué diría Gia si supiera que Kat estaba buscando el pasado de Raphael para encontrar razones para que Gia le dejara? Gia le diría que se metiera en sus asuntos.

Pero guardarse sus preocupaciones para sí solo hacía daño a Gia al final. Algunas veces los amigos son más sensatos.

A pesar de sus recelos, su búsqueda online no había revelado nada sobre Raphael. Ella debería haber encontrado al menos una pizca de información pública sobre alguien que afirmaba ser un billonario. Aún así no había nada sobre él ni su compañía. Eso mismo era una mala señal.

Ella había examinado todas las publicaciones del comercio de productos de belleza y las páginas web de las compañías, y no encontró nada. Luego estaba su yate. Pete no había confirmado que *El Financiero* fuera robado, pero tampoco lo había negado. *El Financiero* era el muy improbable gemelo idéntico del *Catalista*, o era el *Catalista* oculto.

Otra cosa rara sobre Raphael era la cantidad de tiempo libre del que disfrutaba. Kat había conocido a montones de billonarios y millonarios en su anterior vida como consultora financiera. Todavía tenía que encontrar a un solo magnate que no planeara sus agendas semanales por adelantado y hasta el más mínimo detalle. Su tiempo libre era igualmente escaso. Apenas tenían tiempo para viajes espontáneos como la improvisada excursión a De Courcy Island. Raphael era o bien único o no era quien fingía que era.

Quien quiera que Raphael fuera, era muy bueno ocultando su rastro. Y estaba a punto de desaparecer para siempre.

Apagó su ordenador. Raphael era la última persona a la que quería ver, pero tenía que ir arriba. Era un error permanecer en el camarote lejos de los demás. Aparte del mismo Raphael, Gia era su única fuente de información para llegar hasta el fondo del plan de Raphael. Ella necesitaba pasar cada momento que estuviera despierta alrededor de la pareja para exponer sus mentiras y evitar que Gia invirtiera más.

Miró su reloj. Jace solo había estado fuera veinte minutos, así que no era demasiado tarde para cenar. Se puso los zapatos. Podía ser agradable una hora o dos.

Kat salió del camarote y vio que el camarote principal tenía la puerta entreabierta. Gia debía haber vuelto para refrescarse. Ahora era tan buen momento como otro cualquiera para hablar con Gia en privado y determinar exactamente lo mucho que Raphael hubiera compartido con ella sobre su pasado.

Llamó suavemente.

No hubo respuesta.

–¿Gia?

Miró por la rendija de la puerta y no vio movimiento.

¿Debería entrar?

Ella debatió llamar más fuerte, pero no quería que nadie más la oyera.

Esta podría ser la única oportunidad de ver a Gia a solas, decidió. Abrió la puerta y se coló dentro.

El camarote estaba vacío. Se giró para marcharse pero vaciló. Ella no se había colado a propósito, y tenía una oportunidad perfecta para echar un vistazo rápido. Podría encontrar una pista para desenmascarar los motivos de Raphael.

¿Y si se encontraba con Raphael? ¿Cómo demonios explicaría su razón para estar aquí?

Ella usaría la excusa de que Gia le había pedido que cogiera algo.

Examinó otra vez la habitación y se dirigió al cuarto de baño, que también estaba vacío. El camarote era dos veces más grande que el suyo, e incluso más lujoso. La presencia de Gia estaba por todas partes, desde el armario abarrotado hasta el perfume y las joyas diseminadas sobre la cómoda. Estaba claro que se había mudado con Raphael.

Kat cojeó hacia la cómoda y casi tropezó con una cartera de

mujer en el suelo. Se agachó para recogerla, pensando que se habría caído del bolso de Gia. Estaba a punto de colocarla sobre la cómoda cuando notó las iniciales *MB* grabadas en el gastado cuero negro. Un montón de carteras y bolsos de diseño tenían monogramas, pero esta cartera decididamente no era de diseño. Aparte de ser vieja, la cartera era básica y utilitaria, el completo opuesto del gusto por la moda brillante de Gia. Si no era la cartera de Gia, ¿de quién era?

Había un modo de descubrirlo. Su corazón galopaba mientras abría la cartera. No tenía ninguna razón para estar en el camarote de Raphael y Gia, y mucho menos para estar rebuscando en la cartera de una extraña.

Sacó un carnet de conducir. Pertenecía a una mujer llamada Anne Bukowski. Según su identificación, tenía treinta años y vivía en Vancouver. Quizás Gia o Raphael habían encontrado la cartera y planeaban devolverla.

O quizás Raphael tenía otra novia. Apostaba por lo segundo.

–¿Qué estás haciendo aquí?– Raphael estaba en la puerta.

Sobresaltada, Kat se metió la cartera en su bolsillo trasero. –Eh, solo buscaba a Gia. Se suponía que iba a reunirme con ella aquí.

–Está arriba, como todos los demás–. Raphael sacudió el brazo en un movimiento de salida. –Después de ti.

–Gracias–. Sintió su rostro ruborizarse, insegura sobre si la habría visto meterse la cartera en el bolsillo. Si lo había visto, seguro que habría dicho algo.

La pregunta más acuciante era: ¿qué estaba haciendo la cartera de otra mujer en la habitación de Raphael?

Había un número de explicaciones inocentes. Quizás se la había encontrado, o quizás se la había dejado atrás una invitada anterior. La respuesta más probable era que Anne era una novia actual o anterior. Dudaba que Gia hubiera visto la cartera porque se habría vuelto loca, y Kat lo habría oído.

Gia nunca lo sabría, ahora que Kat había retirado la cartera del camarote. La devolvería más tarde. Sería mejor que Gia la encontrara ella misma y le preguntara a Raphael directamente. No era asunto suyo, así que ella se quedaría al margen.

Cualquiera que fuera la explicación de Raphael, Gia probablemente no se la creería. Gia podría tener el corazón roto temporalmente, pero ella también rompería con Raphael y quizás incluso recuperaría su dinero. Eso sería en realidad algo bueno. Kat no tenía muchas esperanzas acerca de lo último, sin embargo.

Ella subió las escaleras, sumida en sus pensamientos. Ya no tenía hambre, y con el descubrimiento de la carter solo quería volver a la privacidad de su camarote. ¿Quién era Anne Bukowski y cómo encajaba en el plan de Raphael?

CAPÍTULO 18

*K*at pasó junto a Raphael y subió las escaleras, un doloroso paso cada vez. Raphael la seguía de cerca. Mientras cojeaba por las escaleras, la cartera empezó a salirse de su bolsillo trasero. Echó la mano atrás y lo empujó más hacia abajo. Si Raphael se dio cuenta, no dijo nada.

¿Cuánto llevaba observándola desde la puerta? Su pulso se aceleró cuando se acordó de las cámaras de seguridad. Él podía haberla visto entrar en el camarote por las cámaras. Sin embargo, si lo hubiera hecho, se habría enfrentado a ella sobre ello. Eso no significaba que no pudiera revisar las grabaciones más tarde, sin embargo. Ella todavía podía ser descubierta.

Lo hecho, hecho estaba, y no había mucho que pudiera hacer al respecto. Ella tendría más cuidado la próxima vez.

Finalmente ella y su pierna hinchada llegaron a la cubierta principal y se dirigió al salón. O más bien al comedor separado que estaba al salir del salón, donde los otros ya estaban sentados.

–Ya era hora–. Harry saludó y se puso de pie. Sacó una silla, la cual Kat aceptó agradecida. Jace estaba sentado a su derecha y Harry a su izquierda, con Raphael y Gia sentados enfrente.

—Parece que te ha vuelto el apetito —sonrió Harry. —Menos para mí.

—Hay suficiente para todo el mundo —dijo Gia. —Me alegro de que te sientas mejor, Kat.

Kat le devolvió la sonrisa. Gia parecía haberla perdonado, al menos por ahora. Metió la mano detrás y empujó la gruesa cartera en el bolsillo de sus pantalones. Su bolsillo trasero era demasiado poco profundo como para esconder el bulto de la cartera mientras estaba sentada. Apenas podía esperar a volver a su camarote para investigar su contenido.

—Me muero por oír todo sobre tu aventura —dijo Gia. —¿Encontraste oro en la cueva?

—No, pero encontré un interesante pasadizo—. Ella mencionó las declaraciones de Pete sobre artefactos aborígenes. —Según la leyenda, hay un túnel desde De Courcy Island hasta Valdes Island. Pasa a unos cientos de metros bajo tierra. Debajo del mar, de hecho. Creo que estuve en él.

—¡Bien!— Harry casi derribó su vaso por la excitación. —¿Saliste por el otro extremo?

Ella sacudió la cabeza. —No fui tan lejos dentro del pasadizo. Estaba oscuro y no había llevado linterna. Ni tampoco los zapatos adecuados.

—Quizás el oro está allí —dijo Jace. —Volvamos mañana a explorar.

Gia se giró hacia Raphael, quien estaba extrañamente silencioso. —¿Es Kat la única que vio algo?

—Supongo que Jace y yo nos lo perdimos—. Se puso de pie y entró en la cocina. Abrió el frigorífico y cogió una botella de aliño para ensaladas. La trajo a la mesa. —Nuestra mala suerte.

Gia frunció el ceño. Se giró hacia Kat. —Háblanos de la leyenda.

Ella repitió lo que Pete le había contado. —Los Costa Salish y otras tribus usaban el túnel como un rito de iniciación para los jóvenes. Llevaban sus bastones de madera a lo largo del túnel de tres kilómetros por debajo del océano y los depositaban en el otro extremo del túnel como prueba de su viaje.

–¡Debes haber estado en ese mismo túnel! –exclamó Gia. –¿Viste algún artefacto?

–No estoy segura –Kat no sentía deseos de describir la piedra altar, si es que era eso lo que era. Si era un lugar sagrado, ella no quería molestar la soledad al llevar a otros allí. Ella no había visto ninguna prueba de su uso; era más bien una sensación que había tenido mientras estaba delante de ella.

–No vi ni bastones de madera ni máscaras. Pero vi una cascada–. La describió, al igual que la piscina. –Era bastante hermoso. Pero estaba muy oscuro, así que en realidad no pude ver mucho. También vi algunos grafitis, así que no puedo ser la única que conoce la cueva.

–¿Hasta dónde llegaste por el túnel? –preguntó Raphael.

–Probablemente dos kilómetros o así –dijo Kat. –Me gustaría volver. Esta vez con una linterna. Creo que llegué a medio camino de Valdes Island, pero es imposible saberlo. Nunca llegué al otro lado.

Raphael se burló. –Esa es solo una vieja leyenda, como lo de Hermano XII y el oro. Es probablemente un túnel que no va a ninguna parte. Hay montones por ahí.

El enfado de Kat creció, pero entonces se dio cuenta de que había pillado a Raphael en una mentira. –No sabía que habías estado antes en la isla.

–¿Eh?

–Conoces los túneles y las cuevas.

–Solo por lo que Pete me dijo–. Se rio nerviosamente. –Probablemente es solo un puñado de historias inventadas.

–Todavía me gustaría ver la cueva –dijo Jace. –No sé cómo me la perdí. Quizás podemos ir temprano mañana y explorar.

Harry levantó el brazo. –Contad conmigo esta vez. Tú deberías pasar, Kat. Descansa tu pierna mejor.

–Ya la tengo mejor. Una buena noche de sueño y estaré como

nueva–. La verdad es que me sentía horrible, pero ella no iba a admitirlo delante de Raphael.

–A mí también me gustaría verla. Y hablar con Pete –Jace se giró hacia Raphael. –¿Puede unirse a nosotros? Parece saber mucho sobre la isla.

Raphael se encogió de hombros. –Probablemente. Pero decidámoslo mañana.

Jace asintió. –Sería una gran adición para mi artículo. Este está resultando ser un viaje fantástico.

Raphael asintió y levantó su copa de vino. –Me gustaría proponer un brindis. Por Gia, el amor de mi vida.

Gia se ruborizó. –¿Deberíamos darles la noticia, Raphael?

Kat se giró hacia Gia. –¿Qué noticia?

–Si estás preparada, bellissima –Raphael colocó su mano sobre la de Gia.

Kat se preparó. Las cosas se pondrían mucho peor si Gia hubiera invertido aún más.

–Nos vamos a casar–. Gia se rio. –¿No es maravilloso?

–¿Vais a qué? –exclamó Kat. Incluso si sus instintos se equivocaban sobre Raphael––y no se equivocaban––Gia apenas le conocía, y estaba tan cegada por el amor que no podía ver más allá de sus mentiras.

–Has oído bien. Vamos a darnos el sí quiero–. Gia levantó la mano izquierda, que estaba adornada con un diamante solitario de múltiples quilates. Parecía gigantesco en su regordeta y pequeña mano.

–Eso es fantástico –exclamó Jace. –Estamos muy felices por ti–. Le dio un codazo a Kat. –¿Verdad, Kat?

A Kat le subió bilis por la garganta. –Son noticias excitantes. ¿Tenéis fecha?

–No, pero cuanto antes, mejor–. Raphael apretó la mano de Gia. –No puedo dejarla escapar.

El pulso de Kat se aceleró. Lo único que Raphael no quería perder era el dinero de Gia.

—Oh, Raphael, no seas tonto. No voy a irme a ninguna parte—. Gia le acarició el brazo. —Estáis todos invitados a la boda, por supuesto. Me casaría mañana si pudiera.

—¿Por qué no? —dijo Harry. —Yo puedo casaros. Soy juez de paz cualificado, y Jace y Kat pueden ser vuestros dos testigos. ¿Qué decís?

Kat le dio una patada a Harry por debajo de la mesa. Casar a personas era un trabajo a tiempo parcial que ella deseaba su tío no hubiera aceptado.

—¿Qué coño...? —Harry frunció el ceño mientras se frotaba la rodilla. —Eso duele.

Gia chilló. —¿De verdad? No tenía ni idea de que casaras a personas. ¡Eso sería fabuloso!

Kat miró a Raphael. Por primera vez vio una pizca de miedo en su rostro. ¿Le haría huir una boda de verdad? No podía ir muy lejos mientras estuviera a bordo del barco. Pero eso no duraría.

Kat frunció el ceño. —Vamos a la cueva mañana, ¿recuerdas?

—Podemos ir a la cueva por la mañana y hacer la boda por la tarde—. Harry se giró hacia Gia. —Siempre y cuando eso te parezca bien.

—¡Por supuesto que sí! —Gia aplaudió.

—Pero no tienes vestido ni nada—. Todo el mundo ignoraba a Kat mientras se concentraban en tío Harry, quien describía los pasos implicados en una boda a bordo de un barco.

Se pasaron la hora siguiente discutiendo planes de boda mientras cenaban el suntuoso festín de salmón recién pescado y ensaladas, y terminaban con bandejas de postres cargadas con tartas y galletas. El yate estaba sorprendentemente bien provisto para su improvisado viaje.

Kat se puso de pie. —Estoy realmente cansada. Lo siento, pero voy a bajar a dormir.

Gia hizo un puchero. —¿No puedes quedarte un poco más?

Le sonrió a Gia. —No si quiero estar descansada para tu boda.

—Bajaré pronto —dijo Jace.

–Tómate tu tiempo–. Kat necesitaba tiempo a solas para inspeccionar el contenido de la cartera y saber más de la misteriosa Anne Bukowski. Salió a la cubierta. Estaba oscuro ahora, y el calor del verano se había disipado. Una suave brisa hacía revolotear su pelo y le recordaba lo agradecida que estaba por haber sido liberada de la cueva.

Ojalá pudiera liberar a Gia de las garras de Raphael.

CAPÍTULO 19

Kat acababa de encender su ordenador portátil cuando el picaporte de la puerta de su camarote se movió. Había cerrado la puerta con llave como salvaguardia, no queriendo interrupciones mientras examinaba la cartera. No había esperado que Jace volviera tan pronto. Recogió el contenido de la cartera y lo metió debajo de la almohada antes de dirigirse a la puerta.

Abrió la puerta para encontrar, no a Jace, sino a Gia.

Kat se quedó helada. Aunque la identificación de la cartera estaba oculta, la desgastada cartera todavía estaba a la vista sobre la cama. Cojeó hacia la cama y la cogió.

–Siento haber hecho que te levantaras. Solo he venido para ver cómo estabas–. La mirada de Gia bajó hasta la mano de Kat. –¿Dónde has conseguido esa desvencijada cartera? ¿La tuya no es roja?

Ella asintió. –Esta no es mía. La he encontrado–. Kat le dio la vuelta a la cartera en su mano.

–¿En De Courcy Island? –Gia se dejó caer en la cama junto a

Kat. —Tienes mucha suerte, Kat. Debes tener vista de águila. Yo nunca encuentro más que unos centavos.

Kat no se molestó en corregirla. Ella no podía explicar exactamente que había encontrado la cartera en el camarote de Gia. Al menos no hasta que tuviera más información. —Tengo que localizar al propietario de la cartera—. Tecleó Anne Bukowski en el cuadro de búsqueda y le dio a enter.

—Me siento mucho mejor ahora —mintió. Miró la pantalla de su ordenador portátil. Necesitaba tiempo a solas para reducir las docenas de páginas de los resultados de la búsqueda. —En realidad deberías volver arriba con los demás. No quiero arruinarte la diversión.

—No lo estás haciendo —dijo Gia. —Me siento mal por como dejamos las cosas. Sé que no piensas que Raphael es adecuado para mí, y solo estás siendo una buena amiga. Pero él es auténtico, y nunca me he sentido así con nadie. Le quiero y me voy a casar con él sin importar lo que pienses. ¿No puedes simplemente olvidarlo?

—Lo intentaré—. Kat ni siquiera le sonaba convincente a sus oídos, ¿pero qué más podía decir? Miró los resultados de la búsqueda. Examinó la primera página y no vio nada local, así que pinchó en la segunda página.

—Estoy segura de que estás agotada después de lo que ha pasado —Gia miró la pantalla del portátil de Kat. —Quizás quien la haya perdido siga todavía en la isla. Raphael y yo podemos localizar a la persona mañana y devolverle la cartera.

—Quizás. Déjame ver que encuentro primero—. De ninguna manera iba a ponerle Raphael las manos encima a la cartera. Eso solo le alertaría de otro problema. —Hazme un favor. No le digas a nadie que he encontrado la cartera, ¿vale? No hasta que encuentre al dueño de la cartera.

—¿Pero por qué? ¿Qué es lo que pasa?

—Omití una parte de mi historia —mentí. —La cueva no es el único lugar donde me perdí. Di otro rodeo. Jace me matará si se entera. Promete que no se lo dirás a nadie, ni siquiera a Raphael.

—Vale, Kat. ¿Qué más puedo hacer? —Gia se sentó en la cama y suspiró mientras se apoyaba contra el cabecero. Levantó la mano y admiró su anillo una vez más.

Simplemente abandona a tu novio impostor. —Nada, estoy bien. Descansaré un poco para estar preparada para tu boda mañana.

—¡No puedo esperar! Todo me parece un sueño. Tengo que seguir pellizcándome.

El único modo de parar la boda sin herir a Gia era convencer a tío Harry para que la retrasara de algún modo. —Quizás incluso podré ir a la isla mañana. Te enseñaré la cueva.

—¡Suena como un buen plan! —Gia la abrazó. —Pero no nos dejes atrapadas, ¿vale?

Kat se rio. —No te preocupes, no lo haré. Solo me siento aliviada de estar de vuelta.

Gia se levantó. —Me alegra que te sientas mejor. Y gracias por intentar hacer que las cosas funcionen con Raphael. Sé que vosotros dos no habéis conectado exactamente. Pero lo haréis. Los dos sois muy parecidos.

—No nos parecemos en nada.

—Sí que os parecéis. Solo que no lo ves aún. Ambos os dedicais a las finanzas. Tú eres contable y Raphael es un experto en negocios. Ha ganado tanto dinero que le resulta difícil seguirle el rastro a todo.

Kat dudaba que Raphael hiciera nada más que rastrear dinero, y su experiencia yacía más en explotar a la gente que en buscar oportunidades de negocios. —Solo pienso que te estás moviendo demasiado rápido, Gia. Acabas de conocerle. Es demasiado pronto para casarte.

—Voy a casarme, Kat. Solo porque tú tienes fobia al matrimonio no es motivo para que yo no siga a mi corazón.

—No le tengo fobia al matrimonio. Simplemente no tenemos prisa.

—Tú y Jace habéis estado juntos mucho tiempo. Hacedlo oficial ya–. Gia juntó las manos. –¿Por qué no mañana? ¡Haremos una boda doble!

–No, Gia–. Ella y Jace se casarían, pero a su debido tiempo. Ciertamente no quería que los recuerdos de su propia boda estuvieran teñidos por remordimientos por Gia. –Seguir tu corazón no significa ignorar todo lo demás.

Gia frunció el ceño mientras se ponía de pie. –¿Estás diciendo que no me puedo fiar de Raphael? Solo porque a ti no te guste no quiere decir que no pueda gustarme a mí.

–No se trata de si me gusta o no–. Kat se encogió de dolor cuando siguió a Gia hasta la puerta. Su rodilla no estaba mejorando. –Si él te quiere, seguirá estando ahí la semana que viene, el mes que viene, o el año que viene. Todo lo que digo es que deberías ir más despacio y pensarlo bien.

La espontaneidad de Gia era uno de sus rasgos más atractivos, pero también era uno de los más peligrosos.

–Él es el único para mí. Nunca he estado más segura de algo en toda mi vida.

–Eso es bueno. ¿Te ha hecho firmar un contrato prematrimonial?– Gia no había mencionado ninguno, pero cualquier abogado de billonario habría insistido en ello. El reverso de la moneda era que Gia no era exactamente una pobretona. Con su peluquería y sus ahorros, le iba muy bien. Raphael podía reclamar la mitad de los bienes de Gia. Gia probablemente no había pensado en eso.

Gia rompió a reír. –¡Por supuesto que no! Raphael nunca me pediría que hiciera eso. Sabe que no voy tras su dinero. Lo que es mío es suyo y al revés.

–Si ese es el caso, ¿por qué necesita tu inversión, para empezar? A ver, siendo billonario y todo eso.

Gia puso los ojos en blanco. –No lo necesita para nada. Me está haciendo un favor al dejarme participar. Igual que Jace y Harry.

Kat se quedó paralizada. –Jace y Harry no han invertido nada.

–Ahora sí –dijo Gia. –Acaban de firmar los documentos.

–Jace no invertiría sin discutirlo primero conmigo–. Gia se equivocaba. Ella y Jace lo discutían todo como pareja.

–Bueno, pues lo ha hecho, y Harry también. ¿Por qué es tan importante? Pueden pensar por ellos mismos.

Kat se mordió el labio. Lamentaba haber abandonado la mesa de la cena. Aunque el dinero era un asunto importante, todavía importaba más que Jace sabía lo que ella pensaba de Raphael, y aún así había invertido de todos modos sin contárselo. –¿Cuánto le han dado?

Gia sacudió una mano. –Solo el mínimo. Cien de los grandes.

Una pequeña fortuna, una cantidad que ninguno de ellos podía permitirse perder. No es que cualquiera pudiera. El corazón de Kat iba a mil. ¿Habían invertido Jace y Harry cien mil cada uno? ¿O quizás habían contribuido con cincuenta mil cada uno? De cualquier modo se le revolvía el estómago.

–Les dije que invirtieran más, pero no lo hicieron. Jace probablemente no te lo dijo porque sabía como reaccionarías.

La cara de Kat se ruborizó. Ella no quería tener esta discusión con Gia. –Podría haber mencionado algo–. Jace se lo ocultó porque sabía que ella lo desaprobaba.

El único consuelo era que no había bancos cerca. Tío Harry era de la vieja escuela y trataba con los bancos en persona, no online. Jace era más tecnológico. ¿Había conseguido mantener la conexión a internet el tiempo suficiente como para transferir el dinero?

–Ya lo verás, Kat –dijo Gia. –Bellissima va a haceros ganar mucho dinero. Pero mientras tanto necesito tu ayuda. ¿Me ayudarás a prepararme mañana?

–¿Eh?

–Puedes ayudarme con el pelo y el maquillaje. Ni siquiera sé todavía lo que me pondré. ¿Me ayudarás?

–Por supuesto que ayudaré–. Era lo último que quería hacer. Tenía que retrasar la boda de algún modo. –¿Pero por qué no esperar y celebrar la boda cuando volvamos a Vancouver?

–¿Qué hay que esperar? Solo queremos una boda pequeña, sin jaleo. A bordo es absolutamente perfecto.

No era lo que esperaba de Gia, a quien le encantaban las celebraciones ostentosas. –Si estás segura de que es lo que quieres–. Gia no había reconocido la cartera, pero de algún modo la misteriosa Anne Bukowski encajaba en los planes de Raphael. Si descubría cómo, podría ser suficiente para evitar que Gia cometiera un error terrible.

–¿A qué hora es la ceremonia mañana?– ¿Podría desenmascarar a Raphael a tiempo?

–A las cuatro en punto. Exploraremos la cueva por la mañana, volveremos al barco para almorzar, y tendremos la tarde para prepararnos. ¡No puedo esperar! –Gia se puso de pie. –Más me vale volver arriba antes de que Raphael venga a buscarme.

Kat esperó hasta que Gia se marchó. Tan pronto como se cerró la puerta, pinchó en la primera entrada y no pudo creer lo que estaba viendo.

El titular de las noticias locales leía "La familia Bukowski se desvanece en el aire". Pinchó en la entrada solo para descubrir que había perdido su conexión a internet. Actualizó la conexión de su ordenador sin ningún resultado.

Sin el artículo completo era imposible averiguar más detalles sobre la localización, la fecha, o incluso cómo o dónde desapareció la familia. Bukowski era un apellido bastante común, pero sin los detalles de la historia no podía verificar los nombres de pila de la familia. ¿Eran Anne Bukowski y su cartera de algún modo parte de la historia?

Cogió su teléfono pero la pantalla estaba oscura. La batería seguía estando agotada desde la cueva y se le había olvidado cargarlo. Suspiró y lo enchufó. Los secretos que tuviera la historia tendrían que esperar.

CAPÍTULO 20

*K*at estaba en la cubierta de popa, apuntando con su linterna por fuera de la popa de *El Financiero*. Era altamente improbable que *El Financiero* y *Catalista* fueran gemelos idénticos. Con toda probabilidad, el yate de Raphael era robado y ella tenía la intención de demostrarlo.

La linterna arrojaba una luz incierta en la oscuridad. Alargó el cuello para mirar más de cerca las letras del yate bajo la tenue luz de la linterna. Las imágenes del *Catalista* en la página web de Majestic Yachts la perseguían. El barco parecía idéntico al de Raphael, aún así la página web del constructor naval lo describía como "único en su especie". O bien había dos yates idénticos o *El Financiero* había sido bautizado de nuevo. Tenía el presentimiento de que Majestic Yachts solo había construido un yate, *Catalista*, y que ella estaba a bordo de él en ese preciso instante.

Volvió a concentrarse en las letras de *El Financiero*. Parecían estar bien a distancia. Pero de cerca, incluso bajo la leve luz nocturna, la pintura blanca que rodeaba las letras era de un tono ligeramente más claro que el resto de la popa del barco. ¿Había sido pintado recientemente? Se inclinó sobre la barandilla para echar un vistazo más de cerca.

No había rastro de letras fantasma debajo, pero una cosa la hizo detenerse. No lo había notado hasta ahora, pero la antepenúltima letra, la E, estaba ligeramente torcida. Dudaba seriamente que un yate multimillonario hecho a medida tuviera letras torcidas.

Se inclinó sobre la barandilla y alargó la mano hacia las letras. Apenas podía llegar a la F. Rascó la letra con la uña para ver si había algo debajo. Pero el esmalte era grueso y correoso, no lo suficientemente frágil como para quedarse bajo sus uñas. La frescura de la pintura era sospechosa, y estaba demasiado fresca para un barco de seis años. Por supuesto que podría haber sido repintado recientemente, así que las condiciones de la pintura no significaban necesariamente nada.

Pero la sombra irregular de la pintura blanca y la torcida letra E casi con seguridad significaban algo.

Luego estudió los números de registro de *El Financiero* y los garabateó en una libreta. Se metió el cuaderno en el bolsillo justo cuando una profunda voz retumbó detrás de ella.

–¿Qué estás haciendo?– Raphael estaba tan solo a unos metros de distancia. Tenía los brazos cruzados y parecía enfadado.

Kat se sobresaltó tanto que casi se cae por la borda. Consiguió agarrarse a la barandilla y ponerse derecha. Cuando se giró para mirarle, se dio cuenta de que él estaba solo. –Nada. Solo comprobaba la cubierta de popa–. El cuaderno estaba ahora guardado y a salvo, pero no podía ocultar la linterna.

–¿Con una linterna? Tu curiosidad no tiene límites, ¿verdad?– Toda pretensión de amabilidad había desaparecido.

Le faltaban las palabras. –Supongo que no–. Raphael estaba tan cerca que pudo oler el alcohol en su aliento.

–Gia y yo no apreciamos tu negatividad. Si sabes lo que te conviene, dejarás de meter las narices en nuestros asuntos.

–Gia puede hablar por sí misma. También es mi amiga, y eso la convierte en mi asunto. Yo cuido de mis amigos–. ¿Desde cuándo necesitaba Gia que alguien hablara por ella? Raphael estaba aumentando su control por minutos, y a Kat no le gustaba ni un pelo.

–Más vale que tengas cuidado, si sabes lo que quiero decir.

Kat ignoró la amenaza. –Yo protejo a mis amigos sin importar lo que pase. Si sabes lo que quiero decir.

Raphael se rio despectivamente. –De la única persona que necesita protección es de ti. ¿Es que tengo que deletreártelo? Gia es mía, no tuya. Puedo volverla en contra tuya con solo un par de palabras.

–No me amenaces–. Kat enderezó su postura. En realidad era varios centímetros más alta que Raphael, la única ventaja que tenía ahora mismo. –Gia puede pensar por sí misma.

Él se rio. –Ya no. Ahora está feliz de que yo tome todas las decisiones.

–Eso se acabará pronto, una vez que vea tu verdadera personalidad. A mí no me engañas lo más mínimo, y Gia también lo verá pronto–. Él la había encerrado intencionadamente en la cueva. Ella no revelaría lo que sabía, pero tampoco tenía por qué ser educada.

–Considérate advertida. Deja de molestar–. Raphael la miró con rabia y bloqueó su salida, brazos cruzados. –Solo ten cuidado.

Kat pasó junto a él dándole un golpe con el hombro. Raphael no podía intimidarla, incluso si hubiera vuelto a todo el mundo a bordo contra ella. No había nada que ella pudiera hacer hasta que ellos vieran la verdad por ellos mismos. Solo esperaba que no fuera demasiado tarde.

De vuelta en su camarote diez minutos más tarde, las sospechas de Kat se vieron confirmadas. Tecleó el número de registro de *El Financiero* en la base de datos del registro de transporte del gobierno canadiense. La base de datos llevaba un registro legal de todas las embarcaciones registradas, incluyendo el registro del puerto y el dueño legal.

Resultado inválido.

Eso ni probaba ni dejaba de probar lo que decía Raphael, ya que él podría decir que el yate era italiano. Pero teniendo en cuenta lo que había visto en la página web de Majestic Yachts, el barco parecía ser norteamericano.

Entonces recordó el comentario de Pete. Él había sido contratado en Friday Harbor en el estado de Washington, así que el yate era probablemente americano. Navegó por la página del registro de los Estados Unidos y volvió a teclear los números. Esta vez consiguió un resultado.

Pero el resultado no era para *El Financiero*, sino para el *Catalista*. Finalmente tenía pruebas de que el barco había sido rebautizado. Como el registro del barco estaba actualmente bajo el nombre de *Catalista*, parecía haber sido robado y renombrado. La historia de Raphael sobre lo de navegar en su italiano yate por todo el mundo era mentira. Finalmente podía exponerle como un mentiroso.

Ella navegó por la página web de Majestic Yachts y comprobó que el número de registro del *Catalista* seguía siendo el mismo. Lo era. Como también estaba listado para su venta en la página web de Majestic Yachts, casi con certeza habría sido robado. Eso era fácilmente demostrable con una llamada telefónica cuando la compañía de yates volviera a abrir mañana por la mañana.

Se levantó y dejó su portátil sobre el escritorio justo cuando Jace entró furioso en el camarote.

–¿Qué le has dicho a Raphael? Acabo de encontrarme con él y está furioso. Quiere volver a casa inmediatamente.

–Finalmente tenemos buenas noticias, para variar–. Ella se puso las manos en las caderas. –Gia me contó que habías invertido. ¿Cómo has podido invertir con ese estafador y ni siquiera contármelo?

Jace evitó su mirada. –Iba a contártelo.

–¿Cuándo exactamente?

–¿Ves? Por esto no he dicho nada. Él no es un estafador, Kat. Es auténtico. Pero sabía que tú me someterías al tercer grado.

—Por supuesto que sí. Yo soy lo único que se interpone entre tú y que pierdas tu dinero para siempre.

—Sabía que tramabas algo.

—Jace, el único que trama algo es Raphael. Si tú y todos los demás no estuvierais tan cegados por la promesa de riquezas, le verías por lo que es en un segundo.

—No nací ayer. Conozco una buena oportunidad cuando la veo, y no voy a dejar que esta se me escape.

—Bueno, pues acabas de darle tu dinero a un ladrón—. Le dio la vuelta a la pantalla de su portátil hacia él. —El yate de Raphael es robado, y aquí está la prueba. El número de registro pertenece a un yate llamado *Catalista*, no *El Financiero*.

Jace lo estudió durante un momento. —Tiene que haber una explicación lógica. Quizás solo lo compró y los papeles no han sido actualizados todavía.

—Está registrado en el estado de Washington, no en Italia. ¿Cómo puede haberlo comprado justo ahora cuando afirma que ha venido navegando desde Italia?

—Quizás lo registra en otro país. Montones de barcos están registrados por todas partes, como barcos de crucero registrados en Liberia y cosas así.

El estado de Washington no era exactamente un paraíso fiscal. —Nadie haría eso.

—Cierto —Jace se rascó la barbilla. —Pero estoy seguro de que tiene un buen motivo. Preguntémosle.

—No, Jace. No lo entiendes en absoluto. Mintió sobre su barco italiano y su viaje a través de medio mundo. Solo hay una razón para cambiar el nombre del barco.

Una chispa de duda pasó por la cara de Jace.

—Demuestra que el yate es robado.

—Eso es una locura.

—No, darle tu dinero es una locura—. Algo estaba podrido a bordo de *El Financiero*, y cuando antes expusiera la verdad, mejor. Pero no iba a agradable.

CAPÍTULO 21

$\mathcal{K}$at y Jace habían terminado de desayunar para cuando tío Harry apareció en cubierta. Salió de la cocina con un plato cargado con huevos revueltos, tostadas, y salchichas. Un segundo plato estaba cargado de tortitas.

Había sido un caso de autoservicio. Kay y Jace habían cocinado juntos, aunque apenas hablaron. Kat estaba furiosa por la inversión secreta de Jace, mientras que Jace acusaba a Kat de estar haciendo una caza de brujas.

–¿Vas a comerte todo eso? –Jace se puso de pie y empujó su silla hacia atrás. –Pues vaya con tu dieta de ejercicio.

–Necesito mi energía. Hoy es un gran día–. Tío Harry se sentó enfrente de nosotros y sujetó su servilleta al cuello de su camisa. Su plato estaba abarrotado de comida, un ataque al corazón asegurado.

Kat levantó las cejas. –¿Te refieres a la exploración de la cueva?– A pesar de su experiencia previa y su rodilla todavía dolorida, en realidad estaba deseando volver.

–Eso también, pero estaba hablando de la boda de Gia. Nunca antes he casado a un billonario.

Kat frunció el ceño. –No puedes casarles, tío Harry.

–Por supuesto que puedo. Tengo licencia como oficiante de bodas–. Harry hizo una pausa con el tenedor lleno de huevos a medio camino de su boca. –¡Esta será mi primera boda en el mar! O debería decir, ¿mis primeras nupcias náuticas?

Engulló sus huevos y puso mantequilla sobre su tostada.

–No me refería a eso. Estoy segura de que harás un trabajo perfecto, tío Harry. Es Gia la que me preocupa.

–Gia está bien. He estado en el mundo el tiempo suficiente como para divisar a las personas enamoradas, y esos dos claro que lo están. Estás exagerando, Kat. Si no te conociera mejor, incluso diría que estás un poco celosa–. Harry pinchó un trozo de salchicha con su tenedor.

Kat lanzó una mirada a Jace, quien levantó las cejas al mirarla.

–Eso es ridículo. No estoy celosa–. Solo la única que ve la verdad. –Quiero que Gia sea feliz, pero con el hombre adecuado–. Raphael no cumplía los requisitos. Sus instintos le decían que él era mucho más que el compañero romántico equivocado: era sencilla y llanamente un hombre peligroso.

–Él es el partido perfecto. Es rico y la quiere tanto como ella le quiere a él–. Tío Harry cogió la jarrita de sirope y empapó sus tortitas.

–¿Estás seguro de eso, tío Harry?

–Por supuesto. Cualquier tonto podría ver que están enamorados. Nunca la he visto más feliz.

Jace se aclaró la garganta. –Harry tiene razón. Deja que Gia cometa sus propios errores. Si es que es eso lo que termina siendo esto.

Ella le miró con rabia. –Puede que Gia esté enamorada, pero no estoy convencida de que Raphael lo esté.

–Ella nunca encontrará a nadie mejor que él. Es rico, joven, y tiene éxito. Todo un partidazo para Gia–. La generación de tío Harry todavía tenía visiones tradicionales, y tuvo que morderse la lengua para no responder. Gia no necesitaba atrapar a nadie.

–¿Has considerado alguna vez que Gia podría ser un buen partido para Raphael? –Kat tragó un sorbo de café. –Ella es la artífice de su éxito. Tiene su propio negocio y le va genial.

–Le ha ido muy bien a ella sola–. Harry dejó su tenedor y se reclinó en su silla. –Pero él es diez mil veces más rico que ella. ¿Dónde va a encontrar ella a otro billonario?

–Nunca se sabe–. Todo el mundo consideraba el yate de Raphael, su ropa de diseño, y sus posesiones como prueba de su riqueza, pero era demasiado obvio por el modo en que alardeaba que todo era falso. –Además, si están tan bien juntos, ¿por qué acelerar las cosas? Tienen todo el tiempo del mundo.

–Porque yo quiero ser quien les case, Kat. Si se casan en otro sitio, yo no podré realizar la ceremonia. Ellos están preparados, yo estoy preparado. ¿Cuál es el problema? –Harry sacudió la cabeza. –Casar gente es lo que hago para ganarme la vida.

–Solo has realizado otra ceremonia de matrimonio. Recuerda que esto no trata de ti, tío Harry–. Ahora lo entendía: Harry veía esto como su única oportunidad de realizar la ceremonia de boda.

–Vale, entonces puede que sea un trabajo a tiempo parcial –le dio un bocado a su tostada. –Pero es el mejor trabajo que he tenido nunca. Ver la expresión de una pareja cuando se dan el sí, y saber que yo lo he hecho posible… no tiene precio.

–Tu trabajo es muy importante, pero hay un momento adecuado para todo. Con Gia tan implicada en su torbellino de romance, podría no estar pensando con claridad.

–Supongo que eso es posible–. Jugueteaba con su comida, desinflado.

Ella necesitaba más pruebas para convencer a Jace y a Harry. Sin eso, todo lo que podía hacer por el momento era retrasar la boda. –¿Qué sabemos en realidad sobre Raphael? Le conocemos de hace un día, salió de la nada, y convenció a Gia de que invirtiera su dinero en él.

–Cuando lo dices así suena mal. Pero mira todo esto –Harry sacudió su brazo abarcando el barco. –Prueba de que tiene éxito.

–Quizás. Pero el éxito no hace que un matrimonio sea feliz. Gia solo le conoció hace un par de semanas. ¿Es tiempo suficiente para llegar a conocer a alguien?

Harry parecía alicaído. –Supongo que no.

–Todavía puedes casarles más tarde, tío Harry. Sé que Gia quiere que tú seas el oficiante, pero convenzámosles de que esperen un poco. Si son el uno para el otro, no puede lastimarles.

–¿Pero y si están viajando o algo? Esta podría ser mi única oportunidad.

–Estoy segura de que Gia querrás que oficies la ceremonia pase lo que pase. Te enviará un avión si fuera necesario. ¿Puedes encontrar alguna excusa para retrasarlos un día o dos?

Harry se detuvo a medio masticar. –Vale. Supongo que puedo charlar con ella.

–No... no hagas eso–. Los pensamientos de Kat volaron hacia la cartera en su bolsillo. De algún modo relacionada con Raphael porque la había encontrado en su camarote. Fuera cual fuera la conexión, su instinto le decía que no era bueno.

–Simplemente no creo que Raphael sea quien parece ser.

–Joder, Kat. De verdad que se la tienes jurada a este hombre–. Jace levantó las manos en protesta. Todavía estaba furioso con Kat por haberle cuestionado su decisión de inversión. –¿Qué tiene de malo Raphael? Es un tipo genial por dejarme entrar en el negocio.

El corazón de Kat daba golpes en su pecho. Jace todavía se negaba a revelar cuanto había invertido. Eso le daba miedo. –Creo que estás cometiendo un gran error.

Harry cogió su plato vacío mientras se levantaba de la mesa. –No. El negocio del alisador de pelo Bellissima nos va a hacer ricos a todos.

Kat le cogió del brazo. –¿Recuerdas tu última gran inversión? Casi perdiste todo lo que poseías–. Tío Harry había comprado acciones de una compañía de minas de diamantes mientras Kat estaba investigando a esa misma compañía. Resultó que era un

COLLEEN CROSS

fraude masivo, y él había sido extremadamente afortunado por recuperar su dinero.

–Ve a buscar a Raphael ahora mismo y dile que deshaga lo que sea que hayas hecho. Nunca volverás a ver tu dinero a menos que lo recuperes ahora–. Raphael había conseguido estafar a tres de sus cuatro invitados. Nunca volverían a ver su dinero a menos que ella le detuviera.

–De ninguna manera. No voy a perder la oportunidad.

–Vas a perder más que la oportunidad, tío Harry. ¿Dónde está la información de la inversión? Quiero verla.

Jace la miró con rabia pero permaneció en silencio.

Kat se estaba muriendo por preguntarle a Jace las mismas preguntas, pero casi con seguridad provocaría una discusión. Ella esperaría hasta más tarde, cuando estuvieran solos.

Harry desvió la mirada. –Está en Vancouver. Me lo enviará por correo una vez que volvamos a la ciudad.

–¿Invertiste sin leer la letra pequeña? –Raphael no tenía ninguna intención de enviarle nada a tío Harry.

Tío Harry levantó las manos en burlona rendición. –Sabía que dirías eso.

–Yo pensaba que este yate era su oficina –dijo Kat. –¿Por qué no están sus documentos a bordo del barco?

–No sé. Probablemente se refiere a la oficina de su abogado.

–¿Has firmado algo? –Kat frunció el ceño.

–No.

–¿No le diste nada de dinero?

–Todavía no. No puedo ir al banco hasta el lunes.

Kat suspiró de alivio. Gracias a Dios Harry era de la vieja escuela y no le gustaban los bancos online. –No te comprometas a nada más. No hasta que yo compruebe unas cuantas cosas.

–Hazlo rápido. No voy a perder la oportunidad de que me toque la lotería–. Tío Harry sacudió el brazo señalando el barco. –Quizás yo también me compre un yate.

–Ya te ha tocado la lotería. Tienes una buena pensión y dinero

148

en el banco. Siempre dices que tienes todo lo que necesitas. ¿Por qué arriesgarlo?

—Solo por una vez quiero participar de la acción. No arruines mi oportunidad, Kat.

Las posibilidades de una oportunidad perdida eran pocas, pero la ruina económica era casi una seguridad. Las apuestas estaban contra todos menos contra Raphael, pero ella pretendía cambiar eso.

CAPÍTULO 22

*K*at ya estaba tomándose su tercer café para cuando Gia y Raphael emergieron en cubierta. Raphael gruñó buenos días en dirección a Jace y Harry, pero simplemente miró con furia a Kat. Gia miró a Kat y luego desvió la mirada. Los ojos de Gia estaban inyectados en sangre e hinchados. Obviamente había estado llorando y parecía estar de nuevo al borde de las lágrimas.

Harry saltó de su silla y se dirigió hacia la máquina de café del bar. Sirvió dos tazas de hirviente café negro y les tendió uno a cada uno. –Buenos días. ¿Durmísteis bien?

Raphael musitó algo por lo bajo y dejó su taza de café sobre la mesa.

–Bueno–. Harry se giró y desapareció en la cocina. Regresó segundos más tardes con un par de cruasanes de chocolate. Le ofreció uno a Gia, quien negó con la cabeza.

La admisión de la noche anterior de Jace preocupaba a Kat. No solo Jace había invertido todos sus ahorros, sino que también había añadido dinero de una línea de crédito. Ahora le debía dinero a una inversión que nunca existió en primer lugar. Aunque era su dinero, ella se sintió traicionada por sus acciones. Impactaban significativamente en ambos, y aún así ni siquiera lo había consultado con ella.

Kat pasó su mirada hacia Gia. Su apariencia desaliñada no era típica de ella. Parecía cansada y, en vez de su habitual estar babeando por Raphael, se sentó ligeramente separada. Algo no iba bien, ya que Gia apenas miraba a Raphael. ¿Se había dado cuenta finalmente de que Raphael se estaba aprovechando de ella?

–Comed. No puedo esperar a ir a tierra y encontrar la cueva–. Harry mordisqueaba el segundo cruasán, ignorante a la tensión que le rodeaba.

–Cambio de planes, Harry –dijo Raphael. –Celebraremos la boda primero e iremos a la isla esta tarde.

Gia permaneció en silencio, aunque su labio inferior temblaba ligeramente.

Malas noticias, pensó Kat. Tenía incluso menos tiempo para detener la boda.

–Aún mejor –dijo Harry. –Me cambiaré. Ojalá hubiera traído mi traje.

–Espera –Jace se giró hacia Gia. –Tenemos montones de tiempo antes de la ceremonia. ¿No sería mejor por la tarde?

Gia se encogió de hombros. –Lo que Raphael quiera me parece bien.

Si Gia no cambiaba de idea sobre la boda, Kat tendría al menos que convencerla para retrasarla. Pensaría en alguna excusa una vez que hablara con Gia en privado. –Si ese es el caso, vamos a tu camarote para que te prepares.

Diez minutos más tarde, Kat estaba sentada en la cama en el camarote de Gia, sin estar más cerca de convencerla de que cambiara de idea. Su sociable y segura amiga se había convertido en una débil e insegura sombra de ella misma. Ella simplemente hacía lo que fuera que Raphael le ordenara. –¿Qué diferencia suponen unas horas más? La tarde es mucho mejor para una boda.

–No es ideal, pero Raphael quiere casarse conmigo lo antes

posible–. Gia peinó su pelo hacia atrás mientras se estudiaba en el espejo.

Kat examinó el suelo del camarote, esperando encontrar pruebas adicionales relacionadas con la cartera. Ella no vio nada más que los zapatos que Gia había sacado del armario para considerarlos. Se levantó de la cama y caminó por la sala como si fingiera estirarse. Tampoco había nada visible sobre las mesillas de noche.

Gia sacó media docena de vestidos del armario y los extendió sobre la cama. La mayoría eran vestidos sin mangas de colores brillantes, similares al que llevaba puesto. –Esto es todo lo que tengo para ponerme. Siempre soñé con una gran boda y me imaginaba con un vestido de novia vintage. Estos no son suficientemente especiales. Todo el asunto parece tan apresurado.

Kat asintió pero no añadió nada.

Gia sostenía un vestido ajustado negro de lentejuelas contra su cuerpo. –¿Qué tal este?

–No vistas de negro en tu boda –Kat sacudió la cabeza. Aunque casarse con Raphael precisaba luto. –¿Por qué no puedes esperar hasta que estemos de vuelta en Vancouver? Yo te ayudaré a comprar un vestido.

–No podemos esperar tanto tiempo –Gia suspiró. –Nos marchamos a Costa Rica mañana.

Pete también había mencionado Costa Rica.

–¿Costa Rica? ¿Por qué? ¿Durante cuánto tiempo?– Si Raphael abandonaba el país, nunca volvería. Ella dudaba seriamente que se llevara a Gia con él, sin embargo, sin importar lo que él dijera. Gia probablemente ni siquiera tenía el pasaporte con ella.

–No lo sé. Depende de las reuniones de negocios de Raphael. Ojalá hubiera tenido tiempo de planear las cosas un poco mejor. Todo parece muy a última hora.

–Puedes decir que no, Gia. No tienes por qué ir.

Gia vaciló por un momento, y luego sacudió la cabeza. –Por

supuesto que tengo que ir. No puedo perderle. Nunca más encontraré a un hombre como él.

Kat apenas podía esperar a que Raphael se largara, pero primero tenía que recuperar el dinero de todo el mundo. –Simplemente no apresures la boda. Puedes volar a San José y visitarle en cualquier momento. O él puede venir aquí.

–Él no va a quedarse en San José. Se queda en algún lugar remoto en la costa oeste. Solo es accesible en barco.

Un extraño lugar para hacer negocios, pensó Kat. –Si él puede llegar allí, tú también puedes. No es gran cosa–. Ella había visitado Costa Rica varias veces. Aunque las carreteras no eran geniales, se podía viajar bastante bien a cualquier parte. Solo hacía falta mucho tiempo.

–No, es algo muy importante. Si yo quiero ayudar a Raphael, tengo que apoyarle–. Gia se limpió una mejilla manchada con lágrimas. –Sé que gana más que yo, ¿pero por qué tiene que ser todo o nada? Tengo que abandonar mi peluquería, mi hogar, y a mis amigos, así de un plumazo –chasqueó los dedos. –No es justo.

–Tienes toda la razón. No deberías tener que hacerlo–. Era totalmente atípico de Gia abandonar su medio de vida y a sus clientes en cuestión de un momento. –¿Por qué Costa Rica? Es un lugar muy extraño para lanzar un producto.

–Tampoco tiene sentido para mí –Gia soltó un suspiro. –Pero él siempre sabe lo que está haciendo. Ojalá pudiera sacarle una respuesta directa.

Kat puso su brazo sobre los hombros de su amiga. –Al menos date tiempo suficiente para ordenar tus asuntos. Tienes que cerrar tu peluquería y hacer preparativos para tu ausencia. No hay razón para apresurarse a hacer cosas.

–No quiero decir nada por si acaso cambia de opinión sobre mí. Es lo mejor que me ha pasado nunca en mi vida.

Más bien lo peor que le haya pasado nunca. –Si Raphael no va a tener en consideración tus deseos, quizás no es el hombre adecuado para ti.

Por una vez Gia no protestó. –Ojalá hiciéramos lo que yo quiero al menos por una vez.

–Díselo. Empezando por la boda. Exploraremos Valdes Island durante unas horas primero. Luego todos estaremos preparados para celebrar.

–Tienes razón –Gia respiró hondo. –Ya es hora de que me imponga. Dejaremos la boda para esta tarde como estaba planeado.

Aunque Gia seguía decidida a casarse con Raphael, al menos ahora le daba un poco de tiempo. Se dirigió a su camarote, ansiosa por continuar su investigación sobre el *Catalista* y a determinar cómo exactamente llegó a llamarse *El Financiero*.

CAPÍTULO 23

Kat tenía solo unos minutos antes de que desembarcaran en Valdes Island, pero era tiempo suficiente para encender su ordenador y esperar que la conexión a internet hubiera vuelto. Tecleó el nombre de Anne Bukowski en el buscador y pinchó en el primer resultado.

Esta vez su conexión era buena y fue capaz de buscar en varias entradas. No había nada sobre Anne Bukowski, pero había una trágica historia sobre una familia llamada Bukowski de hacía varios meses. Su fatal accidente de barco había estado en la portada de las noticias, y ella recordaba vagamente haber oído algo sobre ello. Examinó el artículo para refrescarse su memoria.

La historia databa del uno de julio, hacía casi dos meses. El parcialmente quemado barco de la familia Bukowski fue descubierto por un barco pesquero de arrastre, abandonado y a la deriva en el Georgia Strait, a medio camino entre Vancouver y Victoria. No había ni rastro de la familia de tres a bordo del parcialmente quemado barco, y se les suponía perdidos en el mar. Frank, Melinda, y la hija de cuatro años Emily habían estado en ruta hacia un nuevo hogar en Victoria. Una triste historia, pero sin relación con Anne Bukowski. La tragedia familiar no la llevó más cerca de la dueña de la cartera.

El nombre Bukowski no era más que una coincidencia.

¿O no? ¿Qué posibilidades había de una familia perdida y una cartera perdida con el mismo apellido? Esa cartera pertenecía a alguien, y Anne y Melinda podían estar posiblemente emparentadas. Pinchó en el resto de los artículos sobre el accidente marino y se quedó helada cuando leyó el tercer artículo.

El nombre legal completo de Anne Bukowski era Anne Melinda Bukowski, aunque ella prefería su segundo nombre, Melinda. ¿Cómo había acabado la cartera de una mujer desaparecida a bordo del yate de Raphael? Cualquiera que fuera la razón, no podía ser buena. Cuando menos, la cartera era una prueba importante. Raphael debería haberla entregado a las autoridades. Podía apuntar hacia la localización de la familia desaparecida.

La cartera de Anne Melinda había resurgido, aún así ella y su familia se había desvanecido sin rastro. ¿Qué posibilidades había de que ella no estuviera con su cartera cuando desapareció? Menos que cero, puesto que estaban en mitad de mudarse de Vancouver a su nuevo hogar en Victoria. Un escalofrío recorrió la espalda de Kat.

Sacó la gastada cartera de cuero de su mesilla de noche y la estudió. La cartera era vieja, pero tanto el exterior de la cartera como los contenidos no parecían estar dañados por el agua o el fuego. ¿Cómo había llegado hasta el yate de Raphael?

Abrió el siguiente artículo y se vio recompensada con una foto. La fotografía mostraba a una atractiva morena de treinta y tantos años con el pelo por el hombro y ojos marrones. Llevaba a una niñita en sus brazos, probablemente Emily unos años antes. La mujer sonreía a la cámara, pero sus ojos resignados la traicionaban. Claramente estaba intentando ser feliz pero no lo era.

Tenía que hacer algo acerca de la cartera. No podía devolverla al camarote de Gia y Raphael aún cuando quisiera hacerlo. Gia ya la había visto con la cartera en su propio camarote, y ella había mentido sobre donde la había encontrado. Gia se enfurecería si admitiera que había estado curioseando en su camarote. Kat había acusado a Raphael de robo; ahora ella misma parecía deshonesta.

Tenía que ocultarle su descubrimiento a Gia por el momento, ya que su confesión probablemente sería compartida con Raphael. No había buena razón para que la cartera estuviera en posesión de Raphael, pero muchas razones siniestras. Entregaría la cartera a la policía cuando regresaran a Vancouver mañana.

Ella cambió de tema y buscó más información sobre el yate. Miró su reloj y se dio cuenta de que debería haber usado ese tiempo para llamar a Majestic Yachts. Hizo una nota para llamar una vez que regresaran de la isla, una vez que ella pudiera estar segura de pasar unos momentos a solas. Jace entraría en cualquier momento y se enfadaría por su investigación para buscar pistas. Mientras tanto ella recopilaría tanta información como pudiera. Ella pinchó en el primer resultado de la búsqueda y descubrió que sus sospechas eran correctas.

El *Catalista* había sido robado dos meses antes del puerto de Friday Harbor en las San Juan Islands, en el estado de Washington. San Juan Islands estaba a menos de una hora de distancia por mar. Todo lo que ella tenía que hacer era demostrar que el *Catalista* era realmente *El Financiero*. Finalmente podía pillar a Raphael en una mentira.

Su pulso se aceleró mientras releía el artículo sobre el *Catalista*. El yate había sido atracado en Friday Harbor por una adinerada familia, quienes no lo habían usado desde que se mudaran a la costa este varios meses antes. Como el *Catalista* estaba catalogado como en venta, no había tripulación a bordo. Cualquiera que pasara unos días en el puerto de Friday Harbor se habría dado cuenta rápidamente de que estaba desocupado. Eso hacía fácil robar sin atraer demasiado la atención.

Con la información obtenida de Pete y los resultados de su búsqueda, era seguro suponer que el *Catalista* y *El Financiero* eran el mismo barco. También explicaba la variopinta y escasa tripulación, y la reticencia de Pete a responder a preguntas personales.

Raphael no se habría arriesgado a contratar marineros profesionales. Sería difícil encontrarlos con poco tiempo, y probablemente denunciarían el yate robado. Casi con certeza se negarían a trabajar a bordo.

La puerta del camarote se abrió y Jace entró.

–Vamos –dijo. –Nos están esperando en cubierta–. A Jace ya se le había pasado el humor oscuro de antes. Se acercó y la besó.

Gia se había impuesto y había insistido en que la boda fuera por la tarde. Finalmente buenas noticias.

–Ven primero a ver esto–. Ella le tendió su portátil a Jace para que pudiera ver la pantalla. Ella tenía abierta la página web del fabricante de yates. En ella había dos docenas de fotos del yate, mostrando todos los ángulos del exterior del yate y la mayor parte de las habitaciones interiores.

–Es bonito –miró la pantalla y colocó el portátil sobre el escritorio. –Coge tus cosas o llegaremos tarde.

–No, Jace. Mira más detenidamente–. Ella pinchó en su camarote. –¿Reconoces esta habitación? Tiene los mismos muebles y la misma colcha que nuestro camarote.

–Probablemente habrá barcos idénticos por ahí.

–No, no los hay. Este yate fue hecho a medida–. Pinchó en la descripción. –Todo desde la madera usada hasta la configuración de cada camarote fue construido a petición.

–¿Y qué?

–Este barco es robado, y creo que puedo demostrarlo–. Navegó hasta la página del registro del gobierno canadiense. –¿Ves el número de catálogo? Cuando introduzco el número de registro en la página web, no sale nada. Eso es porque este yate no es canadiense.

La miró con la mirada vacía.

–Sé lo que estás pensando, pero este yate tampoco es italiano. Ni tampoco Raphael. Todavía no puedo demostrar que esté mintiendo sobre su identidad, pero hay una cosa que puedo probar–. Introdujo los números del registro en la página del estado de Washington y se la mostró a Jace. –Este yate es americano. Los números de catálogo de *El Financiero* pertenecen a otro yate: el *Catalista*.

Jace frunció el ceño mientras estudiaba la pantalla. –¿Estás segura de que has introducido los números correctos?

Ella asintió. –Lo he comprobado dos y hasta tres veces–. Ella describió las sombras fantasma debajo del nombre del yate y la E torcida. –Si estoy segura, entonces este yate es robado.

–Y Raphael no es el magnate billonario que afirma ser–. Jace se sentía escéptico. –Tiene que haber una explicación lógica. Estás leyendo demasiado entre líneas sobre este asunto.

–¿Sobre un yate robado? No lo creo.

Una chispa de duda pasó por el rostro de Jace mientras miraba la pantalla. –¿Estás segura de que no construyen dos barcos iguales?

Kat asintió. –Incluso si lo hicieran, el diseño del interior sería diferente, ya que se elige al gusto del dueño. Mira los cuadros en las paredes–. Ella pinchó en la foto del comedor e hizo zoom en el cuadro de encima del aparador. –Es idéntico al cuadro a bordo de este barco. Los cuadros en nuestro camarote también son exacta-mente iguales.

Jace caminó hacia el cuadro encima de la cama y pasó un dedo sobre los trazos. –Este es un oleo original. Único en su especie. Tiene que haber una explicación lógica.

–La lógica dice que es robado. Mira–. Aumentó la fotografía de su suite y se concentró en la edición limitada de la imagen de Salvador Dalí que colgaba sobre el escritorio. –La imagen de Dalí es el número tres de ciento veinte. ¿Qué dice la nuestra?

–Tres de ciento veinte. Quizás es una falsificación. ¿Quién robaría un yate? ¿No es algo así como obvio?

–En realidad no. Siempre y cuando esté alejado del lugar donde se robó el barco, ¿quién va a reconocerlo? Nadie va a comprobar el registro de la nave. Y hay más–. Ella le habló de la cartera y de la desaparición de la familia Bukowski. –Tenemos que detenerle, Jace. Antes de que sea demasiado tarde.

CAPÍTULO 24

*R*aphael entró en su camarote y se detuvo en seco ante la expresión de Gia. Una mirada y sabía que estaba en apuros.

Los ojos de Gia se entrecerraron mientras sacudía un sobre. –Dime por qué tienes billetes de avión para Costa Rica. Tienen fecha para mañana, y uno está a nombre de una mujer.

Raphael la rechazó con una sacudida de la mano. –Relájate, bellissima. No es lo que piensas.

–No me cuentes mierdas. ¿Quién cojones es María, y por qué vais a volar en primera clase a Costa Rica? –Gia se cruzó de brazos y le miró con rabia. –Pensaba que íbamos a navegar hacia allí.

Raphael solo se encogió de hombros y sonrió. –Mi ayudante se equivocó con tu nombre. Haré que lo arregle.

–Buen intento. ¿Cómo coño sacas María de Gia?

–Interferencias en el teléfono, supongo. Teníamos una mala conexión–. Raphael jugueteaba con sus uñas y evitaba su mirada. Algo o alguien había disparado la respuesta de Gia, estaba seguro de ello. Por primera vez había duda en su voz. Tenía que acelerar sus planes.

–¿Cómo pudiste no darte cuenta? Esos billetes son para un vuelo mañana, pero dijiste que íbamos a navegar hacia allí. Algo no cuadra.

–Los planes cambian, bellissima. Mis contactos de negocios pospusieron algunas reuniones, así que tengo más tiempo. Ahora podemos navegar en el yate en vez de volar–. Le acarició el pelo.

Ella le empujó. –Tú te adaptas a sus planes, pero no a los míos. ¿Por qué debería cerrar mi negocio y dejar toda mi vida atrás con solo un par de días de aviso?

Raphael se encogió de hombros. –Sucedió rápidamente. No podemos ignorar las oportunidades de negocio.

–Pareces estar ignorando las mías –Gia frunció el ceño mientras estudiaba el billete. –Este billete fue reservado hace un mes. Eso fue incluso antes de que nos conociéramos. No me mientas, Raphael. Planeabas llevarte a otra persona, ¿verdad?

–Por supuesto que no.

–Entonces dime por qué vas a volar en primera clase con una mujer llamada María–. Los ojos de Gia se entrecerraron. –Continúas cambiando la historia. No me gusta que me mientan, así que no me hagas responsable de lo que pase a continuación si descubro que me estás mintiendo.

Hermano XII lo había hecho bien, pensó Raphael mientras miraba a una airada Gia. El hombre había convencido a miles de seguidores para que se mudaran a su estúpida islita y le dieran todas sus posesiones mundanas, y aún así escapó sin castigo. El Hermano probablemente podría darle un par de lecciones sobre como hacer una estafa.

Desgraciadamente era demasiado tarde para ello.

Hermano XII había cortado sus ganancias y había huido cuando la gente empezó a hacer demasiadas preguntas. Pero a diferencia de Hermano XII, Raphael no podía simplemente quemar edificios y escapar sin dejar rastro. Las personas de las que estaba huyendo estaban a bordo de su barco.

La repentina desconfianza de Gia provenía de algo o alguien.

Kat.

Él había invitado a los amigos de Gia a bordo como potenciales inversores, pero le salió el tiro por la culata cuando Kat empezó a hacer demasiadas preguntas. Si Gia tenía sospechas, sin dudas todos las tenían. Tenía que deshacerse de ellos, y pronto. Las cosas estaban cayendo fuera de control. Si no actuaba pronto, podría perderlo todo.

Su pulso se aceleró. ¿Estaba su pasaporte en el sobre con los billetes? Un simple error podía costarle todo. No se acordaba.

—Bellissima, yo...— Se le atragantó la voz en la garganta.

—No juegues conmigo, Raphael—. Gia le dio golpecitos al sobre. —¿Quién es ella?

—María es una antigua empleada, la directora de ventas en Sudamérica. Dimitió hace una semana. Esa es otra razón por la que decidí navegar en vez de volar. Simplemente me olvidé de cancelar los billetes—. Alargó la mano pidiendo el sobre. —Dámelo. Lo solucionaré todo.

Gia vaciló antes de tenderlo. —Más vale que no me estés mintiendo.

—Por supuesto que no, bellissima—. La rodeó con sus brazos y la besó. —Ahora coge tus cosas para nuestra excursión.

Gia se libró de su abrazo y obedientemente llenó su mochila.

Ojalá Gia no hubiera encontrado los billetes. Odiaba los finales desagradables.

$\mathcal{K}$at estaba sentada en cubierta en el bar exterior con Jace y tío Harry. Gia y Raphael volvían a llegar tarde. Tío Harry estaba ansioso, nervioso por bajar a tierra. Jugueteaba con el control remoto y cambiaba de canales hasta que la televisión encima del bar mostró el canal de todo noticias.

Esperaban a la pareja y deseaban que sus planes no hubieran vuelto a cambiar una vez más. La excursión por el túnel de Valdes Island era todo lo que le quedaba a Kat por desear. Durante unas horas, al menos, ella podía tener a Raphael a la vista y evitar que le robara más a sus compañeros de travesía. Y retrasar la boda que iba a arruinar la vida de Gia con seguridad.

Ella escuchaba a medias al presentador de las noticias mientras reorganizaba el contenido de su mochila. Esta vez había cogido todo lo esencial, incluyendo una linterna y un kit de primeros auxilios. Su rodilla y tobillo estaban mucho mejor después de una buena noche de descanso. Parte de la hinchazón ya había bajado.

Se anudó más fuerte los cordones mientras las noticias repasaban las historias principales de la mañana. Sus oídos prestaron atención cuando el presentador mencionó nuevos descubrimientos en la desaparición Bukowski. El nombre la pilló por sorpresa, ya que se imaginó que el accidente de la familia era una noticia vieja.

Levantó bruscamente la cabeza hacia la pantalla de la televisión. La cámara recorría el agua hasta un puerto, donde los restos de un barco quemado estaban siendo arrastrados.

La pantalla pasó a un reportero que comentó la grabación de las viejas noticias antes de presentar los nuevos descubrimientos. La pantalla cambió a un corresponsal en la escena. Estaba de pie en el mismo muelle que en la grabación anterior. Esta vez no había un barco naufragado detrás de él. Señaló las aguas detrás de él mientras describía las noticias sobre la desaparición Bukowski.

El cuerpo parcialmente descompuesto de Emily Bukowski fue encontrado hoy en la costa de Vancouver Island. El cuerpo de la niña de cuatro años fue descubierto por un barco pesquero comercial. La pequeña había estado desaparecida durante casi dos meses, junto con sus padres, Melinda y Frank Bukowski. No hay rastro de sus padres, quienes no han sido encontrados hasta la fecha. La Guardia Costera continúa la búsqueda en la zona donde fueron descubiertos los restos quemados del barco.

La Policía Montada de Canadá considera las muertes como sospechosas. Según los compañeros de trabajo de Melinda Bukowski, ella había dejado su trabajo recientemente después de que su marido, Frank Bukowski, aceptara un puesto como profesor en Victoria. La policía comprobó con todos los colegios de Victoria, pero fueron incapaces de localizar la escuela que había contratado al señor Bukowski.

Kat se estremeció al pensar en el cuerpo de la pequeña apareciendo en una red de pescar. La pantalla de televisión estaba pasando fotografías de la familia Bukowski. Su boca se abrió de asombro. –¡Jace, ven aquí!

Jace estaba ocupado cargando su equipo en el bote. –En un segundo, estoy ocupado ahora mismo.

–¡Pero es él! Está en la televisión –Kat se levantó de un salto de su asiento.

–¿Quién está en la televisión?– La expresión irritada de Jace mudó a una de reconocimiento. –¿Qué cojones es...?– Tío Harry también se dio cuenta. –Vaya, ese tipo es el vivo retrato de Raphael.

–No, tío Harry. Es él. Frank Bukowski y Raphael son el mismo.

Tío Harry negó con la cabeza. –No, eso no es posible.

–Ojalá no lo fuera–. Ella había estado segura de que Raphael era un ladrón, pero darse cuenta de que bien podría ser también un asesino hacía que se le helara la sangre. –Pase lo que pase, que no se os note que lo sabéis, ¿vale?

Tío Harry asintió, aunque todavía no estaba convencido. –Tiene que ser un error. El tipo de la televisión es su hermano gemelo o algo así. ¿Cómo le dicen a eso?– Él respondió su propia pregunta. –Un doppelganger, un doble.

–Lo dudo, tío Harry–. Su tío no sabía lo de la cartera, pero este no era ni el momento ni el lugar para contárselo. La cartera de Melinda Anne tenía incluso mayor significado ahora. Lo que fuera que le había pasado a la pequeña Emily parecía mucho más siniestro con la cartera de la mujer desaparecida a bordo.

El manoseo de Kat de la cartera podría haber destruido huellas dactilares y otras pruebas críticas. Primero la cambiaría a algún lugar más seguro que el cajón de su mesilla y luego contactaría con la policía.

–Me pregunto qué se siente al encontrarte con alguien que se parece exactamente a ti. Es como tener un gemelo idéntico o algo.

–Dudo que sea el caso, tío Harry.

–Tiene que haber una explicación–. Tío Harry se rascaba su calva cabeza. –¿No podemos simplemente preguntarle a Raphael?

Jace permanecía pegado a la pantalla de la televisión cuando él también se dio cuenta de todo. Empezó a hablar justo cuando Raphael apareció de repente detrás de él.

–¿Preguntarme qué?– Raphael estaba solo. Su boca se abrió en una sonrisa, pero sus ojos eran fríos.

El corazón de Kat galopaba en su pecho.

–Eh... ¿estás seguro de que estás preparado para casarte? –tío Harry sonrió. –Piensa antes de dar el salto.

Raphael se rio. –Por supuesto que estoy preparado. Estoy contando las horas. De hecho, hemos vuelto a cambiar de idea. Queremos la ceremonia esta mañana. ¿Puede hacer eso, Harry?

–No... no lo sé–. Una película de sudor apareció en la frente de tío Harry mientras le robaba una mirada a Kat.

–Por supuesto que puede–. Kat mantuvo un tono casual, no queriendo despertar alarmas. No podían retrasar la boda más sin levantar sospechas.

–Bien. Puede casarnos tan pronto como Gia llegue aquí. Iremos a Valdes justo después de la ceremonia. Lo celebraremos más tarde cuando volvamos.

–Iré a ayudar a Gia –dijo Kat.

–No hace falta. Estará aquí en un par de minutos–. Los ojos de Raphael se entrecerraron cuando se concentraron en la televisión. –Apagad eso.

Kat rompió a sudar. Raphael había oído al menos parte de su conversación. ¿Había visto las noticias? Si sospechaba algo, todos estaban en grave peligro.

Pero la expresión de Raphael permaneció inmutable.

Harry apagó la televisión y pasaron los siguientes momentos en incómodo silencio. Gia salió a cubierta momentos más tarde vistiendo pantalones cortos y una camiseta de hombre demasiado grande. –Vamos.

O bien Gia estaba empezando una tendencia de bodas grunge o Raphael no había informado a Gia del cambio de planes. Apostaba por lo último.

Jace también se dio cuenta. –¿Te vas a casar así?

Gia se encogió de hombros. –No hay tiempo que perder. Harry, ¿estás preparado?

–Espera... se me olvidó algo abajo–. Kat hizo un gesto hacia tío Harry. –¿Puedes ayudarme con una cosa?

–Supongo–. Se encogió de hombros y la siguió hasta la escalera central. –Nunca llegaremos a ninguna parte a este paso.

–Relájate, tío Harry. Necesitamos hablar–. Levantó la mirada hacia la cámara de vigilancia encima de la escalera. Tenía que tener cuidado hasta que estuvieran a salvo dentro del camarote.

Cinco minutos más tarde ella había informado a su tío de todo lo que sabía hasta la fecha, incluyendo el yate robado y la cartera de Anne Melinda. Prueba suficiente del engaño de Raphael como para convencer a cualquiera. Y suficiente para hacer que se preocupara por Gia. No podía arriesgarse a contárselo a su amiga aún, ya que cualquier desliz delante de Raphael podría ser peligroso para todos ellos.

–¿Piensas que mató a su esposa e hija?

–No sé qué pensar, tío Harry. Pero considera los datos. Afirma que este yate robado es suyo y dice que es un billonario. O bien es el vivo retrato de Frank Bukowski, o es Frank. Como él tiene la cartera de Melinda Bukowski, yo diría que él es el auténtico Frank. Con su hija muerta…– La gravedad de la situación le llegó a lo más hondo. El dinero no significaba nada si sus vidas estaban en peligro. –Estamos en serios apuros. Estamos en un barco con un asesino.

Tío Harry puso voz a las palabras que ella no podía pronunciar. –¿De verdad piensas que es un asesino, Kat? Esa pobre pequeña. ¿Cómo podría hacer alguien algo así?

–No sé qué pensar, aparte de que estamos en grave peligro. Podemos suponer lo peor pero esperar lo mejor–. Sin embargo, ella no podía contar con lo último.

Tío Harry se limpió el sudor de la frente. –¿Acabo de invertir en un criminal?

Kat asintió. –Me temo que sí.

–¿Cuáles son las posibilidades de que yo recupere mi dinero?

–No muchas, pero no se ha acabado ya. Tenemos un problema más grande en nuestras manos ahora. No podemos soltar prenda sobre nuestras sospechas, incluso con pruebas. No podemos levantar las sospechas de Raphael hasta que estemos a salvo fuera de este barco. Si se entera de lo que sabemos, él podría hacer algo desesperado–. O mortal. Su mente corría como loca. ¿Era Pete simplemente un espectador inocente, o era cómplice de Raphael? ¿Y qué había con el resto de la tripulación? Era demasiado arriesgado confiar en ninguno de ellos.

Tío Harry se rascaba la calva cabeza. –Todavía necesitamos demostrar que es el mismo hombre, sin embargo. ¿Cómo hacemos eso?

–Necesitas identificación para casarlos, ¿verdad? Pídesela–. Podría no tener ninguna, o lo que fuera que tuviera podría ser una obvia falsificación. Era todo en lo que podía pensar.

Gia estaba a punto de casarse con un asesino a sangre fría, y Kat se sentía impotente para detenerlo.

CAPÍTULO 26

*L*a ceremonia de boda fue un asunto sombrío, al menos para Kat. Si la situación no fuera tan grave, la ceremonia habría sido cómica. Gia parecía una vagabunda con su enorme camiseta y los pantalones cortos. Las bermudas de Raphael y su camiseta de tirantes no eran ni parecidas a ropa de diseño italiano.

–Fran… quiero decir… Raphael…– Las mejillas de tío Harry se enrojecieron cuando se le trabó la lengua con las palabras.

La boca de Raphael se abrió de asombro, pero se recuperó rápidamente.

Kat había confiado en tío Harry como último recurso, con la débil esperanza de que no llevara a cabo la boda. Su tío no era buen mentiroso, y obviamente estaba en conflicto. No me extrañaba, ya que estaba a punto de casar a Gia con el mismo hombre que le había robado como a un tonto.

–Raphael y Gia, estamos aquí reunidos…– Las palabras se interrumpieron cuando tío Harry se aclaró la garganta. –Lo siento.

Tenía que realizar la ceremonia o levantaría sospechas. Kat y Jace también tenían que firmar como testigos. No tenían elección en el asunto. Todos eran esencialmente cautivos en el yate ahora.

Aunque podían marcharse físicamente, Kat no podía perder de vista al hombre que les había robado su dinero.

O matado a dos personas inocentes.

Raphael le miró con rabia. –¿Pensaba que hacía esto para ganarse la vida?

–Lo hago. Es solo que... he estado celebrando tantas ceremonias últimamente que os confundí con otra pareja–. Su rostro se enrojeció. –Empecemos de nuevo.

–Solo acabe ya–. Raphael era el novio más irritable que Kat había visto nunca. Y el peor vestido.

Gia miró a tío Harry de manera extraña. –¿Y qué hay del papeleo? No mezclaste los nombres allí, ¿verdad?

Tío Harry la tranquilizó con una sacudida de su mano. –Por supuesto que no. Raphael me enseñó la licencia de matrimonio. Vuestros nombres están impresos ahí. Lo cual me recuerda que necesito ver alguna identificación.

–Pero si me conoces desde que tenía ocho años –protestó Gia.

–Procedimiento –dijo tío Harry. –Tengo que seguir las reglas. Identificación, por favor. La tuya y la de Raphael.

–Esta es la ceremonia más chapucera que he visto nunca –dijo Raphael. –¿Por qué no pidió nuestra identificación antes?

Harry no contestó.

Gia revolvió en su bolso y lanzó su carnet de conducir sobre la mesa.

Raphael le tendió un pasaporte italiano y un carnet de conducir a tío Harry. –¿Por qué necesita la identificación? Ya la proporcioné cuando conseguí la licencia de matrimonio.

–Solo ato todos los cabos. ¿Puedo volver a ver esa licencia de matrimonio? –Harry se chupó un dedo y pasó las páginas de su manual del Oficiante de Bodas.

–¿Trajiste eso contigo? –Kat estaba sorprendida de que su tío hubiera traído su manual. O algo, ya que él no había planeado irse de viaje, para empezar.

–Tengo que hacer mi trabajo bien.

171

Raphael suspiró y sacó un sobre del bolsillo trasero de sus bermudas, extrayendo la licencia de matrimonio. Se la tendió a tío Harry. –¿Podemos empezar ahora?

Fue un brillante golpe de suerte. Tío Harry no era exactamente meticuloso, pero se tomaba sus obligaciones como oficiante de bodas muy en serio. Cada minuto que se retrasaba les compraba tiempo para postergarlo.

Tío Harry estudió el pasaporte de Raphael y registró su información en un pequeño cuaderno azul. Después de una eternidad, le devolvió el documento a Raphael y repitió el proceso con el carnet de conducir italiano.

Raphael suspiró. –No tenemos todo el día.

–¿Qué importa, Raphael? –Gia le acarició el brazo. –Ni siquiera son las diez en punto todavía. Tenemos todo el tiempo del mundo.

Como Raphael y Gia ya tenían una licencia de matrimonio, obviamente habían planeado la boda antes del viaje. La licencia era válida durante tres meses. Por supuesto, una licencia de matrimonio sola no significaba que la pareja hubiera planeado celebrar la ceremonia en este viaje.

Kat estaba decepcionada con Gia, quien le había contado todo a todos, pero había omitido mencionar sus planes de matrimonio hasta ahora. Ella nunca antes había visto a Gia guardarse un secreto suyo, y mucho menos uno tan grande. Por otro lado, ella apenas había pasado tiempo a solas con su amiga desde que embarcaran en el yate. Raphael se había asegurado de ello.

Gia devolvió su carnet de conducir a su cartera. –¿Preparado, Harry?

Harry le lanzó una nerviosa mirada a Kat.

Kat se encogió de hombros. Raphael ya tenía la licencia de matrimonio, así que nadie excepto Gia podía parar la boda. Como si eso fuera a pasar.

–Vale, ocupad vuestros lugares–. Harry hizo un gesto para que Gia y Raphael se colocasen delante de él enfrente del bar. Kat y

Jace se sentaron en taburetes y observaron mientras Raphael tomaba la mano de Gia.

–Hagámoslo–. Raphael tiró de Gia para acercarla y la pareja miró a Harry.

La ceremonia se pasó en una bruma para Kat. ¿Por qué necesitaba Raphael casarse con Gia si ya tenía su dinero? Como investigadora de fraudes, ella se encontraba regularmente con estafadores. No se quedaban una vez que conseguían el dinero, y al cabo de poco tiempo desaparecían para siempre. Claramente había elegido a Gia como blanco, pero también tenía el dinero de tío Harry y Jace como premio.

Raphael era, cuando menos, un ladrón de yates que había defraudado a Gia, a Jace, y a Harry. En el peor de los casos, era un asesino. La cartera no demostraba eso, pero seguro que le incriminaba. La noticia en la televisión no dejaba dudas en su mente de que Raphael era en realidad Frank Bukowski. Ella tenía que contactar con la policía sin levantar las sospechas de Raphael.

–¿Kat?

–¿Eh?– Tío Harry la conminó a acercarse al bar, donde reposaba una carpeta.

–Firma aquí… encima de la línea de los testigos–. Tío Harry le dio golpecitos con el dedo índice al papel. –Ahora todo es oficial.

Ella buscó en sus ojos para ver si había algo que pudiera hacer. No lo había, así que garabateó su firma junto a la de Jace. –Hecho.

–¿Es todo legal entonces? –Raphael le dio un ligero puñetazo al hombro de Harry.

–Sí. Registraré todos los documentos una vez que estemos de vuelta en la ciudad. Los dos acabáis de casaros. ¡Enhorabuena!

Jace sacó dos botellas de champán de detrás del bar. –Celebremos–. Él llenó sus copas.

–Un brindis por la feliz pareja–. La voz de Harry era atípicamente apagada. –Por un felices para siempre.

Más bien por un *felices para nunca*. La pareja estaba ahora casada, y sin un contrato prematrimonial todo era propiedad común. La propiedad de Gia también era de Raphael. Lo que fuera que todavía no hubiera conseguido de ella, pues ahora él poseía la mitad.

—Bellissima, mi esposa—. Raphael levantó un mechón del pelo de Gia y le susurró en el oído.

Gia selló su propio destino con un beso en la mejilla de Raphael. Ella se giró para enfrentarse a ellos. —¡No puedo esperar a llegar a Costa Rica y empezar el siguiente capítulo de mi vida!

Kat solo esperaba que no fuera su último capítulo. No tenía dudas de que el lunes por la mañana era la hora cero. Raphael se libraría de Gia y desaparecería, llevándose su dinero.

Kat tenía menos de veinticuatro horas para fundamentar su caso contra Raphael y recuperar el dinero.

Y romperle el corazón a su amiga en el proceso.

CAPÍTULO 27

*L*os planes más cuidadosos a menudo se estropeaban, y la excursión a De Courcy Island no fue diferente. Inmediatamente después de la ceremonia de la boda, Raphael anunció que no iban a bajar a tierra después de todo. En vez de eso navegarían hacia Valdes Island, donde buscarían la cueva y el túnel de conexión.

La cueva de Valdes Island no era exactamente un secreto bien guardado. La boca de la cueva estaba justo en la playa, visible para todo el mundo en el puerto. La entrada tenía al menos cinco metros de ancho, e incluso a veinte metros de distancia Kat vio que estaba marcada con grafitis. A juzgar por las botellas vacías y la basura tirada alrededor de la entrada, también era popular entre los fiesteros locales.

Cruzaron la rocosa playa hasta la entrada. Pete y Jace estaban delante con tío Harry y Gia siguiéndoles de cerca. Kat iba por detrás de todo el mundo y vigilaba con mucho cuidado a Raphael. Estaba tanto sorprendida como nerviosa de que hubiera invitado a Pete a venir con ellos. Pete afirmaba ser un trabajador temporal, pero quizás eso formaba parte del mayor plan de Raphael. Ella simplemente no confiaba en nadie ahora mismo. Ella no podía permitírselo, especialmente puesto que Raphael era casi con certeza un asesino.

–¿Estás seguro de que este es el lugar? –Jace caminaba despacio por la entrada. –Apenas parece un secreto–. Troncos rodeaban los ennegrecidos restos de una hoguera que achicharraba la arena a unos metros de distancia.

–La entrada es bien conocida para todo el mundo –dijo Pete. – Los lugareños hacen fiestas aquí, pero no se aventuran mucho más allá de la primera sala de la cueva. Las cámaras más profundas están bloqueadas, pero hay un pasadizo secreto.

Kat no pensaba que ella pudiera manejar otro pasadizo secreto, especialmente con Raphael acechando cerca. Hizo un movimiento hacia Pete y Raphael. –Id vosotros dos delante. Nosotros os seguiremos.

Jace asintió mientras tío Harry se agachaba para atarse el zapato.

–Como queráis–. Pete se giró y se dirigió hacia la entrada de la cueva. –Os esperaremos fuera de la segunda cámara.

–¿A qué estamos esperando? –Gia se puso las manos sobre las caderas. –¿Por qué no podemos entrar todos juntos?

Kat no tenía respuesta.

–No deberíamos ir todos juntos por razones de seguridad – Jace les hizo acercarse al círculo de troncos. –Dos grupos son mejor que uno.

Kat sacudió algas secas del extremo de un tronco y se sentó. Harry, Gia, y Jace siguieron su ejemplo.

–¿Cuál es el problema? Yo pensaba que la cueva era segura – Gia se giró hacia Jace. –¿Por qué va Raphael primero en vez de ir tú? Ya que eres el experto en búsquedas y rescates y todo eso.

Jace frunció el ceño. –Esto no es una búsqueda y rescate; es simplemente sentido común. Nadie sabe siquiera que estamos aquí explorando la cueva. Todo lo que la tripulación sabe es que estamos explorando la isla. Si nos perdemos y nadie sabe lo de la cámara escondida, entonces todos estamos en apuros.

–Les permitiremos ir primero –añadió Kat. –No tiene sentido que un puñado de nosotros marche dentro y nos veamos en apuros–. Jace era un genio por pensar en el aspecto de los accidentes. La ansiedad de Raphael por explorar la cueva le daba escalofríos, especialmente después de su previo encuentro. Ella no iba a acercarse a la cueva con él por ahí.

–Vale–. Gia suspiró cuando se sentó sobre una gran roca. –Yo nunca quise explorar la estúpida cueva, para empezar. Es lo último que esperaría hacer en el día de mi boda.

–Al menos tienes una bonita luna de miel que esperar con ansias –dijo Harry.

–Que suerte–. Gia suspiró y miró a la distancia.

–Ir de crucero por la costa oeste hasta Costa Rica es mucho mejor que lo que experimentaron las mujeres de Hermano XII –dijo Harry. –Ese tipo destruyó un montón de vidas. Engañó a más de una mujer también.

–Tienes razón –dijo Jace. –Usó el dinero de Mary Connally para comprar cuatrocientos acres justo aquí en Valdes Island. También compró tres islas en el grupo De Courcy. Para colmo de males, él usó su dinero para comprar un motor para el bote pesquero en el que finalmente escapó. Aún cuando la abandonó y dejó a todo el mundo varados, ella dijo que volvería a financiarle todo.

«Y luego estaba Myrtle. Ella fracasó al intentar hacer lo que debería hacer una supuesta diosa de la fertilidad: producir vástagos. Resultó que Myrtle no era nada fértil.

Si Jace se daba cuenta de la ironía de la historia, no era evidente por su expresión. Dos mujeres habían sido abandonadas por un hombre. Un siglo más tarde, la misma historia se desarrollaba con Gia y Raphael. El amor es muy ciego.

Se sentaron en silencio durante unos minutos. Aunque nadie lo dijo, la historia de Hermano XII había perdido su caché ahora que tenían su propio desastre con el que lidiar.

Pete y Raphael no habían vuelto, e incluso Jace y tío Harry no sentían deseos de seguir sus pasos. Raphael había sentido un cambio en el aire, y su reacción ante el desliz de tío Harry durante la ceremonia de la boda preocupaba a Kat.

—Hermano XII claro que destruyó muchas vidas —dijo tío Harry. —Suena a que más bien arruinó a todo el mundo que entraba en contacto con él.

—Él no fue el único —dijo Jace. —Su tercera amante no era una víctima como lo habían sido las otras. Mabel Scottowe también era conocida como Madame Zee. Ella era más bien una sádica, y Hermano XII se sentía feliz de permitirle dirigir el espectáculo. Ella era una cruel supervisora y golpeaba a la gente con su látigo ante la más ligera provocación. Los seguidores no eran mucho más que esclavos en ese momento. Estaban apenas alimentados, y las mujeres se veían obligadas a cargar sacos de cincuenta kilos de patatas. Trabajaban desde las dos de la madrugada hasta las diez de la noche todos los días.

—Deberían haberse negado —dijo Harry.

—Imposible —dijo Jace. —Él amenazó con enviar a los maridos y a las esposas a islas separadas. ¿Qué habrías hecho?

—Yo no me creería nada de eso —dijo Gia. —Odio decirlo, pero se lo tienen bien merecido por ser tan ingenuas. ¿Quién dejaría que las engañaran así?— Ella sacudió la cabeza.

—Te sorprenderías. Las personas más inteligentes se vieron engañadas. Al parecer Hermano XII era muy carismático. De algún modo siguió encontrando nuevos seguidores y el dinero seguía entrando, incluso después de que fuera revelado como un criminal.

—No es muy inteligente —dijo Gia.

—No, pero algunos criminales son muy convincentes —dijo Kat. —No puedo imaginarme dejando que alguien me trate de ese modo.

Jace le lanzó una mirada de advertencia cuando Raphael y Pete salieron de la cueva. Ninguno se veía feliz.

–¿Por qué no se rebelaron todos contra él y escaparon?– Gia sacudió la cabeza. –No puedo creer que se pasaran los años esclavizados así.

–No olvidéis todo el aspecto místico. Aparte de no tener modo de salir de la isla, ellos creían ciertamente que sus almas serían destruidas. Además, ¿a dónde irían? No tenían nada más que la ropa que llevaban puesta–. Kat miró a los dos hombres, quienes se habían detenido fuera de la cueva. Raphael le hacía gestos enfadado a Pete, quien simplemente sacudía la cabeza. Todavía estaban a distancia donde no se les podía oír.

–Es asombroso cuantas personas pueden ser controladas por un hombre. Les habían lavado totalmente el cerebro. Alguien lo averiguó todo al final, ¿verdad?– Harry le dio un golpecito a la madera chamuscada con un palo.

–No hasta que fue demasiado tarde–. Jace cambió de posición sobre el tronco. –No querían creer que les habían engañado. Todos eran inteligentes empresarios de éxito, así que incluso admitir para sí que les habían estafado era difícil. Estaban avergonzados.

«No se daban cuenta de la extensión de su engaño incluso después de él que les quitara todo lo que tenían de valor. No fue hasta que él hubo incendiado todos los edificios y hubiera desaparecido en el bote pesquero que empezaron a entender lo que había pasado.

–¿Pudieron cogerle y llevarle ante la justicia? –preguntó Gia.

Jace negó con la cabeza. –Lo cambió todo por dinero, ¿recordáis? No había rastro en papel. Y tampoco había fotografías suyas. Las cámaras no eran exactamente comunes en esa época, pero él era una persona muy famosa. Aún así entraba en cólera si alguien intentaba hacerle una foto. Una lástima. Me habría gustado una foto para mi artículo.

«Pero hay algunos cuadros de él, sin embargo. Tenía una perilla de aspecto satánico, no exactamente un tendencia de moda en ese momento. Parece un poco ridículo, como un mago diabólico. Probablemente intentaba parecerse a un místico o algo así.

–Esa pobre gente –dijo Gia. –Ojalá hubieran tenido una bola de cristal para ver el futuro. Nunca se habrían visto implicados con ese tipo.

–¿Qué estáis haciendo aquí, chicos?– El rostro de Raphael estaba ruborizado. –Os hemos estado esperando dentro.

–No voy a entrar en una cueva oscura, Raphael–. El labio inferior de Gia temblaba como si estuviera al borde de las lágrimas. –Esta no es mi idea de una celebración de boda.

–Celebraremos más tarde–. Su voz tenía un tono duro. Sonaba más bien como una orden.

Tío Harry se puso de pie. –Quiero volver al barco. Estoy cansado.

Raphael miró detrás de él, pero Pete desvió la mirada.

Lo que fuera que había transpirado entre los dos hombres no era una conversación ligera. A juzgar por el lenguaje corporal de Pete, no estaba enteramente en sintonía con Raphael. Parecía enfadado por que ellos no hubieran entrado en la cueva. Independientemente de en qué lado estuviera Pete, al menos no estaban superados en número.

El instinto de Kat dio un vuelco cuando Raphael se sentó a la derecha de Gia. Pete se apoyó en un tronco a unos metros de distancia.

–Hermano XII se escapó con todo ese oro–. Tío Harry intentó relajar el ambiente. –Ese criminal ganó al final.

–Tipo listo –Raphael besó la cabeza de Gia.

–No lo sé –dijo Jace. –Un hombre inteligente no habría enfurecido a tanta gente. Tenía un buen negocio en marcha hasta que la avaricia se apoderó de él. Algunos dicen que en realidad dejó el oro atrás.

–Supongo que la gente lo ha buscado, ¿no? –preguntó tío Harry.

–Sí, por toda la isla, incluyendo la localización donde estaba su casa. Nadie lo ha encontrado, aunque encontraron una nota escondida debajo de algunos tablones del suelo.

–¿Qué decía? –preguntó Gia.

–Para tontos y traidores, nada.

Raphael no era el único con el don de la manipulación.

CAPÍTULO 28

aminaron de vuelta al bote. Kat estaba ansiosa por regresar al barco. El yate de Raphael era el único lugar donde se sentía a salvo, y la ironía de la situación no se le escapaba. De algún modo las cámaras de seguridad de abordo la reconfortaban, pero eso era ridículo. Si las cámaras era realmente monitorizadas, el barco robado probablemente ya habría sido recuperado.

–Os estáis perdiendo lo mejor –dijo Pete. –Venís a tierra pero ni siquiera os molestáis en ver el pasadizo secreto. Casi nadie ha estado dentro nunca. ¿Quién sabe? Quizás el tesoro esté escondido allí.

Jace se detuvo en mitad de un paso. –Pensaba que habías dicho que el pasadizo estaba bloqueado.

–Lo está, pero sé cómo entrar. Somos suficientes como para retirar el peñasco de su lugar. Pero necesitaremos que todo el mundo ayude.

Jace se encogió de hombros. –Claro, cuenta conmigo.

–Conmigo también –dijo tío Harry.

–Yo paso–. Gia miró a Kat buscando su aprobación.

Kat asintió. No podía culpar a Gia lo más mínimo. Ya era

entrada la tarde, y ver cuevas no entraba exactamente en la lista de actividades para la mayoría de novias el día de su boda. ¿Había reconocido finalmente Gia la naturaleza egoísta de Raphael?

Gia le dio golpecitos a su reloj. –Esperaremos una hora, no más. Después volveremos al barco.

Kat sintió una punzada de esperanza cuando la antigua Gia reemplazó a la débil versión diluida. Solo el tiempo le daría una oportunidad de razonar con Gia, aunque ella dudaba sobre si revelar mucho sobre sus hallazgos. La lealtad de Gia no había sido comprobada todavía, y nunca se sabía cuando el amor estaba implicado. –Esperaremos en la playa.

Los hombres se giraron y se dirigieron hacia la cueva en fila india. Pete y Jace se parecían mucho en altura y talla, aunque Pete era probablemente unos diez kilos más ligero y más bien canijo. Raphael era al menos unos diez centímetros más bajo, pero fácilmente le ganaba a tío Harry en tamaño, fuerza, y juventud.

Gia le dio una patada a la arena. –¿Cómo puede esperar que yo lo deje todo atrás?

Una pregunta cargada que Kat no tenía intención de responder.

–Amo a Raphael, pero encuentro algunas cosas sobre él bastante molestas. Como cuando toma todas las decisiones por los dos. Al principio me gustaba la idea de que alguien se hiciera cargo y me cuidara, pero ni siquiera tiene en consideración lo que yo quiero la mitad del tiempo.

–Quizás deberías oponerte más a menudo.

–Me da miedo hacerlo. Casados o no, él podría cansarse de mí. Podría sustituirme justo así –chasqueó sus dedos. –Tiene el mundo a sus pies. Puede tener a cualquiera que quiera.

–Tú no estás exactamente desvalida, Gia. Tampoco te estás haciendo ningún favor con esos comentarios. ¿De verdad crees que puede sustituirte?

–Un poco sí. Al principio todo su mundo giraba en torno a mí, pero ahora yo solo parezco ser un pensamiento añadido–. Le temblaba el labio. –Solo llevamos casados un par de horas. ¿Cómo será en unos años?

Raphael nunca se quedaría tanto tiempo. Esa era la salvación de Gia, aunque ella no lo sabía todavía. –¿No pensaste en ello antes de casarte con él?

–Todo pasó tan rápido. Es como un cuento de hadas o un sueño del que no quería despertar. Y dijo que convertiría mi peluquería en una franquicia, aunque ahora estoy cerrando mi peluquería. Nuestros planes cambian de minuto en minuto. ¿Qué harías si estuvieras en mi lugar?

–No me iría. Nunca renunciaría a mis sueños tan fácilmente. La persona adecuada tampoco esperaría que lo hicieras–. Kat respiró hondo. –Hay algo que necesito contarte, Gia. Hay algunas cosas extrañas que están pasando a bordo del barco.

–Sé que él no te gusta, Kat. Dejémoslo así.

–Esto es diferente. No puedo decírtelo a menos que prometas no discutirlo con Raphael. Podrías poner todas nuestras vidas en peligro.

Gia se rio. –No seas tan dramática. Todos estamos perfectamente a salvo.

–Lo digo en serio. ¿Tengo tu palabra?

–Claro.

–El yate de Raphael no se llama en realidad *El Financiero*. El nombre auténtico es *Catalista*. Fue robado recientemente de un puerto. Es un barco americano, no italiano, y puedo demostrarlo–. Ella describió lo del nombre pintado encima del otro y los números de registro. –Puedo mostrarte el informe sobre el *Catalista* cuando volvamos al barco. El exterior y el interior del yate son idénticos, hasta tener idénticas pinturas al óleo.

–Debe haber un error. Raphael navegó desde Italia en *El Financiero*.

–Que Raphael lo diga no hace que sea cierto, Gia. Mis pruebas dicen otra cosa–. Gia casi con certeza se enfrentaría a Raphael por lo de la cartera de Melinda, así que evitó mencionarla. El yate era prueba suficiente de que Raphael era un mentiroso.

Gia suspiró. –¿Pruebas reales? ¿Estás segura?

Kat asintió. –O bien lo robó o sabe que es robado. Simplemente no hay otra explicación.

–Me mintió–. Gia se puso en pie de un salto y fue directamente hacia la cueva. –Voy a matar a ese bastardo.

Kat la persiguió y la cogió del brazo. –Gia, espera. Necesitamos un plan. No puedes decir o hacer nada que demuestre que lo sabes. Solo actúa con normalidad y averiguaremos qué hacer a continuación.

–¿Lo saben Jace y Harry?

–Sí, se lo acabo de contar. No sé lo que todo eso significa. Pero tenemos que tener cuidado. Podría estar mintiendo sobre otras cosas. Vamos a buscar a los hombres y volvamos al barco.

Atravesaron la playa hacia la cueva. La confianza de Gia era clave para su seguro regreso. En medio de todo el pesimismo, Kat finalmente vio un destello de esperanza.

CAPÍTULO 29

A pesar de las mejores intenciones de Kat, ella estaba una vez más dentro de una cueva sin linterna. Se le había olvidado con tanta planificación y cancelación de planes. –¿Jace?

Su voz resonó por toda la cueva, pero no hubo respuesta.

–Probablemente esté demasiado hondo como para oírte –dijo Gia.

Exactamente como Kat había temido. Ahora que Raphael se había asegurado los fondos de Jace y tío Harry, le eran de poco uso. Como víctimas potenciales, ellos eran más bien un lastre. Podían pasar accidentes dentro de la cueva y, sin testigos, probablemente nadie les encontraría en una cámara poco conocida.

–¿Jace?– Ella gritó esta vez. Si la exploración de la cueva había sido un truco para separar a Jace y a Harry, no tenían mucho tiempo. Caminó más rápido cuando sus ojos se ajustaron a la oscuridad.

–Hace bastante fresco aquí dentro –Gia encendió la linterna de su teléfono. La tenue luz era una gran mejora. –Creo que oigo la voz de Raphael.

Avanzaron por el pasillo mientras una voz masculina se volvía más fuerte. Siguieron las paredes curvadas y, un minuto más tarde, Raphael apareció. Sujetaba una roca con fuerza en su mano derecha.

Kat fingió no darse cuenta, pero su corazón se aceleró. Eran dos contra Raphael. O contra Raphael y Pete, quien acababa de salir de las sombras. ¿Era la roca en la mano de Raphael un recuerdo o un arma? Si era lo último, podía lastimarlas gravemente. ¿Las había separado a propósito de Jace y tío Harry?

Gia se enfrentó a Raphael. –¿Por qué no contestaste a Kat cuando llamó?

Raphael la ignoró. Le daba vueltas a la roca en su mano, metido en sus pensamientos.

–¿Dónde están Jace y Harry? –Kat examinó la cueva pero no vio ni rastro de ellos. Raphael estaba en el centro del pasadizo y bloqueaba el camino.

–Continuaron adelante –Pete se colocó delante de Raphael, a unos metros de Kat. –No les hemos visto durante al menos quince minutos.

Quince minutos era mucho tiempo. A pesar del frío interior de la cueva, una fina capa de sudor brotó sobre su frente. Ni Jace ni tío Harry se separarían voluntariamente de Pete y Raphael. Jace nunca se adentraría solo en una cueva poco familiar. También habría vuelto dentro de la hora prometida. Algo iba mal con Jace y tío Harry, lo sabía.

–¿Qué es esa roca en tu mano, Raphael? –Gia cogió su brazo e intentó quitarle la roca de la mano.

–Déjalo–. Apretó su sujeción y alejó su mano. –Colecciono rocas.

–Un buscarocas –dijo Gia. –No sabía eso de ti.

–Hay muchas cosas que no sabes–. Raphael volvió a girarse hacia la entrada. –Salgamos de aquí.

Los ojos de Gia se abrieron mucho pero no dijo nada.

–Espera un segundo. No podemos dejar a Jace y tío Harry–. Kat recordaba su anterior experiencia en la cueva. Los hombres podían haber tomado un camino equivocado. Su ausencia significaba que estaban perdidos, heridos, o de algún modo incapaces de volver sobre sus pasos.

–Solo hay una salida. No es tan difícil –dijo Raphael.

–Pero es un túnel bajo el mar –protestó Kat. –Hay al menos dos pasadizos diferentes. ¿Y si hay más cámaras? Podrían estar en cualquier sitio.

–Iré a buscarles–. Pete alumbró con su linterna mientras volvía sobre sus pasos en dirección opuesta. –Esperad aquí. Volveré en un par de minutos.

Kat soltó un suspiro de alivio. Pete parecía que quería cooperar. Aún cuando se hubiera aliado con Raphael, al menos el peligro no era inminente. Se apoyó contra la fría pared de la cueva e intentó parecer casual.

Estudió a Raphael. Las venas en sus brazos se hinchaban mientras mantenía la roca en su puño. Ella se acercó un poco más y se alarmó cuando vio una descoloración roja en la roca. La mancha roja no solo estaba en la roca, sino también en la palma de su mano. Ella captó la mirada de Gia y señaló con la cabeza la mano de Raphael.

Raphael estaba desconcertado por la decisión de Pete, pero eso no significaba nada necesariamente.

Por segunda vez en veinticuatro horas estaba en una cueva con un asesino. De un modo u otro sería la última vez.

CAPÍTULO 30

*L*a roca teñida de rojo no resultó ser más que un souvenir, un artefacto arqueológico.

−Deberías volver a dejar la roca donde la encontraste −dijo Kat. Las marcas escarlata de la roca parecían haber sido realizadas con la misma pintura primitiva que había visto en el altar de piedra en De Courcy Island. Era pintura, no sangre, y probablemente tenía mil años de antigüedad.

−¿Cuál es la diferencia? Nadie visita esta estúpida cueva, así que nadie va a echarla de menos−. Los ojos de Raphael se entrecerraron. −Además, no me gusta que la gente me dé ordenes. Haré lo que yo quiera.

−Esa no es la cuestión. Esto es un yacimiento arqueológico histórico. No puedes llevarte cosas−. El arte de los Coast Salish en las paredes de las cuevas y en los peñascos no habían sido molestados durante miles de años. Raphael probablemente ni siquiera se quedaría la roca, pero no veía que estuviera mal molestar el yacimiento.

−Puedo y lo haré. Quizás incluso conseguiré más−. Sacó su navaja y la metió en una rendija en la pared de la cueva. Arañó la roca y fragmentos cayeron al suelo. Hizo palanca en la roca con las manos y extrajo una segunda roca más pequeña. Otra pintura rupestre arruinada.

Kat permaneció en silencio, consciente de que sus comentarios solo agravaban sus acciones. Pero sintió algo de satisfacción porque Raphael hubiera perdido su compostura. Aún así, se sintió aliviada cuando Pete salió de la oscuridad, seguido de Jace y tío Harry.

–¿Y cómo sabías de la existencia de este pasadizo, para empezar? –preguntó Jace. –¿Creciste por aquí?

Pete asintió. –Mi abuelo era Edward Arthur Wilson, mejor conocido como Hermano XII.

Pete tenía unos cincuenta años, así que era posible, pensó Kat. También explicaba su conocimiento local.

Jace silbó. –No tenía ni idea. ¿Por qué no mencionaste nada antes?

Pete se encogió de hombros. –No quería arrojar negatividad sobre las cosas.

Harry le dio una palmadita en el hombro a Pete. –Debe de haber sido todo un personaje. A ver, para convencer a toda esa gente de que le siga y todo eso. Cada historia tiene dos versiones, ¿verdad?

–No sabría decir, ya que nunca le conocí. Abandonó la colonia cuando mi madre solo tenía cinco años. Ella tampoco conoció muy bien a su padre. Mi abuela nos contó muchas historias sobre la vida en la colonia, sin embargo.

–¿Cuál de ellas fue tu abuela? ¿Mabel Scottowe?

Pete negó con la cabeza. –El nombre de mi hermana era Sarah. Ella fue una de las muchas mujeres de las que se aprovechó. Él y mi abuela nunca se casaron, lo cual era bastante escandaloso en aquella época. Ella se quedó sin un centavo y sin hogar, como el resto de sus seguidores. Obviamente él no era un gran tipo, pero sigue siendo mi abuelo.

–Entendido –dijo Jace. –Mi historia no está tan concentrada en la parte personal como en la Fundación Acuariana y los rumores del tesoro enterrado. A la gente le encanta leer cosas así. Me encantaría oír cualquier cosa que sepas sobre él.

–No hay mucho que contar que no se sepa ya. Mi abuelo creía que él era la reencarnación del dios egipcio Osiris. Junto con una reencarnada Isis, él sería el padre del Maestro del Nuevo Mundo, quien guiaría a la Fundación Acuariana a una nueva era. Mi abuela solo era una de las muchas mujeres que se creyó su ridícula historia.

–Es una historia increíble –dijo Jace.

–Si él realmente la creía o no, no lo sé. Pero eso era lo que le contaba a todo el mundo.

–Quizás podamos hablar más de vuelta en el barco –Jace sonrió. –Debe haber sido todo un personaje.

Pete se encogió de hombros. –Solo sé lo que mi madre me contó. Probablemente no sea lo que estás buscando, ya que nunca le conocí personalmente.

–Aún así apuesto a que son unas historias geniales –dijo Harry. –Lo que daría por haber estado allí.

Kat miró a Harry con las cejas levantadas pero permaneció en silencio.

–Probablemente fuera mejor no estar allí –Pete sacudió la cabeza. –Mi madre nació en De Courcy y vivió en la isla hasta que cumplió quince años. Ya ha muerto, pero siempre me contaba historias de su infancia. Ella no recordaba mucho de la secta, pero cuando creces en una secta eso es todo lo que conoces. Para ella era normal. Había una cosa de la que siempre hablaba. Mi abuela trabajaba doce horas al día, sin tiempo para cuidar de mi madre. Era un trabajo duro, de los que te parten el lomo. Mi madre pensaba que eso era la vida normal hasta que se marchó. Pero cuando era niña se sentía aterrorizada por Madame Zee.

–Vaya –dijo Kat. –¿Por qué no mencionaste nada de esto antes?– Raphael probablemente sabía de la conexión local de Pete porque ciertamente habría compartido la razón del viaje con Pete, su miembro de la tripulación. A pesar de su relevancia, Pete no lo había mencionado en el camino ayer.

–No quiero ver la historia de mi familia escrita en un artículo de un periódico. Hermano XII no fue exactamente honesto, pero era mi abuelo. Pasó hace mucho tiempo y ahora ya no queda nadie más que yo. Aún así, no quiero ver el nombre de mi familia arrastrado por el lodo.

–Yo no haría nada –dijo Jace. –Te lo enseñaría primero. Mucha gente estaría fascinada con tu historia familiar. Los lugareños deben reconocer tu nombre.

–No. Hermano XII cambió su nombre varias veces, pero nadie que le conociera bajo otros nombres vive ya. Como nunca se casó con mi abuela, ella no adoptó su nombre. Aparte de eso, los miembros de la secta no eran lugareños de todos modos. La gente venía de todo el mundo, y cuando la secta se disolvió, todos se marcharon. Los afortunados rapiñaron suficiente dinero para volver al lugar del que vinieron.

«Todos excepto mi madre, claro está. Ella ni siquiera pudo juntar dos peniques, así que ella no tuvo más opción que quedarse. Trabajó como sirvienta hasta el día que murió de cáncer con sesenta años. Ella nunca conoció ningún otro lugar.

–Qué trágico –dijo Gia. –¿Cómo se salió con la suya para llevarse el dinero de todo el mundo?

–No se escapó por completo –dijo Jace. –Algunos de los miebros de Acuariana llevaron a Hermano XII ante los tribunales. Él había comprado toda la propiedad de la colonia con el dinero de los miembros, y aún así todos los títulos de propiedad estaban solo a su nombre. Consiguieron que los títulos de propiedad fueran transferidos de Hermano XII a sus nombres, pero era demasiado poco y demasiado tarde. Hacía mucho que se había desvanecido, probablemente con dinero que había escondido. Mary Connally recibió las escrituras de Valdes Island, ya que fue comprada con su dinero. Por supuesto, desde entonces ha sido subdividida y vendida.

—Al menos eso es algo —dijo Gia. —Aunque no compensa por el abuso que sufrieron.

—Nada puede compensarlo —añadió Pete. —Quizás algún día contaré todo lo que sé. Pero ese día todavía no ha llegado.

Kat sintió un escalofrío bajarle por la espalda cuando se dio cuenta de que Raphael ya no estaba de pie al lado de Gia. Debía haber vuelto a la entrada de la cueva. —Se está haciendo tarde. Volvamos al barco y a la celebración de la boda.

La boda era la última cosa en el mundo que merecía la pena celebrarse, pero al menos le permitía tener bien vigilado a Raphael. Ella no podía dejar que se escapara de su vista. Su futuro dependía de ello.

CAPÍTULO 31

*E*ra ya entrada la tarde cuando finalmente regresaron a *El Financiero*. El bote cortaba el agua cristalina mientras sombras bailaban en la estela del barco. Todo estaba sereno en la superficie del agua, pero la tensión se mascaba a bordo.

La ensenada era claramente hermosa, el silencio roto solo por los gritos de las águilas que daban vueltas sobre sus cabezas en busca de comida. Quizás habían confundido el yate de Raphael con un barco pesquero y estaban esperando a pillar algunos de los restos. Un barco pesquero de otro tipo, pensó Kat. Sin redes para atrapar a sus víctimas, solo un estafador de lengua de plata.

–Mirad esto–. Raphael lanzó la roca pintada al océano. Rebotó una vez antes de hundirse en aguas oscuras. Se rio. –Debería haber cogido más.

El tesoro arqueológico estaba perdido en el suelo oceánico, donde permanecería sin descubrir y desconocido para siempre. Nadie sabría de su existencia. Otra pieza de la historia escondida y olvidada.

Kat necesitó toda su fuerza de voluntad para permanecer callada. Había incluso intereses más altos implicados si se enfrentaba a Raphael. Tenía que guardar silencio y la compostura si quería vivir para ver como llevaban a Raphael ante la justicia.

Se acercaron al yate. Ella le dio un codazo a Jace y señaló las letras de *El Financiero* en el casco. Bajo el brillante sol era imposible ver ninguna letra por debajo de la pintura blanca, pero la reveladora E torcida estaba clara como el agua.

Jace puso cara impasible mientras estudiaba el nombre del yate. Contrastaba fuertemente con el acabado exterior del yate y el interior meticulosamente hecho a mano. Una letra torcida no le convertía en estafador, pero hacía saltar todas las alarmas. Siempre era el más pequeño de los detalles el que finalmente exponía el crimen, y este les miraba fijamente a la cara.

Gia siguió la mirada de Jace y frunció el ceño. Se alejó ligeramente de Raphael, quien pareció no darse cuenta.

Los ojos de Kat se encontraron con los de Gia. Su amiga tenía una expresión de pánico. No pasaría mucho tiempo antes de que sus emociones explotaran. Tenía que quedarse a solas con Gia antes de que fuera demasiado tarde. –Vistámonos elegantemente esta noche. Tu sencilla boda a bordo del barco no significa que no podamos tener una fiesta extravagante–. Se puso de pie y le hizo gestos a su amiga para que la siguiera.

–Eso suena divertido–. La voz de Gia era extrañamente plana mientras subía al yate.

Incluso Raphael se dio cuenta. –Lo celebraremos como tú quieras, bellissima–. Su siniestra mirada de hacía media hora había sido sustituida por risas, pero sus fríos ojos seguían clavados como un láser en Kat. Ni siquiera intentó esconder su odio.

Diez minutos más tarde estaban sentados en el bar de fuera con bebidas frías y aperitivos mientras esperaban la cena. Kay y Gia planearon el resto de la velada, pero era casi imposible permanecer concentrada mientras observaba a Raphael en busca de señales de acción.

Raphael se puso de pie y entró sin decir palabra.

Kat le vio marcharse, preguntándose qué se traía entre manos.

Su brusco cambio de humor la preocupaba. Ya no fanfarroneaba sobre su negocio ni mostraba interés por el misterio de Hermano XII. Era un hombre preparando su huida. Le echó una mirada a Jace, quien tenía expresión preocupada.

Tío Harry cogió el control remoto y pasó al canal todo noticias. Una cámara pasaba por un paisaje marino familiar. Kat reconoció Active Pass por sus muchos viajes en ferry desde Vancouver hasta Victoria. El corresponsal de televisión estaba en una playa rocosa y señalaba al agua detrás de él.

"El cuerpo de Melinda Bukowski fue descubierto por unas personas en la playa esta mañana temprano. La policía no hace ningún comentario aparte de decir que una autopsia completa será realizada."

Un escalofrío le recorrió la espalda a Kat. Los resultados de la autopsia de la niña pequeña tampoco habían sido revelados todavía. No tenía dudas de que ambas autopsias llegarían a la misma conclusión: homicidio. Independientemente de los resultados, Raphael tenía que dar muchas explicaciones sobre la cartera y el barco. ¿Había encontrado la cartera y se la había quedado, como la roca de la cueva? Altamente improbable.

¿Qué probabilidades había de que tuviera la cartera en su posesión y aún así no estuviera implicado en las muertes de Melinda y Emily? La probabilidad era extremadamente pequeña. De hecho, junto con su increíble parecido con Frank Bukowski, el parecido era casi inexistente.

Ella pilló movimiento por el rabillo del ojo. Como si hubiera oído sus pensamientos, Raphael había regresado al bar. Estaba con la mirada fija en la televisión.

Ella rápidamente desvió la mirada, no queriendo levantar sus sospechas. Su rostro se ruborizó con el pensamiento de que ahora ella tenía la cartera de una mujer muerta. Ojalá la hubiera dejado donde la encontró. Pero si lo hubiera hecho habría seguido no teniendo constancia del oscuro secreto de Raphael.

Solo Jace sabía de la existencia de la cartera, pero Raphael probablemente ya se había dado cuenta de que le faltaba. Si no había tenido cuidado de esconderla antes, ahora ciertamente estaría buscándola. Aún así, sería demasiado pensar que él pudiera suponer que ella la había encontrado. Pero claro, quizás no, si él la había visto en su camarote. Cualquiera que fuera el caso, una familia había desaparecido cerca bajo circunstancias sospechosas, y Raphael tenía una cartera que pertenecía a uno de ellos. Una coincidencia que desafiaba toda explicación.

–Qué triste lo de la pequeña –dijo Jace. –Y ahora la madre también.

–Trágico–. Raphael no mostraba ninguna expresión. –Vayamos dentro. Hace frío aquí fuera–. Sin esperar respuesta apagó la televisión y entró.

Kat miró a Gia, instándola a quedarse.

Un escalofrío recorrió la espalda de Kat. Raphael no podía hacer mucho siempre y cuando todos permanecieran juntos. Le superaban en número. Pero también estaba desesperado, y como estaban a bordo de un barco robado con un ladrón y un asesino, más les valía tomar precauciones. El peor de los casos no sucedería siempre y cuando Raphael siguiera siendo ignorante de que ellos conocían su identidad secreta.

El mejor de los casos sería que Raphael simplemente huyera. Él ya tenía todo su dinero. Dependiendo de cuales fueran los resultados de las autopsias, él tenía buenos motivos para huir independientemente de lo que ella y los demás supieran. Él ya sabía lo que demostrarían los resultados.

También tenía buenos motivos para luchar hasta la muerte.

Nadie siguió a Raphael dentro.

Tío Harry pulsó el botón del control remoto y volvió a encender la televisión, subiendo el volumen.

Kat se quedó helada mientras observaba la pantalla del televisor. Un corresponsal estaba en la playa, con el océano detrás de él. La cámara mostraba una panorámica de la playa para mostrar a una docena o así de policías, la guardia costera, y otras personas corriendo de un lado a otro a través de la arena entre la carretera costera y el muelle donde el barco de los guardacostas estaba anclado. Dos hombres uniformados salieron del barco portando una camilla. La voz del reportero describía como el cuerpo había sido lanzado a la orilla. El cuerpo estaba muy maltratado por el mar, pero teniendo en cuenta la localización y el estado de descomposición, se suponía que era Melinda Bukowski.

Raphael tenía que ser llevado ante la justicia.

A cualquier precio.

Ella se giró hacia Jace. –Necesitamos un plan.

Él asintió. –Ese tío definitivamente está en riesgo de fuga.

–¿De qué estáis hablando? –las cejas de Gia se unieron mientras miraba la televisión. –Decidme qué está pasando.

Kat no quería contárselo. La reacción de Gia podía revelarlo todo, y entonces Raphael––y su dinero––desaparecerían para siempre. Por otro lado, la idea de que su amiga durmiera con un asesino era impensable. Raphael tenía muchas razones para silenciar a aquellos que pudieran denunciarle.

El rostro de Gia se ruborizó. –O me lo contáis ahora mismo o voy directamente a Raphael. Tengo derecho a saberlo, Kat. Sea lo que sea.

Kat acercó más su silla. Gia tenía razón. Jace y tío Harry ya lo sabían, así que era injusto dejar a Gia ajena a todo. Era un riesgo enorme, pero Kat tenía que tomarlo. –¿Recuerdas lo que te dije de que el yate había sido robado? Bueno, pues hay más–. Ella se lo contó todo a Gia.

Iba a ser una noche muy larga.

CAPÍTULO 32

Gia se puso de pie y dio golpes con los pies. –¡Me mintió! Le mataré.

–No, espera–. Kat cogió a su amiga del brazo. –No puedes decir nada, Gia. Ya estamos en peligro–. Le hizo gestos a Gia para que se sentara.

–No puedes decirlo en serio. Ese no es el Raphael que yo conozco.

–Esa es la cuestión, Gia. El Raphael del que estás enamorada no existe. Todo en él es una gran mentira gigante–. Ella repitió las pruebas contra él, desde el yate robado hasta la cartera. Su amiga necesitaba oírlo dos veces para absorberlo. –Tenemos que hacer algo. La cartera que encontré a bordo pertenece a la mujer en las noticias de televisión.

Gia sacudió la cabeza. –Tiene que haber una explicación. ¿No podemos preguntarle directamente a Raphael? Incluso si fuera un ladrón, no es un asesino.

–No. No conocemos la extensión de su implicación ni como llegó la cartera a bordo. Cualquier cosa que digamos nos hará daño. Como poco, nunca volverás a verle ni a él ni a tu dinero. En el peor caso, no volverás a ver nada de nuevo. Todos estaremos muertos.

Gia se mecía en su silla, claramente traumatizada. –¿Crees que mi marido es un asesino?

–No lo sabemos con seguridad, pero está implicado de algún modo. ¿Por qué si no iba a tener la cartera?

Gia se encogió de hombros. –Probablemente la encontró en la playa o algo.

–Quizás, quizás no –añadió Jace. –Los Bukowski sufrieron un incendio a bordo de su barco. Aún así la cartera no está dañada ni por el fuego ni por el agua. ¿Cómo de probable es eso?

–Asumamos lo peor y esperemos lo mejor –dijo tío Harry. –Al menos en cuanto a la cartera. En cuanto al resto, estamos a bordo de un yate robado, así que más vale que supongamos que Raphael sabe algo sobre ello.

–No podéis simplemente suponer…

–Gia, toda su historia de que vino navegando desde Italia es una mentira –dijo Kat. –El barco fue robado hace un mes en Washington State. Ya he demostrado que Raphael mintió acerca de ello. ¿Sobre qué más está mintiendo?

Una lágrima rodó por la mejilla de Gia. –No puedo creer que acabo de casarme con un mentiroso y un ladrón. ¿Cómo he podido ser tan estúpida?– Enterró su rostro entre sus manos y sollozó.

–Lo siento–. Quizás contárselo a Gia había sido un error. Raphael le echaría una mirada y sabría que había sido descubierto.

Gia levantó la cabeza y miró con rabia a Kat. –Y lo que es más importante, ¿por qué cojones no me detuviste?

Kat no podía haberla detenido por nada del mundo, pero Gia no podía entenderlo, así que simplemente se encogió de hombros. –Lo siento mucho, Gia. Debería haber hecho más.

–¿Qué hacemos ahora, Kat? –tío Harry se rascó la cabeza. –Estamos compinchados con un criminal. Estamos en un barco robado. ¿Y si nos arrestan también?

–No lo harán –dijo Kat. –También somos víctimas de Raphael.

Tío Harry parecía alicaído. –Oh, claro. Tiene mi dinero. Quizás solo deberíamos saltar del barco.

–No podemos dejar que se escape –dijo Kat. –No solo tiene tu dinero, sino que tiene la cartera de una mujer muerta y ninguna razón lógica para tenerla.

–No podemos negarlo –dijo Jace.

Kat se inclinó y bajó la voz. –Tenemos que sacar el yate de aquí y notificar a las autoridades. Necesitamos una excusa para volver antes a casa.

–¿Como un problema mecánico o algo así? –preguntó tío Harry.

–Algo así, aunque no veo como podemos fingir eso–. Todavía no conseguía averiguar si Pete formaba parte del plan de Raphael o no. –Quizás uno de nosotros podría fingir estar enfermo o algo. Tiene que ser suficientemente grave como para que volvamos al puerto antes.

–Yo podría hacer eso –dijo Gia. –Y literalmente, ya que estoy enferma por lo de mi dinero. ¿Volveré a verlo de nuevo?

–Si volvemos a tiempo, quizás–. Kat no se sentía completamente segura. –Los estafadores normalmente mueven el dinero bastante rápido para que sea intocable. Pero siempre hay esperanza.

–Al menos tenemos esperanza –repitió tío Harry.

Una débil esperanza, pero débil era mejor que ninguna. Kat temía que ya podría ser demasiado tarde. –Esto es lo que vamos a hacer.

CAPÍTULO 33

—No vamos a volver antes.

Raphael no tenía intención de volver nunca a Vancouver. Era demasiado arriesgado. Su foto empapelaba todas las noticias locales y estaba seguro de ser identificado. Palmeó el bolsillo de la chaqueta. Todo lo que necesitaba estaba dentro. Su pasaporte, dinero, y contraseñas bancarias. Hora de un nuevo comienzo.

Gia sacó su ropa del armario y la lanzó dentro de la maleta sobre la cama. —Tenemos que volver. Me contaste lo de este viaje a Costa Rica demasiado repentinamente. Solo traje medicinas suficientes para un fin de semana. No puedo pasar sin más medicinas.

—Puedes conseguirlo todo allí, bellissima—. Él no la había visto tomar ninguna medicina y no tenía ni idea de para qué era. En realidad tampoco le importaba.

—No, Raphael. Solo tengo medicinas para un día más. Necesito suficientes para que duren todo el viaje, más unos días más por seguridad. Tenemos que volver—. Gia le rodeó con sus brazos. —No tardaremos mucho.

Cualquier retraso era demasiado largo. —Haré que te manden

las medicinas por mensajero a nuestro siguiente puerto de atraque. Problema solucionado.

–No, Raphael. Además necesito cerrar unos asuntos con la peluquería. Solo me llevará un par de días. Tenemos que volver para dejar a Kat, Jace, y Harry de todos modos–. Ella presionó su mejilla contra su pecho. –Oye, ¿qué tienes en el bolsillo?

–Nada. Déjalo en paz.

–¿Qué forma de hablarme es esa? –Gia dio un paso atrás y le miró a los ojos. –Estás ocultando algo.

–No estoy ocultando nada.

Pero la mano de Gia ya estaba en su bolsillo. Sacó el sobre antes de que él pudiera detenerla.

Su corazón se aceleró cuando ella abrió el sobre. Contenía tres pasaportes, billetes de avión, y suficiente dinero para mantenerle bajo el radar durante unos meses.

Ella sacó los billetes de avión y los estudió. –¿Qué es todo esto? Oye, ¿quién es Frank Buk...?

–Dame eso–. Le arrancó el sobre de las manos y volvió a metérselo en el bolsillo.

–Déjame verlo–. Gia volvió a sacar el sobre del bolsillo. Ella corrió hacia la cama y vació el contenido sobre la colcha adamascada.

Su corazón se hundió cuando ella cogió un pasaporte de la cama y lo abrió.

–¿Por qué tienes estos?

–Dámelos, Gia.

Su pasaporte falso estaba en el sobre junto con el auténtico. No había tenido más remedio que mantener su auténtica identidad, ya que las cuentas bancarias de Costa Rica estaban a su nombre verdadero. Todavía no había movido el dinero a la cuenta bajo su nueva identidad.

Ella le ignoró.

Él debería haber abandonado el país antes, pero no había esperado ganar tanto con Gia y sus amigos. Ahora tenía suficiente dinero para vivir una vida cómoda en Costa Rica. Él nunca tendría que trabajar ningún otro día de su vida. Una vez a salvo allí, él estaría fuera de alcance y sería intocable.

–¿Quién coño es Frank Bukowski?

Si ya no lo sabía, lo sabría pronto. Su nombre estaba en todas las noticias, con el descubrimiento del cuerpo de Melinda. Tenía que huir mientras aún podía.

–¿Raphael? Contéstame.

Él tenía otros dos pasaportes. Uno bajo el nombre de Raphael y otro con nombre español. Debería haber tirado su pasaporte auténtico, pero le preocupaba que podría necesitarlo, aún cuando planeaba usar los falsos. Entraría en Costa Rica por un puerto pequeño. Allí su pasaporte solo sería inspeccionado visualmente, y no sería escaneado electrónicamente. Su identificación falsa pasaría fácilmente el escrutinio, a menos que alguien le reconociera. Siempre y cuando no actuara de forma sospechosa, él estaría libre.

–Voy a quedármelo–. Gia mantuvo el brazo en alto. –Al menos hasta que me digas quién es Frank Bukowski y qué estás haciendo con su billete de avión y pasaporte.

Raphael exhaló. –Una larga historia para otro día–. Se esforzó por inventarse una historia. Al menos Gia no había abierto el pasaporte para ver su foto, así que no había hecho la conexión. Al parecer ella tampoco había visto la noticia de televisión. Lo único que lo salvaba, pero eso no duraría. Siempre y cuando él mantuviera la calma, nadie sospecharía.

–No, Raphael. Somos socios y ahora también estamos casados. No me puedes ocultar cosas.

–No es lo que piensas, bellissima–. Él alargó su brazo hacia el de ella, pero ella lo alejó de un manotazo.

–No me mientas–. Le caían lágrimas por las mejillas mientras estudiaba los billetes. –¿Dos billetes de avión a Brasil? ¿De qué va todo esto?

–No sé de lo que estás hablando. No te he mentido en nada.

¿Por qué le mentiría a mi esposa?

–No has contestado mi pregunta–. Gia levantó un billete y lo estudió. –Como María y quien sabe quien más. Me estás poniendo los cuernos.

Raphael se rio, aliviado de que Gia no hubiera adivinado la verdad. –Sabes que nunca te engañaría ni te mentiría, bellissima.

–No sé nada de eso. Me estás mintiendo ahora mismo–. Gia se quitó el anillo y lo lanzó sobre la cama. –Ni siquiera me cuentas la verdad.

–Solo porque eso arruinaría la sorpresa que te tengo–. Su mente daba vueltas para inventarse una excusa. Él había permitido que la avaricia se apoderara de él. Aún así, el viaje había sido mucho más ventajoso de lo que había anticipado, ya que tenía inversiones de más de una persona a bordo. Pero su suerte casi se había agotado. Más le valía huir mientras aún podía.

Gia se detuvo antes de decir lo que estaba a punto de decir y se limpió las lágrimas de los ojos. –¿Qué sorpresa?

–Los billetes son para mi primo Frank y su esposa. Los compré para que pudieran venir a conocerte. Ahora te he arruinado la sorpresa.

–Pero no lo entiendo. Ellos viven en Italia, no en Canadá –la frente de Gia se arrugó. –¿Por qué tienes tú sus billetes de avión?

–Los billetes son solo copias porque yo pagué por ellos. Mi primo ya tiene sus billetes–. Era una mentira, pero Gia se creía todo lo que él decía.

–Pero estos billetes dicen de Vancouver a Río de Janeiro. Nosotros vamos a Costa Rica. ¿Cómo puedo creer en lo que me dices cuando continúas diciéndome cosas diferentes?

–Reservé los billetes antes de que me surgiera la reunión de Costa Rica–. Gia debe haber rebuscado en sus bolsillos, lo cual significaba que ella sospechaba algo. Tamborileó con sus dedos sobre su frente. –Me olvidé de todo eso. Tendré que cambiarlos.

Gia le miró sin expresión.

–Quiero que les conozcas, pero como no iremos a Italia hasta varios meses después, pensé que esta era la respuesta–. Él le dedicó lo que esperaba fuera una tímida sonrisa. –Simplemente se están muriendo por conocerte.

–¿Ah sí? –Gia se limpió las mejillas manchadas de lágrimas.

–No puedo parar de hablar de ti, así que naturalmente sienten curiosidad–. Raphael abrió sus brazos. –Ahora ven aquí.

Gia corrió hacia sus brazos. –Oh, Raphael, lo siento mucho. ¿Cómo puedo no haber confiado en ti? –ella enterró su rostro en su pecho. –Me siento terrible.

–No, yo soy quien debería sentirlo. Ahora me doy cuenta de lo que parece–. Era tan bueno con estas mierdas improvisadas que incluso se impresionó a sí mismo. –Pensaré las cosas mejor la próxima vez. Pero eso es solo una parte de la sorpresa.

–¿Hay más?– Las comisuras de la boca de Gia se convirtieron en una sonrisa. –En realidad nunca dudé de ti, pero no podía figurarme quienes eran esas personas. Supongo que me precipité en mis conclusiones.

Gia era muy ingenua y se creyó su mentira. Eso le compró algo de tiempo, pero estaba claro que más le valía huir cuanto antes. Ese Hermano XII lo hizo bien. Cogió lo que pudo y supo cuando dejarlo. El dinero fácil ya no era tan fácil.

–Solo una cosa, bellissima. Nuestro horario apretado significa que no podemos volver a Vancouver después de todo.

–¿Pero qué pasa con los demás? Tenemos que llevarles de vuelta.

–Los dejaremos en Friday Harbor mañana por la mañana. Dispondré un vuelo chárter para devolverlos a Vancouver desde allí–. Él no tenía intención de volver al puerto donde había robado el yate, pero Gia no necesitaba saberlo.

–Pero, Raphael, mis medicinas, ¿recuerdas? Las necesito. Solo se tardan unas horas en volver a Vancouver. Siempre podemos salir antes.

Él sacudió la cabeza. –Mi médico personal lo arreglará todo. Tus medicinas serán enviadas al barco cuando atraquemos en

Friday Harbor–. Le dio una palmada en el orondo trasero. La grasa extra de Gia probablemente la hacía más flotante de lo que Melinda había sido. Tendría que ponerle suficientes pesos para hundirla. –Solo escribe lo que necesitas y se lo enviaré a él.

–Pero Vancouver es solo un corto desvío. No entiendo por qué no podemos...

–Relájate, bellissima. Todo está dispuesto–. Dentro de unas cuantas horas, sus problemas habrían desaparecido para siempre.

CAPÍTULO 34

Gia registraba el armario de Raphael mientras Kat hacía guardia en la puerta.

Kat estudió a su amiga. —La verdad es que acertaste con esos pasaportes. ¿Estás segura de que no le revelaste nada?

—En realidad no creo que lo hiciera, Kat. Aún cuando tengas razón y él sea Frank Bukowski, no es un asesino. No puede serlo—. Gia hizo una pausa, su mano dentro de un bolsillo mientras rebuscaba en la ropa de Raphael.

—Los datos no mienten. La gente normal no tiene múltiples identidades. Siempre pensé que su nombre era inventado. Ahora tenemos pruebas—. Raphael Amore sonaba al nombre de un héroe despechugado de una novela romántica de pacotilla.

—¿Qué tiene de malo Raphael Amore? Suena tan romántico. Gia Amore suena mucho mejor que Camiletti. Y no quiero continuar haciendo esto —protestó Gia. —Cada nuevo hallazgo solo me deprime más.

—Más vale lo malo conocido que lo malo por conocer—. Kat no culpaba a Gia en lo más mínimo. Un romance vertiginoso, una boda, una traición, y todo en solo unas semanas. Era material para una película mala. –Una vez que hayas terminado con la ropa, comprueba sus zapatos, especialmente debajo de las plantillas.

–¿Sus plantillas? ¿Qué podría posiblemente esconder ahí?

Kat volvió a enviar a Gia en dirección al armario. –Yo terminaré con el resto de los cajones. Luego comprobaremos debajo de la alfombra.

–Has hecho esto antes. ¿Desde cuándo los investigadores de fraudes registran los armarios de las personas?

–Es parte del trabajo–. No tenían tiempo que perder. Raphael podía entrar en cualquier momento y pillarlas con las manos en la masa.

–Siempre te imaginé dándole a las teclas de una calculadora – dijo Gia. –Si mi vida no estuviera arruinada, incluso encontraría esto divertido.

Kat preferiría registrarlo todo ella misma y evitarle el dolor a Gia, pero no había tiempo suficiente. Gia no era la persona más detallista, pero estaba completamente concentrada en la tarea que se traían entre manos.

La única preocupación de Kat era el parloteo de Gia sobre Raphael. Él todavía ejercía poder sobre ella y jugaba con sus emociones. Ella ansiaba su versión de la verdad con tantas ganas que había pasado por alto mentiras y pruebas bastante obvias justo delante de sus narices. Sin embargo, ella cooperaba cuando Raphael no estaba a la vista, aunque a regañadientes.

El registro del camarote no era solo para incriminar a Raphael. Ella tenía que asegurarse de que no había armas escondidas en el camarote. Kat también tenía la esperanza de podría encontrar otras pruebas contra Raphael. Si se materializaran, Gia podría convencerse de una vez por todas de que Raphael era un fraude. Kat también esperaba encontrar informes bancarios para recuperar el dinero, pero eso era pedir demasiado. En el peor de los casos, si el dinero ya había desaparecido, los registros bancarios demostrarían al menos el delito.

Su búsqueda todavía tenía que revelar algo. –Estás en fase de negación, Gia. Él ya tiene tu dinero, ¿qué hay de tu vida? Todos estamos en peligro hasta que bajemos de este barco.

–Pues nos marcharemos en el bote. Problema solucionado.

–No se trata solo de nosotros. Huir no le lleva ante la justicia.

–Eso no depende de nosotros –Gia sorbió lágrimas.

–Si no depende de nosotros, ¿entonces de quién? Piensa en esa niña pequeña. Mató a su propia hija. Por no mencionar a su esposa. ¿Por qué ibas a ser tú diferente?– Siempre y cuando Gia dudara y permaneciera con Raphael, se enfrentaba a una muerte casi segura. –No podemos permitir que escape.

–No lo hará. Pero todavía no me creo que sea un asesino. Tiene que haber una explicación lógica para todo. Quizás no sea realmente Raphael, pero quien quiera que sea, todavía le quiero, Kat. Sé que es estúpido, pero no puedo evitarlo–. La voz de Gia se rompió mientras le tendía el pasaporte a Kat. –Incluso con esto.

Kat se quedó boquiabierta. –Dijiste que él te los había arrebatado.

–Lo hizo. Pero volví a cogerlo de nuevo más tarde mientras estaba distraído. Estaba tan concentrado en inventarse cosas para mí que ni siquiera notó mi mano en su bolsillo.

–Gia, eres un genio. ¿Dónde aprendiste a ser una carterista?

–Digamos simplemente que soy una mujer de muchos talentos –suspiró. –Casi desearía no haberlo cogido, sin embargo. En lo más profundo de mi corazón sé que tienes razón, pero no quiero que mis sueños se arruinen más de lo que están. Probablemente haya más de una persona con el nombre Frank Bukowski.

–Más vale saberlo. Al menos puedes protegerte–. Kat abrió el pasaporte por la página de la fotografía. El rostro de Raphael le miraba desde el pasaporte de Frank Bukowski. –No puedes seguir teniendo dudas, Gia.

Gia sacudió la cabeza. –Sé que es un fraude. Pero espero que incluso el falso Raphael me quiera. Quizás es su hermano gemelo o algo así. Dijo que Frank era su primo…

–Nada en él es real, Gia. Te has enamorado de una persona que no existe–. Señaló la foto del pasaporte de Frank. –¿Ves ese mechón? En su pelo es exactamente igual. ¿Y qué hay de su marca de nacimiento? Es idéntica a la suya.

–Probablemente no –Gia dejó caer los hombros. –Supongo que en realidad no le conozco para nada. ¿Cómo he podido ser tan estúpida?

–No eres estúpida. Fuiste suficientemente inteligente como para coger su pasaporte, y también cogiste el correcto. Eso fue un toque maestro. Ahora que sabemos que es un fraude, sabemos qué hacer. No puede escapar.

–Todavía puede, porque solo cogí un pasaporte. Si hubiera cogido los otros se habría dado cuenta seguro.

–Podría haber un pasaporte a nombre de Raphael Amore–. La mayoría de estafadores no llegaban tan lejos como para conseguir un pasaporte falso, aunque podían conseguir fácilmente uno si conocían a la gente adecuada. Pero la mayoría de timadores no eran asesinos a sangre fría.

El labio inferior de Gia temblaba mientras se sentaba despacio sobre la cama. –¿Cómo he podido enamorarme de él? Me siento como una fracasada. He hipotecado mi peluquería y le he dado a ese cabrón todos mis ahorros. ¿Cómo voy a recuperarme? –le dio un puñetazo al colchón.

–Encontraremos el modo–. Kat dudaba de sus palabras con cada nueva pieza de información. Raphael––o Frank––parecía ser un asesino a sangre fría con un plan cuidadosamente pensado. Un plan del que ahora todos formaban parte.

Gia se puso de pie y se paseó por la habitación. –No voy a dejar que se salga con la suya con todo esto.

La sed de venganza de Gia habría sido de ayuda antes. Ahora su vendetta pondría en peligro su seguridad. En retrospectiva, tenían suerte de no haber sabido la verdadera identidad de Raphael hasta ahora. –Si nos enfrentamos a él, nos matará también.

–Al menos quiero mi dinero de vuelta. ¿Hay alguna esperanza de que eso pase?

–Tal vez –Kat lo dudaba seriamente. –¿Cuánto has perdido exactamente?

–Suficiente como para tener que trabajar hasta que cumpla ochenta años, solo para recuperarlo.

–Me inventaré algo–. Kat suspiró. Ya habían pasado veinte minutos en el camarote buscando. Jace estaba manteniendo a Raphael ocupado con preguntas, pero eso no tardaría mucho. –Deberíamos subir a cubierta. Raphael se estará preguntando qué nos traemos entre manos.

–Piensa que estamos mirando ropa.

–Eso hacemos.

–Mi ropa, no la suya –Gia suspiró. –¿No puedes meterte en su cuenta o algo?

–No tenemos tiempo suficiente para eso. Aunque lo hiciéramos, dudo que el dinero esté en una cuenta bancaria bajo su nombre auténtico –Kat hizo una pausa. –Dejaremos que la policía se ocupe de ello, pero primero tenemos que eliminar cualquier vía de escape–. Una vez se hubieran asegurado de que no tenía acceso a armas, le encerrarían a bordo.

Gia hizo una mueca. –No puedo creer que me haya casado con ese gilipollas. Soy una idiota por creérmelo todo.

–No estás sola, Gia. Podía haberle pasado a cualquiera–. Kat comprobó su reloj. –Terminemos nuestro registro–. Pasó a los cajones del escritorio. Estaba en el tercer cajón cuando sintió algo metido detrás del cajón. Tiró de ello y se vio recompensada con una caja de cartón del tamaño de un paquete de cigarrillos. La abrió y no pudo creer lo que vio. –Gia, mira esto.

Gia casi se cae de espaldas. La caja contenía seis anillos de diamantes, todos idénticos. Ella miró su mano y luego de vuelta a la caja. –Son como mi anillo de compromiso. ¿Por qué tiene todos estos anillos?

Kat subió las cejas. –Estoy segura de que te haces una idea.

Los anillos de diamante y platino eran preciosos, cada uno de ellos con un diamante solitario de dos kilates. Un papel doblado estaba metido al fondo de la caja. Lo sacó y lo desdobló. La factura era para siete anillos plateados de circonita cúbica, de una compañía de Hong Kong. Devolvió el papel a la caja. El corazón de Gia ya estaba roto; no hacía falta hacerla sentir peor.

El falso anillo de compromiso de Gia era prueba suficiente. Raphael era igual que cualquier otro despreciable estafador de los que veía en su negocio de investigación de fraudes. Podía distinguirlos a un kilómetro de distancia, con sus coches llamativos, ropa de diseño, y regalos extravagantes. Siempre comprados con el dinero de otra persona.

–¿Quieres decir que fue a por mí desde el principio? –exclamó Gia. –¿Todo mi vertiginoso cortejo fue premeditado?

Kat asintió. –No sé cómo te encontró, pero sé por qué. Por tus ahorros y tu exitoso negocio.

–¿Me estuvo acosando? ¡Ese cabrón! –Gia subió la voz y rompió a sollozar. –Supongo que no significo nada para él.

–Gia, baja la voz. No queremos que él entre aquí.

Gia estaba finalmente convencida. Eso era bueno, porque una despechada Gia con sed de venganza era una poderosa arma secreta que no le desearía ni a su peor enemigo.

Gia se limpió las lágrimas con la manga mientras su expresión se iluminaba. –Al menos podemos recuperar algo del dinero con estos anillos–. Gia miró a Kat con esperanzas.

Silencio.

–¿Ni siquiera los anillos son auténticos?

Kat asintió.

–Él no me ama, ¿verdad? Probablemente ni siquiera le gusto–. Una solitaria lágrima cayó del ojo de Gia. –Solo soy una más entre muchas mujeres, ¿cierto?

–Me temo que sí. Tenemos que detenerle–. El dinero robado era la menor de sus preocupaciones. Raphael––o Frank––ya había cometido el más horrendo de todos los crímenes al asesinar a su esposa e hija. Su última esposa era indudablemente su próxima víctima.

–¿Cómo puedo guardar este secreto? –Gia dio golpes con sus pies. –Quiero matarle.

Kat terminó de revisar los cajones y centró su atención en una esquina de la alfombra que había sido levantada del suelo. Tiró despacio de ella hacia atrás, preguntándose si Raphael lo habría usado como escondite para documentos o, posiblemente, dinero. –Tienes que guardar la compostura, Gia. Incluso si tienes que contar los minutos. Di algo ahora y él se irá de rositas por sus crímenes, te lo aseguro–. También cometería más.

–¿Irse de rositas con qué? –Raphael estaba en la puerta, con los brazos cruzados. Miraba con rabia a Kat.

Kat se puso en pie de un salto y se estremeció. No había oído abrirse la puerta.

–¿Ya... ya has vuelto? –Gia tartamudeó cuando se giró en redondo para mirar a Raphael. –Pensaba que estabas arriba –soltó una risita nerviosa. –Solo estábamos hablando de...

–De cómo algunas personas son ordenadas y otras no lo son –Kat terminó la frase. –Por ejemplo, Jace y yo. Él es limpio como una patena, y yo soy desordenada. Él siempre va recogiendo a mi paso.

Raphael interrumpió. –¿Por qué estabas levantando la alfombra? ¿Has perdido algo?

–Kat solo me está ayudando a buscar mi pendiente.

El corazón de Kat latía tan fuerte en su pecho que su camiseta se movía con cada latido. Se sentía agradecida por la rápida excusa de Gia. Una mano todavía descansaba sobre la alfombra que había levantado. Se quedó paralizada, temerosa de que cualquier movimiento pudiera revelar sus acciones.

Raphael se acercó y estudió las orejas de Gia. –Veo tus dos pendientes. Los llevas puestos.

Pilladas con las manos en la masa. Una delgada capa de sudor apareció sobre el labio de Kat.

Gia le dio un golpecito en el pecho con su dedo. –No los que llevo puestos, tonto. Otros.

—¿Cuáles?

—Mis pendientes de diamantes y esmeraldas. Se los estaba enseñando a Kat cuando se me cayó uno. Tengo que encontrarlo—. Gia sacó una caja de su bolso y a escondidas le dio a un pendiente con su uña. Cayó al fondo de su bolso.

—Odio perder cosas—. Raphael acarició la barbilla de Gia. —Te dejaré continuar con lo que estabas haciendo. Pero no tardes mucho. Tengo una sorpresa para ti en cubierta.

Kat se estremeció involuntariamente.

—Subiremos en un par de minutos —Gia le besó en la mejilla. —De vuelta a la búsqueda.

—Vosotras a lo vuestro—. Raphael retrocedió hacia la puerta.

Kat esperó hasta que los pasos de Raphael se perdieran por el pasillo. —Muy convincente.

—Gracias —Gia estaba muy contenta mientras sostenía su bolso. —Pero en serio… tengo que encontrar ese pendiente en el fondo de mi bolso. Antes de que sigamos buscando.

—Claro.

Gia vació el contenido de su bolso sobre la cama y rebuscó entre los artículos uno a uno.

—Lo encontré —Gia cogió el pendiente y lo sostuvo en alto para que Kat lo viera. —¿Ahora qué?

Kat se llevó un dedo a los labios. —Registra sus cosas del baño. Mira a ver qué encuentras.

—¿Como qué? ¿Otro pasaporte?

—Nunca se sabe. Quizás encontrarás algo de dinero, o cheques, o algo. No te olvides de que te está ocultando cosas mientras estáis en la misma habitación. El cuarto de baño es el escondite perfecto. Mira donde nunca se te ocurriría mirar.

—Bueno, y si está escondiendo cosas de mí, ¿por qué las escondería por aquí?

—Porque necesita recuperarlas rápidamente si fuera necesario. No puede dejar cosas en las zonas comunes a bordo, como la cocina…

Gia la corrigió. —Cocina integral, no solo cocina. Voy a echar de menos no tener un yate. ¿Por qué no pueden funcionar las cosas con él?

—Es un ladrón, ¿recuerdas? ¿Preferirías ir a prisión con él, Gia?

Gia negó con la cabeza. —Solo quiero recuperar mi dinero. Para empezar, debería haberte escuchado. Aunque ha sido divertido.

—Es todo una ilusión, Gia. Apostaría a que este yate cuesta una fortuna en gasolina. ¿De dónde sale el dinero para el combustible?

—¿Crees que se está gastando mi dinero? —Gia se quedó boquiabierta.

—No lo creo, lo sé. Cuanto antes le detengamos, mayor será la oportunidad de que podamos recuperar lo que quede.

—Bien visto—. Gia dejó caer los hombros mientras desaparecía en el cuarto de baño.

Los hombres a menudo escondían cosas en un sótano o garaje, pero ninguno de los dos existían en un barco. Su escondite a bordo del yate probablemente estaría en algún lugar donde pudiera controlar el acceso y recuperar sus cosas rápidamente. Las zonas comunes eran accesibles a la tripulación y los invitados, así que su camarote era la única opción lógica.

Gia salió del cuarto de baño. Una mirada a su rostro le dijo a Kat que volvía a estar disgustada. —¿Qué pasa?

—No voy a tocarlo. Ven a verlo.

Kat siguió a Gia dentro del cuarto de baño, donde la tapa de la cisterna del váter estaba apoyada contra la pared. Miró dentro del tanque y soltó una palabrota por lo bajo. Una bolsa de plástico estaba metida dentro. Por lo que podía ver, el contenido incluía una cuerda y varios pares de guantes de látex.

Un kit de asesinato.

¿Lo había usado con su familia, o estaban preparados para un uso futuro?

Gia se encogió junto a la puerta. —¿Qué demonios son todas esas cosas?

–Tengo algunas ideas, pero ninguna de ella es buena. ¿Lo has tocado?

Gia negó con la cabeza.

–Bien. Solo déjalo ahí y vuelve a poner la tapa.

Gia hizo lo que ella le dijo. –No puedo quedarme aquí con él, Kat. ¿Y si intenta matarme?

–Nos inventaremos algo–. De un modo u otro, esta noche sería la última noche a bordo para todos ellos.

CAPÍTULO 35

Kat estaba en la proa y examinaba el horizonte. La previsión del tiempo decía que se aproximaba una tormenta con rayos y truenos, altamente inusual en la costa a finales de verano. El agua estaba completamente quieta, como si esperara a que la tormenta llegara. El sol de la tarde se escondía detrás de las bajas nubes que se habían cerrado hacía una hora. Traían con ellas un silencio y una tristeza opresiva. Incluso las gaviotas habían dejado de volar.

Ella miró tras ella, donde Gia y tío Harry se arremolinaban alrededor de la mesa. El humor no era exactamente de celebración. De hecho, era directamente tenso. Si Raphael no se había dado cuenta todavía, pronto lo haría. Había un cambio en el aire, en más de un sentido.

Tío Harry giró la cabeza y miró a Kat. –¿Qué vamos a hacer, Kat?

Ella echó un vistazo al bar, donde Raphael mezclaba bebidas. –Seguirle la corriente por ahora. Bajaré a la cubierta inferior en unos minutos. Espera diez minutos y dile a todo el mundo que estás enfermo. Entonces reúnete conmigo en mi camarote–. Jace estaba sentado en el bar hablando con Raphael. No podía informar a Jace a tiempo, pero estaba seguro de continuar una vez que Harry se marchara.

Raphael le trajo un Martini a Gia y cervezas para todos los demás. Kat pensó que era raro, ya que él no les había preguntado lo que querían. Y había tardado mucho tiempo para mezclar solo un Martini.

Gia levantó su bebida sin entusiasmo. –Salud.

Un asesino que ya había representado su propia muerte no tenía razón para quedarse. Tampoco era probable que los dejara ilesos. Aunque no habían presenciado su delito, habían visto pruebas de él.

El registro del camarote por parte de Gia y Kat no había arrojado más sorpresas. El kit de asesinato alarmó a Kat, pero al menos no habían encontrado otras armas en el camarote. No encontrar nada les proporcionaba el alivio de que al menos algunas partes del barco eran seguras, aunque había cantidad de otros escondites en los que no habían buscado. Las cosas se intensificarían rápidamente una vez que la verdad fuera expuesta, y el cambio de comportamiento de Raphael indicaba que una confrontación se avecinaba.

Ella solo deseaba haber sabido más sobre la relación de Pete con Raphael. ¿Eran cómplices del crimen o solo un empleado?

Como si esperara una señal, Raphael se puso de pie. –Tengo que irme. La tripulación dice que hay un problema–. Le dio un beso a Gia en la mejilla y se dirigió hacia la proa del barco.

Kat no había visto a ningún miembro de la tripulación últimamente, y Raphael no había contestado a su móvil. Probablemente solo era un engaño. Se estremeció involuntariamente. –Vayamos dentro.

–Me voy a mi camarote –dijo Gia. –De repente no me siento muy bien.

Una hora más tarde, Kat, Jace, y tío Harry estaban sentados en el salón, paralizados delante de la pantalla de la televisión. Truenos rugieron fuera y los relámpagos cortaban el cielo. La tormenta estaba en su máximo esplendor.

El presentador de las noticias de las seis estaba sentado delante de la imagen del chamuscado barco de los Bukowski, y hacía un resumen de la familia desaparecida.

Segundos más tarde la pantalla cambió a una rueda de prensa de la policía. Una portavoz de la policía estaba detrás de un atril, flanqueada por varios oficiales de policía uniformados. −El forense ha declarado las muertes de Emily y Melinda como homicidios. El paradero de Frank Bukowski sigue siendo desconocido. La policía está ansiosa por hablar con cualquier persona que estuviera en contacto con los Bukowski antes de su desaparición.

−¿Se considera al marido como sospechoso de sus asesinatos? − preguntó una mujer fuera de cámara. −El ochenta por ciento de las veces es el cónyuge, ¿verdad?

Una fuerte voz masculina se elevó por encima de las demás. − ¿Es el fuego la causa oficial de la muerte? ¿Cómo murieron?

La portavoz les ignoró con una sacudida de su mano. −No más preguntas por hoy. Les daremos una nueva actualización mañana por la tarde con nuevos descubrimientos−. Apagó el micrófono y bajó del atril mientras los periodistas gritaban preguntas.

La pantalla cambió a un periodista calvo de unos cincuenta años que estaba en un plató, con una escena de fondo de hacía dos meses con el barco quemado de los Bukowski. El casco chamuscado era la única parte de la nave que estaba intacto.

−La policía no comenta la causa de las muertes, aparte de llamarlas sospechosas. Frank Bukowski sigue desaparecido, aunque la policía todavía no le ha declarado sospechoso.

−Dadas las circunstancias sospechosas, sin embargo, es importante notar lo que la policía no ha dicho−. Señaló el armazón quemado del barco. −Los expertos en incendios que hemos consultado dicen que el patrón de quemado del barco indica que se usó un acelerador, como gasolina. En segundo lugar, quien quiera que empezara el incendio estaba en el barco.

Jace y tío Harry intercambiaron miradas nerviosas.

Kat sacó su móvil y se sintió desfallecer al ver que no tenía cobertura. Tendrían que lidiar con Raphael hasta que el servicio fuera restaurado el tiempo suficiente como para llamar pidiendo ayuda.

La cámara volvió a un primer plano del reportero. –La policía se niega a especular si las sospechas se extienden a Frank Bukowski, o si también es una víctima de juego sucio. En situaciones así, el cónyuge es siempre un sospechoso. Con Bukowski todavía desaparecido, no queda claro si sigue vivo. Sin embargo, es revelador lo que la policía no está diciendo.

Kat cogió el control remoto y apagó la televisión. –No podemos permitir que Raphael nos pille viendo estas cosas. Si sabe que hemos descubierto su identidad, se verá obligado a actuar–. Todavía pensaba en él como Raphael y no como Frank, a pesar de lo que ahora sabía. –Espero que Gia esté bien. Quizás debería ver cómo está.

Jace se encogió de hombros. –Probablemente solo esté descansando. Dale algo de tiempo.

–Necesitamos un plan para hacernos pasar las siguientes horas –dijo Kat. –Y convencerle de regresar a Vancouver.

Jace sacudió la cabeza. –Él nunca volverá. Es un hombre buscado y seguramente será reconocido.

–Entonces nuestra única opción es inutilizarle –dijo ella. –¿Pero qué pasa con la tripulación? No creo que Pete y los demás estén en complot con Raphael. Pero, ¿y si lo están?

–Entonces nos sobrepasan en número con mucho –tío Harry se rascó la cabeza. –Son cinco, incluyendo a Pete. Con Raphael son seis. Contra nosotros tres, cuatro incluyendo a Gia.

La puerta exterior se abrió de golpe y una ráfaga de aire sopló en la habitación, seguida de Raphael. Se quedó junto a la puerta. –¿Quién puede echarme una mano? Tenemos una fuga.

Kat frunció el ceño. El yate no se había movido de su ancla, y era improbable que el yate último modelo tuviera algún tipo de avería.

–¿No se encarga normalmente la tripulación de estas cosas? –preguntó Harry.

–Ellos ya tienen las manos ocupadas intentando contener la fuga –Raphael retrocedió hacia la puerta. –Date prisa. El barco podría hundirse.

Kat miró a Jace a los ojos. Si era cierto, no podían quedarse a un lado. No tenían más remedio que seguir a Raphael. Si era una trampa, tendrían que entrar en acción mucho antes.

–Vamos –Jace hizo gestos para que Kat y Harry le siguieran.

Kat iba detrás de los demás mientras se dirigían hacia el centro del barco. Fue más lenta cuando pasaron junto a una caja de almacenaje abierta. Miró dentro.

La caja contenía chalecos salvavidas y otros equipos de supervivencia. Hizo una pausa. Si el yate estaba en peligro de hundirse, deberían coger chalecos salvavidas como precaución. Metió la mano en la caja y se quedó paralizada cuando un destello metálico llamó su atención.

Empujó a un lado el chaleco salvavidas de encima y miró fijamente una pistola. Descansaba encima de un montón de chalecos salvavidas. Ella no sabía casi nada de pistolas, aparte del hecho de que tenían un propósito en concreto: matar personas. Reorganizó los chalecos salvavidas para echar una mirada más de cerca. Tuvo cuidado de no tocar el arma. ¿Era la pistola de Raphael o pertenecía al dueño del yate? Era un lugar extraño para guardar un arma. La mayoría de las personas llevaban sus armas encima, o al menos las guardaban en habitaciones privadas bajo llave. No tenía ni idea de si los marineros llevaban armas, pero muchos probablemente llevaban protección cuando viajaban a lugares remotos. Pero solo un idiota dejaría su arma en una caja sin llave en cubierta.

Un idiota o alguien preparado para usarla.

Se agachó para echarle un mejor vistazo a la pistola. No tenía ni idea de si el arma estaba cargada, ni como comprobarlo. Jace y tío Harry probablemente no sabrían más que yo. Consideró sus opciones. Podía cogerla por seguridad, pero eso alertaría a Raphael. Si dejaba el arma, sin embargo, Raphael podría usarla contra ellos.

Por supuesto, Raphael podría no ser consciente de los artículos en la caja ya que ni siquiera era su yate. Sin embargo, como la caja de almacenaje estaba abierta, él casi con seguridad habría colocado la pistola allí, o sabría que estaba allí.

Levantó la mirada hacia los hombres, quienes estaban ahora a quince metros de distancia. Volvió a la caja de almacenaje y removió los chalecos salvavidas de un lado al otro para echarle un mejor vistazo a su contenido. Una cuerda enrollada reposaba en el fondo de la caja. Eso no la alarmó, hasta que vio los otros objetos.

Se le atascó un grito en la garganta cuando vio el hacha, la sierra, y una caja de guantes de látex.

−¿Kat? −Jace la conminó a seguirle. −Vamos.

Ella le indicó con la mano que continuara. Tenía que coger la pistola y el hacha, pero no tenía ningún lugar donde esconderlos. El lugar más seguro era su camarote, pero habían planeado permanecer juntos. Marcharse ahora podría poner en peligro su seguridad.

−Kat, date prisa−. Jace estaba en la puerta.

Ella cogió el hacha y lo metió debajo del asiento de una tumbona. Volvería a buscarlo más tarde. Se metió el cañón de la pistola en la cinturilla de sus vaqueros, como había visto en las películas. Solo esperaba con todas sus fuerzas que no se disparara. No tenía ni idea de si la pistola estaba cargada, o si tenía el seguro puesto. Ella caminó rígidamente en dirección a Jace, aterrorizada porque la pistola pudiera dispararse accidentalmente.

Jace frunció el ceño mientras sostenía la puerta abierta. −Se supone que debemos mantenernos juntos.

Kat asintió y bajó la mirada hasta su cintura. Cuando los ojos de Jace se clavaron en los suyos, ella levantó su camiseta y le mostró la pistola metida en su cintura.

–¿Qué cojones, Kat? –miró fijamente la pistola. –Podrías hacer que nos mataran.

Unas cuantas palabras susurradas eran tristemente inadecuadas para explicar como se había transformado en el equivalente de un pirata, así que ni lo intentó. Se concentró en la tarea que tenían entre manos: incapacitar al menos a un hombre desesperado y tomar el control de un barco que no le pertenecía.

Al menos Jace sabía que ella tenía la pistola, aunque él no sabía que podría no estar cargada. Raphael lo sabía, así que usarla como amenaza era arriesgado. Ella siguió a Jace cuando entraron por el pasillo que llevaba a la sala de máquinas del barco. Raphael y tío Harry esperaban dentro.

–Tenemos que dividir y conquistar. El barco ha desarrollado una fuga, y la bomba de drenaje está rota–. Raphael señaló a Kat y a Harry. –Vosotros dos, comprobad la sala del motor y haced que el agua deje de entrar. Jace y yo intentaremos sellar el casco.

Ella vaciló, pero apenas podían negarse a seguir las órdenes de Raphael si el barco de verdad estaba filtrando agua. –El barco ha estado anclado aquí todo el tiempo. ¿Cómo demonios le ha salido una fuga de repente?– La mayoría de barcos de este tamaño tenían doble casco para prevenir esta situación. Hasta ella lo sabía. Las posibilidades de un fallo en la bomba de drenaje eran igualmente escasas.

–Lo averiguaremos más tarde –dijo Raphael. –Cada segundo que perdemos hablando lo empeora. Entrad ahí y empezad a achicar.

Ella siguió a su tío por la puerta hacia la sala del motor. Estaba más limpia de lo que había esperado, pero no tenía ventanas. Una dura luz fluorescente brillaba y se reflejaba en el suelo. Estaba resbaladizo por el agua.

Como quiera que hubiera entrado allí el agua, ella tenía que cooperar. Hacer algo diferente a achicar un barco que se hundía haría sonar las alarmas en la cabeza de Raphael. Decidió no sacar la pistola. Como no sabía cómo usarla, casi con seguridad sería desastroso.

–No veo de donde viene el agua–. Examinó la zona buscando un cubo o algo para recoger el agua, pero no encontró nada. Un cubo no era práctico en primer lugar, ya que solo había unos centímetros de agua en el suelo. Se giró hacia tío Harry. –Deberíamos estar achicando la sentina, no la sala de máquinas.

Ni siquiera había ningún lugar donde vaciar el agua. Raphael les había separado para poder eliminar a Jace, se dio cuenta. Regresaría a por ella y a por tío Harry a continuación. Su corazón latía con fuerza cuando se dio cuenta de que llevaba más de una hora sin ver a Gia. Si la situación era tan seria, ¿por qué la había dejado Raphael dormida en su camarote?

Fuera de la vista de Raphael, al menos podía enseñarle la pistola a su tío. Él incluso podría saber cómo usarla.

Por suerte, sabía usarla. –¿De dónde has sacado esto?– Él comprobó el seguro, luego abrió el tambor. Le dio la vuelta a la pistola en su mano. –Está cargada.

Ella le contó su hallazgo entre los chalecos salvavidas. –¿Estás seguro de que puedes dispararla si tienes que hacerlo?

–Ha pasado mucho tiempo, pero es como montar en bicicleta. No es algo que se te olvide fácilmente–. Le dio la vuelta en su mano y se la devolvió a ella.

–No, quédatela. Podríamos necesitar usarla–. Ella sacudió la mano. –Será más fácil para ti esconderla.

–¿Me estás llamando gordo? –tío Harry se dio unas palmaditas en el estómago. –Tengo que comer como todo el mundo.

–Por supuesto que no. Es solo que tu chaleco tiene tantos bolsillos que Raphael no se dará cuenta.

–Cierto–. Abrió su chaleco y colocó la pistola en un bolsillo interior. –No he apretado un gatillo en décadas.

El nivel del agua subió un par de centímetros. Alarmante, pero apenas una catástrofe. –Dudo que haya una fuga aquí. El agua está muy baja. Quizás algo se derramó–. En cualquier caso, era extraño que el caro yate careciera de un sistema de apoyo. Quizás algo se había apagado por accidente.

Tío Harry miró alrededor buscando algo con lo que recoger el agua. –Yo tampoco veo el problema. Este barco puede manejar un poco de agua.

No podían oír las voces de los hombres fuera, solo un constante goteo de agua. –No es ni de lejos la emergencia que Raphael dijo que era.

–Simplemente nos envió a buscar una aguja en un pajar–. Tío Harry se giró hacia la entrada. –Vamos a buscar a Jace.

Kat cogió el brazo de su tío. –Espera. Primero necesitamos un plan.

El sonido de metal contra metal rechinó desde algún lugar arriba, seguido por un fuerte golpe.

Las manos de tío Harry volaron a sus oídos. –¿Qué ha sido eso?

El goteo de agua había aumentado hasta un flujo constante, como si hubiera abierto un grifo. Se colaba en la sala desde arriba de ellos, no por debajo. –Está inundando la sala de máquinas con agua. ¡Vamos!

Ella corrió hacia la puerta y cogió el picaporte. Lo giró pero no se movió.

El agua subía rápidamente y ahora le llegaba a las pantorrillas. La sala de máquinas era probablemente hermética. Si lo era, se ahogarían en cuestión de minutos a menos que encontraran y cerraran la fuente del agua.

Dio un salto cuando un fuerte golpe resonó contra las paredes. Las luces se apagaron y el motor se paró. Habían cortado la electricidad.

Había un asesino suelto y no tenían poder para detenerle.

CAPÍTULO 36

El agua le llegaba a Kat a los muslos y continuaba subiendo. Pasó la mano por la pared de la sala, buscando a tientas una salida en la oscuridad. Había buscado por toda la superficie dos veces durante los últimos quince minutos. La única salida posible era a través de la puerta cerrada. –Tenemos que reventar la puerta de algún modo.

–Lo estoy intentando –la voz de tío Harry estaba ronca de tanto gritar. –No puedo encontrar nada para abrirla.

Sus porrazos en la puerta y sus gritos no tuvieron respuesta de nadie de fuera. Que Jace no hubiera venido a sacarles era extremadamente preocupante. Sabía que estaban atrapados dentro y les habría rescatado si pudiera. ¿Qué le había hecho Raphael?

–Tú tienes la pistola. ¿No puedes dispararle a la puerta?

–Es una puerta de metal. Has estado viendo demasiadas películas. Eso no es la vida real.

–Inténtalo de todos modos. No tenemos más opciones.

–Supongo que merece la pena–. Tío Harry sacó la pistola del bolsillo de su chaleco. –Allá vamos.

Quitó el seguro, apuntó, y disparó. La bala golpeó con un ruido metálico y rebotó de la pared o la puerta antes de caer al agua. A la tenue luz era imposible ver si había dado en el objetivo o no. La puerta permaneció cerrada.

–¿Cuántos disparos te quedan?

–No sé. Depende de la pistola, y no soy un experto en los diferentes tipos. Ni si está totalmente cargada, para empezar. No tuve tiempo de comprobarlo. Ahora está demasiado oscuro como para verlo.

Ahora el agua les llegaba a la cadera, y el rancio aire era más difícil de respirar. –No vamos a durar aquí. Tiene que haber una salida–. La claustrofobia la dominó a pesar de su renuencia a pensar en ello.

–Me acercaré más a la puerta. Eso podría funcionar–. Tío Harry vadeó hacia la puerta de la sala.

–Cuidado, tío Harry.

–¿Sabes qué es raro?

–¿Aparte de estar encerrados aquí?

–El barco no se está inclinando –dijo. –Si hubiera estado entrando agua, estaríamos inclinados, pero no lo estamos. Aún así el agua está subiendo.

La crecida del agua era alarmante. Tenían otros cinco minutos como mucho antes de que el agua llegara al techo. –¿Y si disparas al techo en vez de a la puerta?

–Nunca escaparemos así.

–No, pero alguien nos escuchará–. Un agujero en el techo también les daba algo de tiempo. Quizás era de madera en vez de metal.

Tío Harry cambió de postura y apuntó al techo. –Allá vamos.

El disparo resonó antes de que Kat tuviera tiempo de responder. Ni rebotó ni reverberó esta vez. La bala debía haberse alojado en el techo. Tenía la débil esperanza de que fuera de madera.

La pistola chasqueó.

–Esa era la última bala–. La voz de Harry tenía una nota de

desesperación mientras vadeaba hacia Kat. –Supongo que solo había dos.

A Kat le subió la bilis a la garganta. Morirían allí a menos que drenaran el agua. Probablemente había algún modo de hacerlo, pero ni ella ni tío Harry sabían lo suficiente sobre barcos como para siquiera saber donde buscar. Se imaginó un desagüe gigante. Ojalá fuera tan simple.

De repente la puerta de la sala se abrió con un chirrido mientras un rayo de luz brillaba dentro.

Kat soltó un suspiro de alivio. Jace había venido a buscarles.

Una oscura figura se agachó junto a la puerta. –Venid aquí–. El agua se derramó fuera.

No era Jace. Era Pete.

Kat vadeó hacia él tan rápido como pudo. Tío Harry chapoteaba a unos metros detrás de ella.

–Deprisa, antes de que Raphael llegue aquí–. El rostro de Pete estaba encendido y parecía enfadado mientras sacaba de un tirón a Kat, y luego a Harry, de la inundada sala de máquinas.

Kat se vio aliviada de ver luces. La electricidad debía haber sido cortada solo en la sala del motor, no en todo el barco.

–Gracias a Dios que viniste a por nosotros. Nos has salvado la vida–. Kat entrecerró los ojos mientras pasaba la puerta a trompicones. Se le paró un instante el corazón cuando vio a Jace. Su rostro estaba ensangrentado y su camisa estaba rasgada. Estaba detrás de Pete.

Un grito quedó atrapado en su garganta cuando corrió hacia él y le rodeó con sus brazos.

Él la abrazó con más fuerza y la besó.

–Tenemos que cerrar el agua –se estremeció. –¿Dónde está la llave del agua?

–Ya me he encargado –Pete les animó a seguir hacia la cubierta. –Salgamos de aquí.

–Raphael sabe que su secreto ha sido revelado–. Jace la sujetó por el brazo y la estabilizó. Su nariz estaba ensangrentada y su camisa estaba desgarrada. –No tenemos mucho tiempo.

–¿Qué ha pasado, Jace? –preguntó Harry. –¿Raphael te hizo eso?

–Intentó meterme en la bodega, pero se la devolví–. Sacudió la cabeza. –Le agarré pero se escapó. Creo que va a incendiar el yate. Tenemos que detenerle antes de que sea demasiado tarde.

Pete levantó una mano en protesta. –No contéis conmigo ni con la tripulación. Nos vamos. Vosotros también deberíais hacerlo.

–No puedes simplemente irte y dejar que se libre por los asesinatos –dijo Kat. –Necesitamos atraparlo.

–Haced lo que queráis, pero nosotros nos largamos de aquí–. Pete se giró y se dirigió hacia las escaleras.

–Haz lo correcto y ayúdanos, Pete. Solo tenemos que retenerle hasta que llegue la policía.

–Sí, claro –Pete miró hacia atrás mientras subía las escaleras. –Ni yo ni los muchachos vamos a hablar con la policía. Nos vemos.

De repente Kat entendió que Pete y la tripulación probablemente habían tenido problemas con la ley antes. ¿Quién si no se enrolaría voluntariamente en un barco robado? –Vale, bien. No llamaremos a la policía hasta que os hayáis ido. Pero al menos ayúdanos a atarle.

Pete hizo una pausa.

–Él ya ha matado a dos personas, Pete. Si alguno de nosotros muere… –no pudo terminar la frase.

–Vale, pero que sea rápido.

Jace señaló hacia popa. –Tenía una lata de gasolina. Creo que se dirigía a la zona de cocinas.

Salieron a cubierta y corrieron hacia la cocina. Pasaron por delante de cuatro miembros de la tripulación, quienes les ignoraron explícitamente mientras lanzaban su equipo en el bote.

Pete se detuvo por un momento, y luego siguió a tío Harry. Kat iba detrás de los hombres.

Llegaron a la cocina y encontraron a Raphael. Dos grandes

latas de gasolina estaban sobre el mostrador. Raphael tenía una tercera lata en ambas manos mientras la vertía en el suelo.

–Suéltala, Raphael –Jace se acercó a zancadas a él.

Pete permaneció inmóvil en la puerta.

Kat tuvo la sensación enfermiza de que Pete no haría nada.

Raphael se enderezó y se burló de Jace. –Intenta detenerme–. Levantó la lata y se la lanzó a Jace. El líquido salpicó el rostro y la camisa de Jace.

Las manos de Jace volaron hasta su rostro. –¡Mis ojos!

Kat cogió a Jace y tiró de él hacia el fregadero. Abrió los grifos a toda potencia y cogió agua con sus manos. La salpicó en el rostro de Jace.

–No te molestes. Va a arder en llamas, igual que tú –Raphael encendió una cerilla y sonrió. –Encantado de haberos conocido.

CAPÍTULO 37

*H*arry apuntó a Raphael con la pistola. –Apaga eso.
 —Si me disparas, caeré. Y también la cerilla –
Raphael caminó hacia Harry y Pete. –Tira la pistola y déjame
pasar.

Harry retrocedió hacia la puerta mientras Raphael avanzaba.
–Tranquilo.

Kat retuvo a Jace cuando intentó intervenir. –Estás cubierto de
gasolina –susurró. –Arderás si te acercas a él.

Raphael estaba a centímetros de tío Harry, la cerilla todavía
encendida. Cogió un puñado de papeles y los encendió con la cerilla. Pasó junto a los hombres con los papeles ardiendo en su mano.
Sujetó la puerta y se giró. Entonces lanzó los ardientes papeles
hacia atrás.

Ella se preparó para la explosión.

Nada. Los papeles aterrizaron a varios centímetros de la gasolina derramada. Las llamas se convirtieron en brasas, y luego se
apagaron.

De repente Raphael se lanzó hacia delante y luego cayó al suelo.
 –Buen trabajo –dijo Pete.

Tío Harry se giró hacia Pete. –Nunca pensé en hacerle tropezar.

Raphael estaba tumbado boca abajo a medio camino fuera de la puerta.

–Cogeré una cuerda para atarle –dijo Pete.

–¡Espera!– Kat se dio cuenta con alarma que si Raphael tenía una cerilla, probablemente tenía una caja de cerillas en alguno de sus bolsillos. –Todavía tiene cerillas. Sacarle a cubierta.

Pete cogió los brazos de Raphael mientras él luchaba contra ellos. Harry le cogió por los pies.

–Suéltame, Kat. Necesitan mi ayuda –dijo Jace.

–No, primero límpiate la gasolina. Yo iré–. Kat corrió hacia los otros hombres y cogió una de las piernas de Raphael. –Metámosle en el jacuzzi–. Era una forma de mojar las cerillas.

Jace no escuchó su consejo, lo cual fue bueno, ya que Raphael luchó contra ellos con uñas y dientes.

Quince minutos más tarde los cuatro se dejaron caer exhaustos. Raphael estaba prisionero en el jacuzzi. Tenía la espalda apoyada contra el borde para no resbalar bajo el agua. Sus piernas estaban atadas con la cuerda del arcón de almacenaje, y sus brazos estaban atados delante con unas bridas de plástico que Pete había encontrado en algún lugar a bordo. Habían hecho falta los cuatro para subyugar a un Raphael luchador. O Frank, tal y como era.

–Una chispa y esta cosa saltará por los aires. Vamos al bote – dijo Pete.

Kat levantó la vista al cielo cuando un trueno retumbó a kilómetros de distancia.

Ella tenía que convencer a Pete de que permaneciera a bordo y no se marchara con la tripulación. Ella echó un vistazo al bote y no podía creer lo que veían sus ojos.

El bote se había ido.

Examinó las aguas pero no estaba a la vista. La tripulación no había esperado a Pete. Probablemente se habían ido mucho antes del altercado con Raphael en la cocina. La elección de Pete le había costado su huida.

Pete y todos los demás se dieron cuenta también. Era natural, dado que el bote era su única vía de escape de un barco empapado de gasolina con un casco inundado. ¿Alertaría la tripulación a las autoridades? Probablemente no.

Frank maldecía y se retorcía en el jacuzzi. –Desatadme y os pagaré. Merecerá la pena, lo prometo.

Tío Harry se burló. –¿Nos pagarás con nuestro propio dinero? Creo que no.

–¿Dónde está Gia? –Kat se giró en redondo. –¿Ha mirado alguien en su camarote?– La ausencia de Gia le parecía una eternidad, y con Frank incapacitado podían dejarle solo durante un momento. Ella hizo un gesto hacia su tío. –Vamos a buscarla–. Hizo una pausa. –Dependiendo de lo enferma que esté, podríamos tener que cargarla arriba.

No tenían modo de salir del yate, pero al menos estarían juntos.

Jace y Pete vigilaron a Raphael. Kat y tío Harry bajaron a la cubierta inferior.

CAPÍTULO 38

El camarote de Gia estaba a oscuras. Kat y Harry se dirigieron a la cama, donde encontraron a Gia inconsciente.

Kat presionó su oreja contra el pecho de Gia. Si estaba respirando, no podía oír nada, ni tampoco veía la subida y la bajada de su pecho. Sacudió a su amiga pero no obtuvo respuesta. Raphael debía haber drogado su martini. −¡Gia, despierta!

Nada.

Kat estaba a punto de empezar a practicarle una resucitación cardiopulmonar cuando sintió una ligera respiración en su rostro. −¿Gia?− Sacudió a su amiga y fue recompensada con un gruñido.

Gia de repente se atragantó y tuvo arcadas.

Kat lanzó una mirada preocupada a su tío mientras la incorporaba a una posición sentada. −Se ve terrible.

Los ojos de Gia se abrieron. −Voy a vomitar. Ayúdame a ir al cuarto de baño.

Kat y tío Harry la sujetaron por los brazos mientras acompañaban a Gia al baño. Intercambiaron miradas ansiosas. Kat sujetó el pelo de Gia mientras esta vomitaba en el váter. No podían permitirse esperar, pero no podían mover a Gia en sus presentes condiciones.

Un minuto más tarde la ayudaron a sentarse en una silla. Se frotó los ojos. –La cabeza me está matando. No consigo recordar qué ha pasado. Nunca más voy a volver a beber.

A pesar de la gravedad de la situación, Kat no pudo resistirse a añadir un poco de humor. –Tú siempre dices eso.

–Oh, esta vez lo digo en serio –gruñó Gia. –¿Cuánto bebí?

–Solo un martini.

–¿Solo uno?

Kat asintió. –Te drogaron.

Gia abrió mucho los ojos. –¿Cómo es eso posible? No piensas que Raphael...

–No lo pienso. Lo sé. ¿Recuerdas las letras falsas en el barco? ¿Los pasaportes?

Gia asintió despacio. –¿Ese cabrón drogó mi bebida?

–Bueno, ciertamente no fuimos ninguno de nosotros –dijo tío Harry.

–¿Por qué haría algo así?

–Te lo diré más tarde –dijo Kat. –Ahora mismo tenemos que subir a cubierta y hacer que camines. Necesitas eliminar esa sustancia de tu cuerpo.

–¿Podemos ir más tarde? –Gia se recostó en la cama. –Estoy realmente cansada. Y mareada.

–No, Gia –Harry tironeó de su brazo. –Tenemos que irnos ahora mismo.

Con suerte Gia estaba demasiado cansada como para protestar e hizo lo que se le decía. –Guiadme.

Tío Harry enlazó su brazo con el de Gia y la llevó hacia la puerta detrás de Kat.

–¿Dónde está Raphael? Quiero decirle unas palabras–. Las palabras de Gia estaban chapurreadas, pero estaba recuperando las fuerzas.

–Ahí exactamente es a donde nos dirigimos –dijo Kat. –Si yo fuera tú, no me guardaría nada.

CAPÍTULO 39

A Frank le castañeteaban los dientes mientras frotaba sus manos atadas contra el borde del jacuzzi en un esfuerzo por cortar sus ataduras. Kat apagó el interruptor del jacuzzi mientras ella, Gia, y tío Harry le rodeaban con sus sillas. El agua fría dificultó sus inútiles esfuerzos. Era como observar a un animal enjaulado cuando sabías como terminaría la historia. Kat sintió una punzada de culpa hasta que recordó la completa extensión de los crímenes de Frank.

Pete había ido al puente a llamar a la policía por la radio.

Gia todavía estaba mareada por el martini, pero escuchó calladamente mientras Kat y tío Harry contaban los eventos de la última hora. Sus ojos se abrieron como platos y se volvió más alerta con cada nueva revelación de las hazañas de Frank.

Jace volvió a salir a cubierta. Se había quitado la ropa empapada de gasolina y trajo ropa seca para Kat y tío Harry también. Kat no podía alejarse ni por un segundo para cambiarse. No podía permitir que Frank estuviera fuera de su vista.

Las nubes habían pasado a ser bajas y estaban muy apretadas, y el cielo estaba casi tan oscuro como la noche. Los truenos y relám-

238

pagos habían cambiado a varios kilómetros al sur conforme el día daba paso a la noche. También había empezado a llover.

Tío Harry encendió la radio transistor del bar y subió el volumen. La radio resonó con una canción de AC/DC, pero competía con la estática de la pobre recepción radiofónica.

–Apaga esa mierda –dijo Frank.

–¿Qué? No te oigo–. Tío Harry estiró el cable y llevó la radio hasta el jacuzzi y la sostuvo por encima de Frank. –Oye, la recepción es mejor aquí.

Los ojos de Frank se abrieron de pánico. –Aleja esa cosa de mí. Me electrocutarás.

Tío Harry movió la radio adelante y atrás por encima de Frank. –Sigo sin poder oírte.

Gia se puso de pie y se tambaleó ligeramente. –Creo que hemos olvidado algo, Frank–. Le miró con furia mientras él se retorcía indefenso en el agua.

–¿El qué?

–Ya tienes una esposa, ¿verdad? –Gia hizo un gesto para que Harry acercara más la radio. La distensión del cable eléctrico desapareció cuando él estiró el cable. Sostuvo la radio por encima de Raphael. Alanis Morrisette vociferaba una de sus canciones. –O debería decir que tenías una.

El rostro de Frank se quedó sin color. –No sé de qué estás hablando. Suelta la radio, Harry.

Harry colocó la radio sobre la cubierta, pero Gia la cogió inmediatamente.

–¿No sabes de lo que estoy hablando? Vamos, Frank, sé quien eres. Frank Bukowski no es un billonario. Ni siquiera es un buen marido. Raphael Amore no es nada más que una gran mentira. No voy a creerme ni una más de tus mierdas. Quiero que me devuelvas mi dinero.

–Es demasiado tarde –Raphael fijó la mirada en la radio cuando Gia la acercó más. –El dinero ya no está. Nunca lo recuperarás.

—Quizás nunca salgas de ese jacuzzi.

Kat intercambió miradas con Jace. Gia era una mujer despechada. Una mujer con temperamento.

Las notas finales de la canción de Alanis Morrisette sonaron cuando Gia llevó la radio a centímetros del jacuzzi.

—¡Gia, no! —suplicó Raphael. —Te daré el dinero, lo prometo. ¡Solo suelta esa cosa!

Gia hizo chasquear sus dedos. —¿Tienes un bolígrafo, Harry? Necesito que escribas unas cosas. Kat, coge tu ordenador. Vamos a recuperar mi dinero ahora.

Kat volvió momentos más tarde, con ropa seca y su ordenador. Se sentó en el bar y esperó a que su ordenador se encendiera. Sus plegarias fueron respondidas cuando consiguió una débil conexión a internet. Después de lo que pareció una eternidad, navegó hasta la página web del primer banco de Costa Rica e introdujo la contraseña que Frank le había proporcionado. —Oh, oh, Gia. Dice contraseña incorrecta.

—No me ocultes nada, Frank—. Gia ajustó dos bridas de plástico alrededor del asa de la radio. Hizo una cadeneta con las restantes bridas y las deslizó por el extremo de un palo de escoba. Ahora ella podía sostener la radio a centímetros por encima de la superficie del agua y tener aislamiento de la descarga eléctrica si entraba en contacto.

La radio se tambaleaba precariamente sobre Frank, como una caña de pescar con cebo. El DJ de la radio anunció una canción de Adele.

—No puedo pensar a derechas contigo sosteniendo la radio por encima de mí. Suéltala.

—No, Frank —Gia sacudió la cabeza. —Creo que la radio es altamente motivadora—. Sacudió la radio adelante y atrás en arco por encima de él. La voz de Adele se desvanecía y se fortalecía con cada pase. —También es algo hipnótica.

—¡Para!— Lágrimas rodaban por el rostro de Frank. —Te lo diré. Pero no me mates.

–Siento lástima por ti, Frank. De verdad que sí–. Gia habló suavemente. –Es una lástima que no les dieras una última oportunidad a Melinda y a Emily. ¿Ellas también suplicaron por sus vidas?

–Se merecían lo que recibieron.

–¿Una niña de cuatro años, Frank? ¿Cómo puedes ser tan cruel? –Gia se resbaló en cubierta y casi perdió el equilibrio.

–¡Cuidado! –la voz de Frank se volvió más aguda. –Me matarás si se te cae esa cosa.

–Melinda y Emily merecían morir, ¿pero tú mereces vivir? ¿Cómo se come eso, Frank? –Gia bajó la radio hasta que la tambaleó a pocos centímetros de su cabeza.

–Para–. Le caían lágrimas por la cara a Frank. –¿Qué quieres de mí?

–Para empezar, las contraseñas del banco.

Frank le dijo una nueva contraseña, una combinación de letras y números.

Harry la garabateó en su cuaderno, añadiéndola a la larga lista de cuentas bancarias y contraseñas.

Kat introdujo la contraseña y pulsó intro. –Estoy dentro.

Examinó las transacciones. Todas habían empezado hacía dos semanas, lo cual significaba que casi con certeza Gia era la víctima defraudada. Silbó al ver la cantidad.

–¿Trescientos mil? ¿Esa es tu inversión?

Gia asintió. –La mayor parte es por mi hipoteca de la peluquería. ¿Puedes recuperarlo?

Kat estudió los detalles de la transacción. –Creo que sí–. Introdujo una nueva transacción, la opuesta a la original. –¿Son estos tus detalles bancarios?

Gia asintió.

Kat contuvo el aliento y le dio a intro.

–¿Ha funcionado?

Kat asintió.

–¡Oye, ese es mi dinero! –gritó Frank. –Devuélvelo.

—Sí, claro —dijo Harry. —Yo también quiero recuperar mi dinero. ¿Dónde está mi cheque?

Frank se lo dijo y Jace desapareció dentro.

Gia aplaudió, casi enviando la radio al agua. —Al menos he recuperado mi dinero.

—No, eso no lo sabemos todavía —dijo Kat. —Todavía es fin de semana, así que la transacción podría ser rechazada cuando los bancos abran el lunes. No hay forma de saberlo con seguridad hasta entonces.

Gia se giró hacia Frank. —Nunca fue tu dinero, Frank.

A Frank le castañeteaban los dientes. —¿Pue-puedo salir de esta cosa?

—Claro, claro —Gia disfrutaba de su recién descubierto control sobre Frank. —Por el momento no. No vas a ir a ninguna parte hasta que rompamos los cheques de Jace y Harry.

Jace regresó unos minutos más tarde con los cheques de Harry y el suyo propio. Le tendió uno a Harry y rompió su cheque en pequeños trozos. —Esto es un alivio. Supongo que hemos vuelto a donde empezamos.

—No del todo —Kat estaba aliviada de que Jace hubiera escrito un cheque en vez de transferir los fondos. Con los cheques destruidos, todo volvía a la normalidad. Al menos en lo que concernía al dinero. —Frank ha asesinado a su familia, y necesitamos que sea llevado ante la justicia. ¿Dónde está Pete?— No había vuelto desde que entró.

—Hace mucho que se ha ido—. Jace señaló a la isla. —El bote ya se había ido, pero le vi en el agua. Creo que nadó hasta la orilla.

CAPÍTULO 40

Era casi medianoche para cuando la Guardia Costera respondió a sus bengalas de emergencia. Los guardacostas les sacaron del yate y les pasaron a su barco. Primero sacaron a Frank y le encerraron en algún lugar a bordo. Todavía se estremecía por el jacuzzi, el cual demostró ser una forma muy efectiva de silenciarle.

Frank se negó a hablar con sus rescatadores, excepto para exigir un abogado.

El barco de los guardacostas volvió al puerto de Victoria, donde les esperaba la policía, quienes subieron a bordo de la nave y se llevaron a Frank esposado. Todos observaron como le llevaban a la furgoneta policial que le esperaba. Su brillante sonrisa se había convertido en una mueca de desprecio, y su ropa de diseño había sido sustituida por unos pantalones de chándal prestados y una camiseta manchada de grasa.

—No puedo decir que le echaré de menos —dijo Jace. —Pero voy a cubrir su juicio. ¿Crees que será condenado?

—Estoy segura de ello. Las cámaras de seguridad grabaron toda su confesión—. Kat había esperado que estuvieran operativas, y la

243

policía lo acababa de confirmar. –Esa debería ser toda la prueba que necesitan.

–¿Quién lleva el yate de vuelta a Vancouver? –Harry miraba melancólicamente al mar. –Me encantaría volver a navegar en él.

–*Catalista* pertenece a Friday Harbor, no a Vancouver. Fue robado, ¿recuerdas?– El yate necesitaba ser reparado después de los destrozos de Frank, y tenían que contactar con el propietario. Una vez que recogieran todas las pruebas, se dispondría todo lo necesario para su seguro regreso.

–Quizás algún día seré lo suficientemente rico como para comprarlo.

Jace se rio. –No cuentes con ello, Harry. Además, el dinero no lo es todo.

–Claro que no –concedió Harry. –Al menos pude casar a alguien. Es una lástima que las cosas no funcionaran.

–Fue una boda para recordar–. Gia le dio una palmadita en el brazo. –Todo se resolverá bien. Estoy segura de ello.

Pasaron las siguientes horas en la comisaría, donde proporcionaron más detalles sobre su dura experiencia. Raphael no habría la boca, pero su confesión grabada y las pruebas recogidas por Kat y los demás eran suficientes para detenerle por múltiples cargos. Además de los cargos por fraude, se enfrentaba a cargos de asesinato en primer grado por las muertes de Anne Melinda Bukowski y Emily Bukowski.

Además, se enfrentaba a cargos en Washington por el robo del yate.

–Casi se me olvidaba–. Kat le tendió una pequeña caja al agente de policía. Contenía la cartera de Melinda, los pasaportes de Frank, billetes de avión, y los falsos anillos de compromiso. – Necesitará todo esto.

–Para idiotas y traidores, nada –sonrió Jace.

–Hermano XII podría haber conseguido su oro, pero Frank seguro que no –dijo Kat.

Tío Harry arqueó las cejas. –¿Eh?

—La historia se repite, Harry. Solo que esta vez con un final feliz. Esta vez el ladrón no se ha escapado–. Sin duda, más detalles sobre los delitos de Frank emergerían durante las próximas semanas, pero Kat ya lo había averiguado casi todo.

Después de que Frank matara a su esposa e hija, se había dirigido al sur en un segundo barco que había escondido cerca. Navegó a través de las Gulf Islands y cruzó la frontera desde Canadá hasta los Estados Unidos. Había llegado a Friday Harbor en las San Juan Islands al cabo de unas horas después de haber enviado a Melinda y a Emily a sus tumbas acuáticas.

Pasó desapercibido allí durante unas semanas, durmiendo a bordo de su barco y buscando un barco que estuviera desatendido. Ahí fue cuando vio el *Catalista*. El barco no estaba ocupado y no lo echarían de menos. Contrató a Pete y a los demás, ratas de muelle que no hicieron preguntas y no querían que se las hicieran.

Pintó por encima del nombre *Catalista* y escribió *El Financiero*, manteniéndose alejado de la policía. Siempre y cuando no se quedara en ningún sitio por mucho tiempo, nadie cuestionaría su presencia en el yate.

Su estafa del alisador *Bellissima* fue inventada cuando entró en la peluquería del centro de Gia. Ella fue simplemente la primera mujer suficientemente ingenua como para caer rendida ante sus encantos.

El resto era historia.

Había sido un largo fin de semana, aún cuando solo era sábado por la noche. Kat no podía esperar a llegar al hotel que habían reservado para pasar la noche. Volverían a Vancouver al día siguiente, y no volvería a marcharse en un futuro cercano.

—¿Conseguiste una buena historia, Jace? —Harry apoyó su mano sobre el hombro de Jace.

—Vaya que sí —sonrió Jace. —Una mina de historias.

CAPÍTULO 41

*H*abían pasado tres semanas desde el arresto de Raphael, pero parecía que fue ayer. Habían decidido celebrar que Gia se escapó por los pelos con una barbacoa de fin de verano. Había cierta frialdad en el aire cuando el sol se hundió en el horizonte. Kat se arrebujó en el chal que cubría sus hombros. Siempre esperaba con ansias el otoño, como una época de nuevos comienzos y puntos de partida. Nadie se merecía eso más que Gia. Simplemente se sentía agradecida de que su amiga hubiera tenido una segunda oportunidad.

Jace y Harry manejaban la barbacoa, mientras Kat y Gia estaban sentadas a la mesa del patio y bebían sus margaritas. Su casa era un gran cambio a peor después de *El Financiero*, pero al menos era suya honestamente.

–Un brindis–. Kat chocó su copa con la de Gia. –Estamos sanos y salvos, y nuestro dinero también.

–Gracias a Dios –dijo Gia. –Me alegro tanto de que me hicieras entrar en razón. No quería creerlo, pero al final tú tenías razón. Raphael––quiero decir Frank––en realidad solo iba tras mi dinero.

−Ojalá las cosas no hubieran resultado ser del modo en que lo hicieron. Debe haber sido como un cuento de hadas.

Gia miró tristemente en la distancia. −Fue como un sueño. ¿Cómo consiguió lavarme el cerebro de esa manera? Lo sé... de una belleza impresionante, inteligente, y rico también. Simplemente me hacía sentir especial, Kat. Como si yo fuera una estrella de cine o algo así. Es agridulce, pero en mi corazón sabía que él era demasiado bueno para alguien como yo.

−Ahí es donde te equivocas, Gia. Tú eras demasiado buena para él.

El pestillo de la puerta chasqueó y todos se giraron. Pete sonrió alegremente y saludó con la mano mientras se dirigía hacia Jace y tío Harry en la barbacoa.

−Ahora ahí tenemos a alguien que se merece un nuevo comienzo −dijo Gia. −Piénsalo, si no te hubieras perdido en esa cueva, no habríamos llegado a conocer a Pete.

Kat asintió. −Algunas veces las personas no son quienes parecen ser−. Pete era un claro caso de lo que decía. Simplemente era alguien que había perdido el rumbo y las esperanzas.

Pete había abandonado el barco, pero no se había olvidado de ellos. Su temor de la policía surgía de previos encuentros hacía años, cuando era un sin techo. Había pasado varias décadas haciendo trabajos variados, cualquier trabajo que pudiera conseguir. Tío Harry le había encontrado un lugar cercano donde alojarse, en un pequeño apartamento sin ascensor. Tenía trabajo como conserje y manitas, a cambio de alquiler gratuito.

−La próxima vez te escucharé antes de darle todo mi dinero a un tío al que acabo de conocer. No puedo creer que lo recuperaras −dijo Gia.

Kat sacudió una mano para indicar que no era nada. −Solo tecleé unas cuantas claves. Tú y la radio fuisteis la diferencia.

Gia se rio. −En realidad no puedo creer que hiciera eso. Las drogas debían haber estado aún en mi organismo.

—A mí me parecías bastante centrada —dijo Kat. —Solo me alegro de que todo se solucionara al final.

—Es difícil creer que me lo creyera todo —Gia le dio un sorbo a su bebida. —Todo en ese tipo era solo una fachada, con el dinero de otras personas. Todavía me cuesta creer que asesinara a su familia. Y pensar que yo podía haber sido la siguiente —Gia se acarició el cuello de modo inconsciente. —¿De verdad crees que me habría matado, Kat?

—Antes o después.

—Eso suena tan superficial.

—Por supuesto que lo habría hecho. Asesinó a Melinda después de cuatro años de matrimonio. Tú no significabas nada para él.

Gia inhaló bruscamente. —¿En serio, Kat? Deberías ejercitar tu franqueza.

—Las personas como él no tienen sentimientos por nadie más que por sí mismos. Frank era un asesino sanguinario y frío. Puede que mis palabras sean duras, pero es bueno enfrentarse a la verdad.

La cartera de Melinda fue la clave para desvelar el engaño de Frank. A Kat le sorprendía que se la hubiera quedado. Probablemente lo consideraba más un trofeo que otra cosa, ya que no tenía ni un hueso sentimental en el cuerpo.

—Algunas chicas tienen toda la suerte —Gia retorcía su pelo en un dedo, sentada enfrente de Kat. —Yo, no tanta.

—No puedo estar de acuerdo contigo —dijo Kat. —Tienes una vida maravillosa. Mira todo lo que tienes.

Gia sonrió. —Y pensar que casi lo pierdo todo por culpa de ese gilipollas.

Los hombres se unieron a ellas en la mesa, con platos de filetes y patatas asadas.

Tío Harry sirvió ensalada de col en su plato y se giró hacia Pete. —¿Por qué estabas rondando por el puerto de Friday Harbor si no trabajas en barcos?

—Nunca dije que no trabajara en barcos —dijo Pete. —Solo que no era de la tripulación.

Harry frunció el ceño.

–Hago molduras de madera personalizadas, carpintería, ese tipo de cosas. Merodeo por el muelle y se va corriendo la voz–. Hizo una pausa. –Trabajo barato.

–Creo que puedo conseguirte más trabajo. Si quieres, claro–. Gia se giró hacia Kat. –Me alegra que me devolvieras el dinero. Tengo otra inversión a la vista.

–Gia, no lo hagas. Tú y yo tenemos la peor de las suertes–. Harry se levantó y volvió a la barbacoa.

–No es ese tipo de inversión, Harry. Voy a renovar mi peluquería. La mejor inversión que puedo realizar es en mí misma, y creo que Pete puede ayudarme.

–Puedo echarle un vistazo mañana –Pete masticó un bocado de filete.

–Todo bien–. Kat se giró hacia Gia. –Me alegra que todo vaya bien ahora.

–Casi todo –dijo Gia. –Excepto que todavía sigo casada con ese cabrón.

–Tal vez, tal vez no –dijo Kat.

La expresión de Gia se iluminó. –¿Qué quieres decir con tal vez no?

–Llamé a un amigo abogado. Tu caso es un poco complicado, pero básicamente Raphael no podía casarse contigo porque ya estaba casado con otra persona.

Gia jadeó. –Pero ya no estaban casados. A ver, ella estaba... muerta.

–Pobre Melinda. Es cierto que ella ya había muerto antes de tu ceremonia de boda.

–Entonces no veo como...

–Todavía no se había expedido un certificado de defunción. Como viudo, no era libre de casarse con otra persona hasta que ese certificado fuera validado. Eso significa que tu matrimonio, para empezar, no era legal–. Recordó las noticias y se estremeció al pensar que Gia podría haber sufrido el mismo destino. –Aparte de eso, la licencia de matrimonio fue expedida a nombre de Raphael, no de Frank. El matrimonio no es válido por su falsedad.

Gia se alegró mucho. –¿No estoy casada después de todo?

–Correcto. No tienes que conseguir la nulidad, ni divorciarte, ni nada de eso.

–Te dije que tenía suerte –dijo Gia.

–¿Llamas a eso suerte? –Kat se rio. –Es una lástima que no tuvieras suficiente suerte como para evitarle en primer lugar.

–He aprendido la lección. No confiaré en los hombres con aspecto sexi, y tampoco me casaré con uno de ellos. Al menos no en un futuro cercano.

–¿Qué es todo esto de casarte? –tío Harry volvió a su asiento con un segundo filete. –Estoy disponible para ceremonias de boda a finales de este mes.

–Relájate, Harry –dijo Gia. –No voy a casarme. He decidido que no necesito un hombre cueste lo que cueste. Son un hábito caro.

–Te va genial a ti sola –dijo Kat. –Esa es la razón por la que Raphael decidió estafarte en primer lugar.

–Y la próxima vez, yo llevaré los pantalones –Gia se rio. – Quiero un hombre que me quiera por lo que soy, no por mi dinero.

–Me alegra ver que has entrado en razón –intercedió Harry. – Sabía que ese tipo era un problema desde el primer momento en que le vi.

Kat levantó las cejas. –¿Ah sí?

–Sí. Pero no tiene nada de malo casarse. Yo esperaba convencer a otra pareja.

–¿Te refieres a Kat y Jace? –Gia se giró hacia Kat. –¿Por qué no? Podemos hacer la ceremonia aquí mismo. Podemos ir a comprar el vestido mañana.

Harry se frotó las manos. –Me pondré mi esmoquin. Por primera vez en veinte años. Espero que aún me quede bien.

Jace le sonrió a Kat. –¿Vamos a casarnos?

–¿Puedo alisarte el pelo? –Gia se volvió hacia Kat. –Tengo un nuevo producto que quiero probar contigo.

–Por encima de mi cadáver –Kat se pasó la mano por el pelo. –Me gusta mi pelo tal y como está.

Se giró hacia su tío y sonrió. –Te prometo que tú serás el primero en saber cuando decidamos casarnos–. Ella y Jace no estaban manteniendo sus planes en secreto intencionadamente, pero tampoco estaban preparados para compartirlos todavía. La oportunidad lo es todo, y a veces los mejores planes no son planes en absoluto.

¿Te ha encantado Fórmula Mortal? Consigue el resto de libros de la serie, *Greenwash: Un Engaño Verde*

colleencross.com

NOTA DE LA AUTORA

Esto es una obra de ficción, pero con algunos fascinantes datos históricos entrelazados. Las figuras históricas en mi historia han sido olvidadas hoy en día, pero la historia siempre se repite, y esta historia no es diferente.

Lo mejor de escribir ficción es que puedes inventarte cosas. Lo segundo mejor es investigar datos e imaginar una experiencia de primera mano. Entonces, ¿qué es realidad y qué es ficción?

La historia de Raphael y Gia es pura ficción, aunque engaños similares en el amor y el dinero suceden todo el tiempo. Ojalá no sucedieran, pero pasan. Pete también es puramente ficticio y no es descendiente de Hermano XII.

Hermano XII es un hecho. Fue una persona real y la historia es principalmente auténtica, con solo unos cuantos giros ficticios entrelazados. Su nombre real era Arthur Edward Wilson. Los marineros de la costa oeste que viajen por la costa canadiense del Pacífico reconocerán el nombre de Hermano XII y estarán familiarizados con Pirates Cove, De Courcy Island, y Valdes Island.

Hermano XII (como él prefería ser llamado, no es cosa mía) estableció la Fundación Acuariana en Cedar-by-the-Sea en

Vancouver Island, cerca de Nanaimo, British Columbia, en los años veinte. Hermano XII y su famosa secta fueron famosos mundialmente por sus predicciones del Armagedón en los años veinte y treinta, aunque actualmente son mayormente olvidados.

Cuando su secta atrajo demasiadas preguntas, él y sus seguidores se mudaron a las islas mucho más pequeñas de Valdes y De Courcy. He concentrado la historia principalmente en De Courcy Island, en vez de en las múltiples localizaciones, por una cuestión de simplicidad. También he cambiado la geografía, la topografía, y las localizaciones de las cuevas para que todo encaje en una historia del mundo moderno.

Personas carismáticas como Hermano XII aparecen con sorprendente regularidad a lo largo de la historia. Cada pocos años engañan a personas ingenuas con creencias que combinan el culto a la personalidad, el misticismo, y la religión. Ponen el énfasis en nuestro deseo de formar parte de algo más grande que nosotros. Demasiado a menudo tiene resultados trágicos.

El oro enterrado en las jarras de cristal es un hecho según los archivos corroborados de los años veinte. El hecho de que todavía siga enterrado es otra historia. Aunque la estimada media tonelada de monedas de oro era demasiado pesada como para que Hermano XII se lo llevara en su barco, es muy improbable que los almacenes de oro permanecieran intactos y escondidos durante la década o así que su secta estuvo activa. También pongo en duda que permanezca en la isla, aunque el mito persista. Con más probabilidad vació las jarras de oro gradualmente durante los años y se llevó lo que quedara cuando se marchó de De Courcy Island para siempre en 1933.

O quizás me equivoco y alguna persona afortunada descubrirá el tesoro de oro. A mil dólares la onza, valdría más de quince millones de dólares hoy.

El pasadizo bajo el mar entre las dos islas es un hecho. En mi historia conecta De Courcy y Valdes Islands. En la realidad, el túnel bajo el mar conecta la cueva de Valdes Island con Thetis

Island, no con De Courcy. El pasaje subterráneo pasa a unos sesenta metros por debajo de las entradas de las cuevas. El pasadizo era bien conocido y usado por los habitantes de la tribu Coast Salish First Nations para sus ritos de iniciación ceremonial durante al menos cientos, y probablemente miles, de años, hasta que un terremoto a finales del siglo diecinueve lo convirtió en impracticable. También habría estado bloqueado en la época de Hermano XII. Pero si no lo hubiera estado, sospecho que habría escondido sus monedas de oro allí.

Y ya sabéis que Kat, Jace, y Harry son ficticios. Solo existen en mi imaginación, ¡pero son muy reales para mí!

Espero que hayáis disfrutado leyendo *Fórmula Mortal*, el tercer libro en la serie de thrillers de suspense y fraudes de Katerina Carter, y ya es el sexto libro sobre Katerina Carter. Podéis echarle un vistazo a la relacionada serie El Color del Dinero, también con Katerina Carter, si queréis más. Siempre y cuando a lectores como vosotros les gusten mis historias, continuaré escribiéndolas. Si os ha encantado *Fórmula Mortal*, podéis conseguir el resto de mis libros aquí.

Podéis seguid actualizados sobre mis últimas publicaciones apuntándoos a mi boletín de noticias, que es enviado dos veces al año, en http://colleencross.com/espanol/

OTRAS OBRAS DE COLLEEN CROSS

Los misterios de las brujas de Westwick

Caza de brujas

La bruja de la suerte

Bruja y famosa

Serie de suspenses y misterios de Katerina Carter, detective privada

Maniobra de evasión

Teoría del Juego

Fórmula Mortal

Greenwash: Un Engaño Verde

Fraude en rojo

Luna azul

No-Ficción:

Anatomía de un esquema Ponzi: Estafas pasadas y presentes

¡Inscríbete su boletín para estar al tanto de sus nuevos lanzamientos!

http://eepurl.com/c0js9v

www.colleencross.com

Lightning Source UK Ltd.
Milton Keynes UK
UKHW040724240621
386081UK00001B/28